Kim Henry

Ein kleines bisschen Liebe

Stationsvænget 1
DK – 5853 Ørbæk

Umschlaggestaltung: Sarah Buhr / www.covermanufaktur.de unter Verwendung von Bildmaterial von vectorfusionart (Paar); swen_stroop (Küste) / Adobe Stock

ISBN: 9781698449340

Bitte besuchen sie uns auf http://www.moondance-books.de

Moondance Books

1

«Caipirinha», sagte Carole, ohne zu zögern.

Ich bewundere Menschen, die immer genau wissen, was sie wollen.

Der Bartender warf mir einen Blick zu. «Dasselbe für dich?», wollte er wissen. Carole schloss sich seinem prüfenden Blick an.

«Pale Ale», erwiderte ich nach kurzem Nachdenken schließlich und bereute es im nächsten Moment. Mit Lippenstift verklebte Biergläser sind einfach unsexy. Und mit Lippenstift hatte Carole nicht gegeizt, als sie mich aufrüschte, um, wie sie sagte, sich mit mir in der Öffentlichkeit präsentieren zu können.

Man sagt, zu einem Mädelabend gehören immer mindestens zwei. Eine, die die Blicke auf sich zieht, und eine, die das hässliche Entlein spielt. Anders funktioniert das nicht. Bei uns beiden hatte die Rollenverteilung nie in Frage gestanden. Carole war eine ehemalige Schönheitskönigin, und meine Fingernägel waren immer bis zum Nagelbett hinunter abgewetzt. Selbst dann, wenn ich nicht der Arbeit nachging, für die ich jahrelang studiert hatte. Und dieser Arbeit ging ich schon seit Jahren nicht mehr nach. Das Lied meines Lebens.

Zu den wenigen Dingen, die mindestens ebenso unsexy sind wie mit Lippenstift verklebte Bierglasränder, gehören Menschen, die sich nicht entscheiden können. Das bedeutete, dass ich, einmal ausgesprochen, bei meiner Entscheidung bleiben musste.

Man konnte dem Bartender zumindest nicht vorwerfen, dass er mir nicht Gelegenheit gegeben hätte, doch nach etwas anderem zu verlangen. Zweimal drehte er sich auf seinem Weg zum Regal mit den polierten Gläsern zu mir um, aber ich wich dem Blick aus und blieb bei meiner Entscheidung.

«Jetzt hast du's versaut», bemerkte Carole in ihrer typischen Ehrlichkeit.

«Versaut? Was denn?» Zwischen den Fingern drehte ich einen der Bierdeckel aus Pappe, die den Tresen bedeckten. Wohl um zu verschleiern, dass an Politur gespart wurde. Was wollte man auch erwarten von einem Pub, der *Rotten Badger* hieß?

«Der steht auf dich, und du bestellst ausgerechnet Bier?»

«Wer steht auf mich?» Irritiert wandte ich mich um und musterte das Innere des Pubs. Es war kurz nach halb elf an einem Freitagabend. Die Bar war genauso vollgestopft, wie jede andere Bar in London es in diesem Moment sein dürfte, und wohl auch aus diesem Grund schenkte niemand Carole oder mir Beachtung.

Sie stieß mir den Ellenbogen in die Seite und nickte ein wenig zu offensichtlich zum Bartender. «Na, der süße Kerl da. Schau? Dreht sich schon wieder nach dir um.» Sie selbst zappelte vor Aufregung. Josh war noch nicht aufgetaucht. Ich konnte gut darauf verzichten, ihren neuesten Schwarm kennenzulernen, denn ich ging jedes Mal durch die Hölle, wenn Carole sich mal wieder verliebte. Ich dankte dem Herrgott für jede Minute, die verstrich, ohne dass Mr. *Right This Time* aufkreuzte.

Ich hielt es für wenig zielführend, meiner Mitbewohnerin zu erklären, dass der *süße Kerl* vermutlich einfach nur zweifelte, ob ein Gezogenes das richtige Getränk für eine aufgetakelte Frau Ende Zwanzig war. Zumal meine Begleiterin sich dem süßen Leben in Form eines brasilianischen Zucker-Alkohol-Gemischs widmete. «Der ist zehn Jahre jünger als ich, Carole», sagte ich stattdessen und erinnerte mich mit einem Stich in der Magengegend daran, dass ich, als ich noch etwas jünger als dieser Typ gewesen war, in den Sommerferien ebenfalls in solchen Bars gestanden und vornehmlich Biere gezapft hatte. Wenn auch nicht in London, sondern am anderen Ende Britanniens.

«Umso besser», kicherte sie, und auch wenn ich neben ihr stand und es nicht sehen konnte, so war ich doch überzeugt, dass sie dem Knaben zuzwinkerte. «Je jünger, desto besser. Josh ist auch jünger als ich.» Eine Reaktion auf meinen stoischen Gesichtsausdruck konnte das Erröten des Bartenders, als er sich den Zapfhähnen zuwandte, jedenfalls wohl kaum sein.

«Das hattest du noch gar nicht erwähnt», bemerkte ich.

«Wegen Josh?» Wann immer sie seinen Namen sagte, bekam sie ganz verklärte Augen. Das machte mich nervös. Ich konnte nur hoffen, dass sie es mit diesem Kerl nicht ernst meinte. Es war nicht leicht, in dieser Stadt Mitbewohner zu finden, die jemandem wie mich, Spaßbremse hoch drei, tolerierten und sich in der Lage sahen, eine viel zu teure WG mit mir zu teilen. Wenn Carole ausziehen sollte, war ich geliefert. «Er ist dreizehn Tage jünger als ich. Süß, oder?», sagte sie, als ihr Caipi vor ihr stand und wir darauf warteten, dass das Bier sich im Glas genug gesetzt hatte, damit der *süße Kerl* nachzapfen konnte.

«Erzählst du schon wieder Geschichten über mich, Sweetheart?»

Carole zuckte zusammen. Jemand war an ihrer anderen Seite aufgetaucht. Jemand mit einer zugegeben sehr angenehmen Stimme, außerdem senkten sich über seinen Augen so lange und dunkle Wimpern, dass jede Frau neidisch darauf werden musste. Ich seufzte in mich hinein, als Carole von einer Sekunde auf die andere jedes Interesse an meinem quasi nichtexistenten Liebesleben verlor und dem hübschen Neuankömmling all ihre Aufmerksamkeit widmete. Und zwar mit dem ganzen Körper. *Himmel.* Carole war keine, die mit dem Verlieben zögerte, aber solche öffentlich ausgetragenen Knutschorgien hatte ich bei ihr noch nie erlebt. Es dauerte bis zu meinem Bier, ehe sie sich an mich zu erinnern schien.

«Oh, Paula, du kennst doch sicher schon Josh? Ihm gehört das Musikgeschäft neben dem Salon ...»

Ich kenne selten Menschen, denen ich nie begegnet bin, zumal ich von besagtem Musikgeschäft lediglich das Schaufenster mit den völlig überteuerten Kompaktanlagen und Musikinstrumenten gesehen hatte. Und auch das nur flüchtig, als ich Carole einmal auf die Baustelle begleitet hatte, die ihr Beauty Salon zu dem Zeitpunkt noch gewesen war.

Trotzdem nickte ich artig, denn ich wollte meiner Freundin nicht den Abend verderben. Den Vorabend vor der großen Eröffnungsparty, für die sie sich Mut antrinken wollte. Als Josh Carole fragte, ob sie tanzen wolle, hatte sie nichts Eiligeres zu tun, als ihm auf die kleine, überfüllte Tanzfläche zu folgen.

«Schon klar», murmelte ich zu mir selbst. «Ich nehm dein Glas mit an einen Tisch.» Das also war Mr. Right. Ein Plattenladenbesitzer und wahrscheinlich Musiker in einer Band. Da wunderte mich Caroles Interesse an ihm nicht wirklich, sie mochte Kerle, die ein wenig aus der Reihe tanzten und einen Hauch von Rebellentum verströmten. Aber ich gab mich der Hoffnung hin, dass so einer ein bisschen zu weit unten auf der Karriereleiter stand, als dass ihr Interesse von Dauer sein würde. Andererseits, diejenige, mit der sie zusammenwohnte, war *ausgerechnet ich*. Und was besaß ich? Ein archäologisches Ausgrabungsbesteck, Gummistiefel und nicht mal den Anfang von all dem, was ich eigentlich mit meinem Leben vorgehabt hatte. Ich schätzte, dass Rocker-Josh im Gegensatz zu mir genau dort war, wo er sich als Knäblein hingeträumt hatte.

Als einer der Tische an der verspiegelten Wand frei wurde, schnappte ich mir mit jeder Hand ein Glas.

Im nächsten Augenblick rannte ich gegen eine Wand.

Die Wand trug ein T-Shirt mit Logo, das vermutlich einer Rockband gehörte, auch wenn ich noch nie davon gehört hatte. Unwillkürlich überlegte ich, ob der Kerl vielleicht zusammen mit Josh hier aufgetaucht war, aber das ließ sich in diesem Moment schwer nachprüfen. Aus dem Kragen ragte ein stiernackiger Hals, der in einem mit struppigem Bart bedeckten Kinn endete. Zumindest blitzten die Zähne strahlend weiß, als der Mann, zu dem das alles gehörte, mich versucht gewinnend anlächelte. «Lust zu tanzen?»

Vielsagend blickte ich zuerst auf den Caipirinha in meiner Linken, ehe ich sehr langsam und deutlich den Blick zum Bier in meiner Rechten wandern ließ.

«Keine Hand frei», sagte ich überflüssigerweise. Ich war nicht hier, um zu tanzen. Ich hatte Carole gewarnt, als sie vorschlug, dass der beste Ort, ihr mein Herz auszuschütten, der Pub am Ende der Straße wäre. Doch statt dass sie sich meine Sorgen anhörte, stand ich jetzt kurz davor, mein Bier über einem zerzausten Typen mit strahlendem Lächeln auszuschütten. Nur ein Problem hielt mich davon ab: Er war zu hochgewachsen, als dass ich seinen Scheitel hätte erreichen können.

Als ich aus dem Augenwinkel bemerkte, wie ein knutschendes Pärchen sich an den freigewordenen Tisch klemmte, der mein Ziel gewesen war, wollte ich nur noch nach Hause. Warum knutschte alle Welt, und warum hatte Gott mich nicht wenigstens lieb genug, um mir einen freien Tisch zu gönnen? Warum erreichte ich nicht mal diese Minimalziele? Wie sollte ich da von mir erwarten, jemals genug Energie aufzubringen, um mich endlich meiner längst überfälligen Doktorarbeit zu widmen? Mehr als fünf Jahre, nachdem ich meinen Bachelor mit Bravour hingelegt hatte?

Zausebart zuckte mit den Schultern ob meiner Ablehnung und trollte sich. Vermutlich hatte er ausreichend Erfahrung in der Entgegennahme von Körben. Bessern würde sich das wohl erst, wenn er seinen Geschmack an T-Shirts änderte.

Frustriert stellte ich die Gläser zurück auf den Tresen, wo ich mich nun zu allem Überfluss auch noch mit gerade mal halb so viel Platz begnügen musste wie vorher. Der Bartender, der uns bedient hatte, warf mir einen bedauernden Blick zu. «Ziemlich voll heute», murmelte er, aber ehe ich mich zu einer Antwort gezwungen sah, wandte er sich schon an neue Kundschaft. Mir war es Recht so.

Ich nippte an meinem Ale. War es Pflicht, hierzubleiben? Konnte ich nicht einfach heimgehen? Ich war mit Carole gekommen, weil sie fand, sie schulde es mir. Aber hey, erstens hielt sie es nicht für nötig, ihr Versprechen einzulösen, dass sie sich meine Probleme anhören würde. Und zweitens hatte sie ihren Josh, der einen höheren Unterhaltungswert besaß als ich.

Wahrscheinlich würde sie mich nicht mal vermissen, wenn ich mich einfach aus dem Staub machte.

«Warum tun Sie das?», fragte eine Stimme hinter mir. Im ersten Moment wusste ich nicht, was es war, das mir die Haare sträubte. Ich hasse dieses Gefühl, ich habe immer Angst, dass alle Welt sehen kann, wie ich mich in einen Igel verwandele. Zum Glück hatte sich die Sichtbarkeit dieser Reaktion meines Körpers gebessert, als Carole mich überzeugt hatte, statt meiner früheren streichholzkurzen Platinsträhnen lieber das Haar länger zu tragen und in meinem braunen Naturton zu belassen. Aber selbst wo die Sichtbarkeit nachgelassen hatte, blieb immer noch das Gefühl, dass mir die Haare zu Berge standen.

Mit dem nächsten Gedanken wusste ich, was es war, das mich erschreckte. Der Mann sprach mitten in einer Londoner Bar völlig ungeniert in dem Akzent, der auf den Orkney-Inseln gesprochen wurde.

Ich wandte mich um, aber da war niemand.

«Hier unten.» Das kam knochentrocken von der Höhe der Barhocker her. Ich korrigierte meinen Blick nach unten und sah den schönsten Mann, dem ich je begegnet war.

Es war einer dieser Momente, wenn man jemanden zum ersten Mal trifft und sofort denkt, *dieser Mensch muss Gott mit Schwung ans Bein gepinkelt haben.* Warum sonst sollte es der Allmächtige für richtig erachten, ein solches menschliches Kunstwerk in einen Rollstuhl zu zwingen?

Er hob eine Augenbraue, nur eine, während er mir Zeit gab, ihn ausgiebig anzustarren. Dann spürte ich, wie peinlich das war, und ich suchte nach etwas anderem, auf das ich meinen Blick richten könnte. Auf das Bierglas zum Beispiel, das er, gehalten von eleganten, langen Fingern, auf seinem rechten Knie balancierte. Er trank Pale Ale. Ein Pint. Genau wie ich.

«Keine Angst, ich bin nicht hier, um dich um den nächsten Tanz zu bitten», sagte er, zwinkerte mich an und setzte das Glas an die Lippen. Wie berauscht sah ich zu, wie sein Adamsapfel beim Schlucken arbeitete. «Ich wollte dir nur diese eine Frage stellen. Bin gleich wieder weg, aber es interessiert mich.»

Frage. War da eine Frage gewesen? Und *gleich wieder weg*? Sollte das eine Drohung sein? Ich tastete hinter mir auf dem Tresen nach meinem eigenen Bierglas, weil meine Kehle so staubtrocken geworden war, dass ich vermutlich nur gehustet hätte, wenn ich zu sprechen versuchte.

Er reckte den Hals, um an mir vorbeizusehen und zu erkennen, was ich da tat. Dann grinste er, schmale, feste Lippen in einem glattrasierten, gebräunten Gesicht. Von der Sonne geküsst, obwohl er das aschblonde Haar und die hellen Augen eines Mannes hatte, der nicht von Haus aus dazu neigte, im Sommer schnell Farbe anzunehmen. Er sah aus wie ein Mann, der große Teile seines Lebens im Freien verbrachte.

Wie ein Surfer oder Bauarbeiter. Aber wie passte das zu dem Rollstuhl?

Vielleich saß er ja noch nicht lange darin. Ein Arbeitsunfall. Oder, wenn man es mehr sexy wollte, ein Surf-Unfall.

Und meine Finger suchten immer noch nach dem Glas.

«Ein bisschen nach links», sagte er in diesem Akzent, den zu hassen ich mir in langen Jahren fern meiner Heimat angewöhnt hatte.

Vorsichtig schob ich meine Hand weiter, und endlich stießen meine Finger an das kühle, von Kondenswasser feuchte Glas. Der Mann im Rollstuhl nickte anerkennend, als ich es schaffte, mein Bier in die Hand zu nehmen, ohne mich umzudrehen und trotzdem ohne etwas umzustoßen. Ich nahm einen kräftigen Schluck, froh, mich für das Pale Ale entschieden zu haben. Ein Caipi hätte mir die staubige Kehle nur gänzlich verklebt.

Dann räusperte ich mich. «Was war die Frage?»

«Warum tun Sie das?»

Verunsichert runzelte ich die Stirn. Ja, genau, das war die Frage gewesen, aber was meinte er? Weil ich zu lange mit der Antwort zögerte, entschied er, mir unter die Arme zu greifen und genauer zu werden.

«Ihr Akzent. Warum unterdrücken Sie ihn?»

«Ich ... was?» Verärgerung löste die Verunsicherung ab. Ich hatte es aus sicherer Quelle, dass man mir kein bisschen mehr anmerkte, woher ich stammte. Ich lebte seit mehr als zehn Jahren in London und hatte in all der Zeit nicht einmal auch nur im Entferntesten daran gedacht, Kirkwall einen Besuch abzustatten. Es ärgerte mich, dass dieser Mensch, den ein

Tsunami biblischen Ausmaßes von Orkney bis nach London geschwemmt haben musste, mich durchschaute, ehe ich auch nur das Wort an ihn gerichtet hatte.

«Ich weiß nicht, was Sie meinen.»

Wieder hob sich diese Augenbraue. Die war nicht buschig, aber auch nicht so hell, dass sie kaum sichtbar wäre. Sie war perfekt, wie der ganze Mann. «Nicht?»

«Hören Sie», sagte ich und stellte mein Glas mit Nachdruck auf den Bierdeckel zurück. «Ich habe keine Ahnung, warum Sie glauben, mir ...»

«Sie wissen doch gar nicht, was ich glaube», unterbrach er mich lächelnd.

«Und unhöflich ist es obendrein, Menschen nicht ausreden zu lassen», bemerkte ich pikiert.

«Ich habe ja nicht behauptet, ein höflicher Mensch zu sein. Ich dachte mir nur so, ich halte Sie lieber auf, ehe Sie etwas sagen, das Sie bereuen könnten.» Als ein halb betrunkener Jugendlicher gegen eines der Räder des Rollstuhls stolperte und dabei beinahe zu Boden ging, reagierte der Mann nur darauf, indem er ein wenig zur Seite rollte. Näher an mich heran.

Ich hatte das Gefühl, als würde mich der Duft von Salzwasser streifen, von windzerzaustem Gras, von endlosen weißen Stränden und uraltem Gestein. Natürlich bildete ich mir das nur ein. Hier drin roch es nach tausend Arten Alkohol und ganz schwach nach Erbrochenem, aber gewiss nicht nach Orkney.

«Ich bin aus beruflichen Gründen in der Stadt.»

«Das bedeutet also, Sie reisen schon bald zurück nach H... nach Orkney?»

«Morgen.» Er lachte. «Ich wollte mir nur mal das berühmte Londoner Nachtleben ansehen. Sie wissen vermutlich selbst, dass es in den Pubs in Kirkwall ein wenig anders zugeht.»

Nicht in allen, auch das wusste ich, aber er war teuer gekleidet und hatte gepflegte Fingernägel. Es war unwahrscheinlich, dass er jene Pubs in Kirkwall frequentierte, die an den Wochenenden überquollen vor grölenden Halbstarken und in denen es jeden Samstag zu Schlägereien kam.

«Ich war lange nicht dort», antwortete ich und trank mein Bier aus. Als ich das Glas zurückstellte, sah ich, dass die Eiswürfel in Caroles Caipi fast geschmolzen waren. Selbst schuld, dachte ich ungnädig, und der Gedanke, dass sie vermutlich bald aufhören würde zu tanzen, um sich an ihrem Getränk zu erfrischen, gefiel mir nicht. Etwas in mir wollte nicht, dass meine Mitbewohnerin den schönen Mann im Rollstuhl ebenfalls sah. Der Teil von mir, der sich nicht daran störte, dass ich auf die Komplikationen, die mit Beziehungen einhergingen, keine Lust hatte, wollte diesen Mann ganz für sich alleine. Carole hatte Josh und seine Schallplatten, die brauchte diesen hier nicht, aber ich ... brauchte irgendwas. Das wurde mir klar, als ich in seine Augen sah, die im Dämmerlicht der Bar funkelten.

«Das hört man», sagte er freundlich, und damit waren wir sehr elegant wieder bei seiner ersten Frage an mich gelandet. Ich unterdrückte ein Seufzen.

Dann sagte er: «Haben Sie was dagegen, wenn wir rausgehen? Es ist ziemlich stickig hier unten und außerdem habe ich es langsam satt, dass dauernd jemand gegen die Räder tritt. Das ruckelt so unangenehm. Draußen ist mehr Platz.»

«Und die Luft ist besser.»

Er lächelte. «Zumindest ein bisschen.»

Ich sah mich noch einmal zur Tanzfläche um. Carole hatte sich um den Musikladenbesitzer herumgewickelt und hatte jedes Interesse an mir oder ihrem Caipi verloren. Ohne Schuldgefühle folgte ich dem schönen Mann nach draußen.

2

«Zigarette?», fragte er.

Ich schnaubte halb unterdrückt, während ich auf dem Boden seines Hotelzimmers meine Sachen zusammensuchte. Ich war überzeugt, dass er nicht mal Zigaretten bei sich hatte, vermutlich noch nie in seinem Leben auch nur eine probiert hatte. Ich selbst hatte mir das Rauchen nach dem Sex schon lange abgewöhnt. Es hatte eine Zeit in meinem Leben gegeben, da waren Zigaretten für mich eine Art von Trost gewesen. Sich erwachsener zu fühlen, als man war. Sich selbst zu beweisen, dass man sehr gut alleine zurechtkam. Sowas in der Art.

Ich blickte zu ihm hoch. Er saß auf dem Bett, das rechte Bein ausgestreckt, das linke angewinkelt und einen Arm darum geschlungen. Es war sein rechtes Bein, das ihn in den Rollstuhl zwang. Er war keiner, der es nötig hatte, einer Bettgefährtin für eine Nacht von sich zu erzählen. Nicht einmal seinen Namen hatte er mir gesagt. Was auch gut so war, denn so brauchte ich nicht zu lügen, wenn er mich nach meinem fragte.

Es war auf eine ganz besondere Weise tröstend, sich für einen One Night Stand mit einem Mann einzulassen, der genauso war wie ich. Sich klar darüber, was das hier bedeutete. Nämlich nichts. Dass wir unserer Wege gehen würden, jeder für sich.

Wir brauchten nichts voneinander zu wissen. Sein kaputtes Bein zwang ihn in den Rollstuhl, oder an die Krücken, die an der Wand des Hotelzimmers lehnten, aber es behinderte ihn kaum, wenn es um Sex ging. Ich hatte keine Ahnung, was ihm passiert war. Ich wollte auch nicht danach fragen, denn ich brauchte es ja nicht zu wissen. Es ging mich nichts an. Es war sehr unwahrscheinlich, dass wir uns in diesem Leben noch einmal begegnen würden. Ich hatte kein Problem damit, und er wirkte auch nicht wie jemand, der allzu lange dem Sex mit einer flüchtigen Barbekanntschaft nachtrauern würde.

Was nicht heißen soll, dass der Sex nicht großartig gewesen wäre. Zwar war ich es gewesen, rein aus praktischem Ermessen, die hinterher die Kondome im Klo entsorgte, weil ich im Gegensatz zu ihm nicht auf einem Bein hüpfen musste, um dorthin zu gelangen. Selbst wenn er sich auf die beiden Krücken gestemmt hätte, wäre jede einzelne unserer leidenschaftlichen Episoden in ungelenkem Gehampel und Geschwanke ausgeklungen. Ich gehöre zwar nicht zu denen, die beim Sex allzu sehr auf die Choreographie achten. Auch mein Gefährte in dieser Nacht hatte bewiesen, dass er herzlich über eine ungeschickte Bewegung lachen konnte, als ich beim Orgasmus ein bisschen zu heftig mit dem Arm ausgeholt und seinen Ellenbogen so seltsam getroffen hatte, dass er eingeknickt war und über meinen Brüsten zusammensackte. Aber man muss es ja nicht herausfordern.

Sein Haar war zerzaust. Aschblond. Ich hatte diese Farbe immer gemocht, vor allem an einem Mann. Er sah ein bisschen aus wie ein Wikinger, der soeben eine neue Eroberung gemacht hatte und sich in dem Wissen über seine männliche Virilität suhlte. Seine Augen funkelten, doch auch wenn er mich nicht mal angesehen hätte, wäre ich dennoch überzeugt gewesen, dass er unser kleines Affärchen ebenso genossen hatte wie ich.

«Machst du sowas öfter?» Sein Akzent schnitt dorthin, wo es wehtat. Jetzt noch mehr als vorher. Ich wollte nicht an Orkney erinnert werden, schon gar nicht von einem Mann, mit dem ich mich gerade in den Kissen gewälzt und wirklich Spaß gehabt hatte.

«Wieso? Wirke ich auf dich wie eine Professionelle?»

Er schmunzelte. «Zumindest wie eine, der man nicht nachsagen kann, dass sie zögerlich ist.»

«Wer Spaß haben will, sollte nicht zögern, ihn sich zu nehmen, wenn er sich anbietet.»

«Ich hab mich angeboten?» Er zog beide Brauen hoch.

«Der Spaß hat sich angeboten.»

«Du verletzt mich. Hast du mich also nur benutzt, um deinen Spaß zu haben?»

Halb angezogen ließ ich mich auf die Bettkante sinken. Einen Atemzug später strich er mir mit warmer Hand über die noch immer nackte Flanke, und mein Plan, mir die Hosen hochzuziehen, versickerte im Genuss der Berührung. «Ich denke, das beruht auf Gegenseitigkeit, meinst du nicht auch?»

Seine Hand glitt höher, sein Lächeln erstarb. «Ich würde mich besser fühlen, wenn ich wüsste, dass du nicht jeden Abend mit einem anderen ...»

Ich schnaubte. «Keineswegs. Aber wenn du schonungslose Ehrlichkeit willst?»

«Ich bitte darum.»

«Heute hab ich das wirklich gebraucht.»

«Oh?» Er rollte sich ein wenig herum, sodass er auf der Seite lag, und stützte seinen Kopf in die freie Handfläche. «Rück raus damit, mein Kind. Mir wird nachgesagt, dass ich ein guter Zuhörer bin.»

«Ich denke nicht, dass du dich damit belasten willst. Ändern kannst du es nicht, und du hast mir schon mehr geholfen als meine Mitbewohnerin, die mich immerhin in diese Bar geschleift hat, damit ich meine Seele erleichtern kann.»

«Hat sie nicht getan?», fragte er mit gespieltem Mitgefühl, sodass ich grinsen musste.

«Nein. Aber du.»

«Gut zu wissen.»

Ich zog mir die Bluse über den Kopf und knöpfte sie zu. Das bedeutete, dass er seine Hand von mir nehmen musste, was er mit einem Schmollen auch tat. «Bleib bis zum Morgen», sagte er, sehr ruhig, sehr ernst.

Es war verlockend, denn weit war dieser Morgen ohnehin nicht mehr. Wir hatten uns mehrere Stunden lang in diesen wahnsinnig luxuriösen Kissen gewälzt.

Ich schüttelte den Kopf.

«Hast du eine Ahnung, wieviel Last ich noch von dir nehmen könnte?»

Ganz leise lachte ich vor mich hin, als ich mich nach meinen Pumps bückte. Ich zweifelte nicht daran. Er war gut im Bett, verdammt gut. Als ich mich wieder aufrichtete, hatte er sich auf den Bauch gerollt. Er sah unglaublich jung aus mit den zerzausten Haaren. Ich kannte seinen Namen nicht, und ich wusste auch nicht, wie alt er war. Ich schätzte ihn auf Mitte dreißig, ein paar Jahre älter als ich. Möglicherweise das eine oder andere Jahr mehr, es war einfach schwer zu sagen, er gehörte zu jenen Männern, bei denen ihr Leben lang der Knabe durchschimmerte, der sie mal gewesen waren. Ich hatte keine Ahnung, womit er seine Tage verbrachte, und ich wollte es auch nicht wissen.

Oder ob er verheiratet war. *Oh Gott, bitte nicht.* Ich würde ihn zwar nicht wiedersehen, aber Affären mit verheirateten Männern hatte ich mir immer verboten. Von diesem hier war ich so beeindruckt gewesen, dass ich mir nicht mal die Zeit genommen hatte, nach etwas so Essenziellem wie einem Ring am Finger zu suchen, ehe ich ihm in sein Hotel gefolgt war. Er trug jedenfalls keinen, wie ich mittlerweile wusste. Irgendwie hätte das auch die Schönheit seiner endlos langen und – wie ich jetzt wusste – absolut kundigen Finger geschmälert.

«Und das andere?», fragte er. «Davon sagst du auch nichts?»

«Welches andere?»

«Warum hast du Orkney so definitiv aus deinem Leben gestrichen?»

«Was macht dich so sicher, dass ich ...»

Blitzschnell legte er zwei Finger auf meine Lippen. «Verkauf mich nicht für dumm, das mag ich nicht, und es würde eine nette Erinnerung zerstören. Ich weiß es, okay? Ich kann es hören. Du bist dort oben aufgewachsen, vielleicht sogar geboren, keine Ahnung. Und du tust alles, um es niemanden merken zu lassen.»

Der erste Schuh steckte schon am Fuß, den zweiten drehte ich in meinen Händen. «Darum geht es nicht», sagte ich zögernd.

«Dass andere es merken?»

Ich nickte. «Das wäre mir egal. Aber ... ich will es vergessen, okay? Deswegen ...»

«Du willst vergessen, woher du stammst?» Er klang beinahe ungläubig. «Warum? Und warum glaubst du, dass du das könntest?»

«Oh, ich habe es bisher sehr gut geschafft», sagte ich, meine Stimme klang kalt. «Bis *du* auf einmal hinter mir aufgetaucht bist und mich daran erinnert hast.»

Auf die Ellenbogen gestützt, robbte er näher an mich heran. So nah, dass ich seinen Atem auf der Haut meines Unterarms spürte, als er sagte: «Du weißt so gut wie ich, dass niemand, der auf Orkney aufgewachsen ist, es jemals vergessen könnte. Ich selbst habe die Inseln für lange Jahre verlassen, für Studium und Praktika und dann noch einmal, als mein Leben den Bach runterging, aber ich habe immer gewusst, dass ich eines Tages dorthin zurückkehren würde.»

Ich konnte ihn nicht ansehen. «Frag nicht weiter, okay?» War er schon wieder zurückgekehrt? Oder lebte er gar ebenso in London wie ich, und es wäre gar nicht so undenkbar, ihn wiederzusehen? Nein, auf keinen Fall, entschied ich. Er hatte in der Bar gesagt, er sei geschäftlich in der Stadt. Und selbst wenn er doch hier lebte und nur irgendwann in der Zukunft auf die Inseln zurückkehren wollte ... auch dann könnte ich nicht Teil dieser Zukunft sein. Und er nicht Teil von meiner. Ich hatte Ziele, und auch wenn ich momentan so weit von diesen Zielen entfernt war wie von einer Landung auf dem Mond, so verlor ich sie doch nicht aus den Augen.

Und Beziehungen hatten die Angewohnheit, sich Zielen in den Weg zu stellen.

Ich stand auf, ruckartig, machte drei Schritte vom Bett weg. Dann drehte ich mich zu ihm um und tat etwas, das ich nicht tun wollte. In einer hässlichen Geste wies ich auf sein kaputtes Bein. «Ich frag dich ja auch nicht ... danach, oder?»

«Frag», sagte er, immer noch sehr ruhig, ganz selbstbeherrscht. Wenn ihn meine Geste getroffen hatte, so ließ er es sich nicht anmerken. «Frag, und ich antworte dir.»

Ich wollte es doch gar nicht wissen, verdammt! Es würde bedeuten, etwas von *ihm* zu wissen, etwas, das mich *ihm* näher brachte, und ich wollte ihm nicht nahe sein. Hastig griff ich nach meiner Handtasche, die auf dem Regal neben der Hotelzimmertür stand, daneben lagen die Schlüsselkarte und seine Brieftasche. Er vertraute mir. Wenn ich die einfach mitgehen ließ, könnte er mich nie einholen.

Plötzlich brannte etwas in meinen Augen. Ich legte eine Hand auf die Türklinke.

«Du gehst also wirklich?», fragte er.

«Ich gehe also wirklich», erwiderte ich.

«Was auch immer es ist, ich hoffe, dass es sich zum Guten wendet», sagte er.

Ich machte, dass ich da rauskam, damit er nicht sah, wie sich bei seinen letzten Worten drei Tränen aus meinen Augen stahlen.

Verdammt.

3

«Na also, das kann sich doch schon mal sehen lassen.» Carole trat einen Schritt zurück und begutachtete ihr Werk. Ich musste mich zusammenreißen, um nicht die Augen zu verdrehen bei ihrer kritischen und zugleich selbstverliebten Art, wie sie da hinter mir stand und mich, aber auch sich selbst im riesigen Wandspiegel betrachtete.

Carole ist Kosmetikerin, hatte ich das erwähnt? *Beautician* nennt sie sich selbst, Schönheitspflegerin. Und für sie war es eine Frage von Berufsehre, die dunklen Augenringe, von einer schlaflosen Nacht auf meinem Gesicht zurückgelassen, unsichtbar zu machen. Ihr jedenfalls war nicht mehr anzusehen, dass ich sie über der Kloschüssel hängend gefunden hatte, als ich in den frühen Morgenstunden von meinem Sex mit dem Wikinger nach Hause gekommen war. Sie hatte behauptet, sie habe sich am Dinner am Abend zuvor den Magen verdorben. Ich redete mir ein, dass sie einen Caipirinha zuviel getrunken haben mochte. Wir hofften wohl beide, dass wir recht hatten, obwohl tief in mir etwas in Panik geraten war.

Wir befanden uns im Paradies. So jedenfalls hatte Carole ihren Schönheitssalon genannt, der in den vergangenen sechs Monaten aus einem ehemaligen Chip Shop mitten in Kensington auferstanden war wie ein

Phoenix aus der Asche. Und obgleich erst am vergangenen Morgen die Maler endgültig ihre letzten Utensilien rausgeräumt und den Weg für Caroles Team freigemacht hatten, roch es nicht einmal mehr nach Farbe. Die ganze Nacht hatten die drei Männer und zwei Frauen, die Carole als Team des Salons engagiert hatte, gearbeitet, hatten Spiegel und Glasregale poliert und mit Kosmetika in einer Preisklasse vollgestellt, die ich mir im Leben nicht leisten könnte. Einmal mehr war ich froh, dass ich auf das meiste davon ohnehin getrost verzichten konnte.

Neben Glas und Chrom war ein dunkles Violett die vorherrschende Farbe des Salons. Selbst ich mit meinem limitierten Verständnis von dem, was aktuell *in* war – mein Beruf brachte es mit sich, dass ich mich in der Vergangenheit besser auskannte als in der Gegenwart – musste zugeben, dass das alles sehr edel aussah. Und sehr teuer. Es duftete nach Lavendel und Sandelholz, je nachdem, in welchem Teil des Ladens man sich gerade aufhielt. Die Kundinnen konnten selbst entscheiden, ob man durch die riesigen Glasfenster von der Straße aus gesehen werden oder lieber in jenem Teil des Salons seine Behandlung erfahren wollte, der gegen Blicke von außen abgeschirmt war. Die Ladys von London würden in Scharen kommen, um sich hier verwöhnen zu lassen, bei Peeling, beim Coiffeur oder auch einfach nur bei einer Gesichtsmassage vor einem oh so anstrengenden Cocktailabend. Carole hatte wirklich etwas Großartiges auf die Beine gestellt.

Sie nahm meine linke Hand in ihre und schnalzte - wie üblich - missbilligend mit der Zunge. «Aber deine Fingernägel!», stieß sie atemlos vor Empörung hervor.

«Himmel, Paula, wie soll ich die denn in der Kürze der Zeit noch hinbiegen? Du hattest mir versprochen, wenigstens eine Woche in deinem blöden Supermarkt Handschuhe zu tragen, und jetzt? Die sehen aus wie abgefressen!» Seufzend zerrte sie eines der unzähligen Rollwägelchen, die im Salon herumstanden, näher an uns heran, sortierte Nagelfeilen vor mir auf die Arbeitsplatte, Kleber und künstliche Nägel. »Da muss ich jetzt wohl durch«, murmelte sie und rückte die Brille - eines von diesen verrückten Gestellen, die Elton John zur Ehre gereichen würden - auf ihrer Nase zurecht. Ergeben überließ ich ihr meine Hand, und sie machte sich ans Werk.

«Ich bin ja wirklich froh, dass du das machst, Pau», sagte sie, während sie emsig feilte und polierte. Hinter uns waren mehrere perfekt aufgerüschte junge Leute zugange, Tische zu rücken, das dunkelviolette Leder der Stühle noch einmal abzuwischen, die letzten Spiegel zu polieren, Wasserhähne und Rezeptionstresen aus nigelnagelneu blinkendem Chrom zu putzen. «Meine Leute mögen tolle Kosmetikerinnen und Friseure sein, aber davon, wie man auf so einem Empfang mit den Gästen umgeht, verstehst du einfach mehr.»

Die Crux meines Lebens. Carole jedenfalls hatte sich nie durch Gelegenheitsjobs als Serviererin oder Hostess durchschlagen müssen. Mit siebenundzwanzig Jahren, zwei Jahre jünger als ich, eröffnete sie heute einen Schönheitssalon. Ihre Ausbildungen, Weiterbildungen und den Laden selbst mitsamt einer aufwändigen Renovierung hatte sie unter kräftiger Mithilfe ihrer Eltern und vor allem Großeltern finanziert. Schon in den letzten beiden Jahren, in denen sie in einem Salon in Marylebone gearbeitet hatte, war sie bei den Kundinnen äußerst gefragt gewesen. Und all diese Kundinnen würde sie ab dem kommenden Montag ihrem ehemaligen Arbeitgeber abspenstig machen. Derselbe Arbeitgeber, der nachher noch gute Miene zum bösen Spiel machen und auf diesem Empfang einer der Ehrengäste sein würde, wenn auch vermutlich mit hinter dem Rücken zusammengebissenen Zähnen. *Falls* so etwas möglich war.

Apropos gefragt. Du hast dich vielleicht schon gefragt, wieso ich soviel von Carole erzähle und nichts von mir. Das Problem ist, von mir gibt es nichts zu berichten. Nichts Erwähnenswertes. Abgesehen von einem Bachelor hatte ich in meinem Leben überhaupt noch nichts erreicht. Dabei hatte ich so große Ziele gehabt, als ich, kaum volljährig, nach London geflohen war. Es war ohnehin unwahrscheinlich, dass ich jemals nach Orkney zurückkehren würde, aber ohne einen Erfolg in der Tasche war es geradezu unmöglich für mich. Ich würde mich nicht nach einer Niederlage dort blicken lassen.

Carole bestand zwar darauf, mich ohne Ende dafür zu bewundern, dass ich mein Leben durchzog, nachdem ich mich einmal entschieden hatte. Dennoch war *sie* es, die etwas Großartiges auf die Beine gestellt hatte, nicht ich. Ein Bachelor in Archäologie ist ziemlich nutzlos, denn auch im Süden Englands sind die Jobs rar gesät, auf die man sich damit bewerben kann. Von ewigen befristeten Stellen auf Projekten hatte ich sehr schnell die Nase voll gehabt. Wer monatlich Miete zahlen muss, kann sich nicht von einem Projekt zum nächsten hangeln und nie wissen, ob er im kommenden Monat vielleicht von der Hand in den Mund leben würde. Und weiterstudieren war nicht drin, denn selbst wenn ich regelmäßiger Arbeit als Kassiererin im Supermarkt nachging, reichte meine Kohle gerade mal so, um die Miete für ein WG-Zimmer in Central London zu bestreiten. Es blieb nie genug übrig, um noch etwas zu sparen, damit ich irgendwann vielleicht doch meine akademische Karriere wieder aufnehmen könnte. Ab und zu hatte ich Glück und ergatterte einen trotzdem nur auf wenige Monate befristeten Arbeitsvertrag auf Straßenbaustellen, wenn ein Archäologie-Team vorher den Untergrund nach bewahrungswürdigen Hinweisen auf die Geschichte Londons durchbuddelte. Diese Jobs waren gut durchfinanziert und daher auch ordentlich bezahlt, aber sie waren selten zu kriegen. Im vergangenen Sommer hatte ich ein ganzes halbes Jahr lang in einem Museum als Assistenz des Kurators gearbeitet und mich dabei tödlich gelangweilt. Arbeit war für jemanden wie mich dünn gesät, es gab zehnmal mehr Bewerber als Jobs, und die Jobs, die nicht auf wenige Wochen befristet waren, waren dann eben auf den Sommer beschränkt. Deshalb verließ ich mich seit mittlerweile zwei Jahren ausschließlich auf die konjunktursichere Stelle an der Supermarktkasse und träumte nur noch von der Wissenschaft, während ich Joghurt, Weißbrot und Whisky über den Scanner zog. Einen festen Freund wollte ich nicht, weil der mir nur im Weg stehen würde, wenn sie plötzlich aus heiterem Himmel etwas in der Archäologie für mich ergab. Aber auf Sex verzichten war auch nicht mein Ding, weshalb ich mich mit den gelegentlichen One Night Stands begnügte.

Was soll ich sagen? Ich liebte die Archäologie. Archäologie war das Einzige, was ich immer hatte machen wollen. Das Einzige, wofür ich Leidenschaft empfand. Es war kein Studium, das man mal eben so aus Mangel an Optionen durchzog. Ich hatte das gewollt, und ich wollte es immer noch. Bis aufs Bett heruntergewirtschaftete Fingernägel und eine Jobbörse, die dem Glücksrad ähnelte, waren ein geringer Preis für die wenigen strahlenden Momente, wenn ich ein Fundstück freilegte, das ein bisher unbekanntes Kapitel unserer Geschichte als menschlicher Gesellschaft erzählte.

Carole war fertig, ging noch einmal mit dem Rotlicht über meine perfekten falschen Fingernägel und seufzte. «Aus dir könnte man so viel machen, Schätzchen, aber durch deine Buddelei im Erdreich machst du ja doch alles wieder zunichte.»

Ich verkniff mir den Hinweis, dass ich den Kleber unter den blöden Nägeln den ganzen Tag lang spüren würde. Sie hatte mir versprochen, dass das ein leicht lösbarer Kleber war, und ich schwor mir, die Dinger gleich nach dem Ende der Veranstaltung herunterzureißen. Ebenso verkniff ich es mir, sie daran zu erinnern, dass mein Ausgrabungsbesteck seit mehr als zwei Jahren unbenutzt herumlag. Wir wohnten seit mehr als vier Jahren zusammen. Sie wusste genau, was in meinem Leben vorging.

Als ich mich endlich aus dem Gebilde aus Chrom und Leder hochzwängte, trugen mich meine Beine fast nicht mehr, und ich musste mich an der Arbeitsplatte festhalten. Aus dem Spiegel heraus blickte mich eine Frau an, die nichts mehr mit der von Wind und Regen zerzausten Archäologin auf einer Ausgrabung zu tun hatte. Ich sah aus wie eine Modepuppe, die braunen Haare zu zierlichen Locken gedreht und hochgesteckt, der immer noch etwas windgegerbte Teint perfekt geglättet, nix Pickel, und auf Hochglanz poliert und geschminkt. Carole nahm dieses mir unbekannte Gesicht zwischen beide Hände und sah mir tief in die Augen. «Ich schulde dir was», sagte sie und gab mir einen schwesterlichen Kuss.

«Oh ja, das tust du», erwiderte ich. «Erst recht, nachdem du mich gestern Abend so schändlich allein hast sitzen lassen.»

«Als du nach Hause gekommen bist, hast du jedenfalls nicht so gerochen, als ob dich dieser Umstand allzu lange sauer gemacht hätte. Das war definitiv ein Männerduft, der da an deinen Fingern geklebt hat.»

«Bist du sicher, dass das nicht Joshs Parfüm gewesen ist, das dir in der Nase hing?»

Sie lachte. «Ich sag ja nicht, dass das Parfüm war. Jedenfalls nicht das von Josh. Das war was … das roch nach Gras und Meerwasser. Wer ist denn der Glückliche, hm?»

«Keine Ahnung», gab ich zu, weil es ja doch unnütz war, sie davon überzeugen zu wollen, dass es keinen Mann gegeben hatte. Ich war noch später nach Hause gekommen als sie, und sie brauchte nur eins und eins zusammenzuzählen. Gras und Meerwasser? Hatte ich deshalb so sehr seine Nähe gesucht? Ich erinnerte mich daran, schon im Pub diesen Duft gespürt zu haben, und jetzt sah es so aus, als wäre ich doch nur deshalb mit ihm mitgegangen. Gras und Meersalz und Landregen und immerwährender Wind. Nein, dieser Mann lebte nicht in London. Dieser Mann duftete nach Orkney.

Sie winkte ab. «Wieder einer, den du angelogen hast, als er dich nach deinem Namen fragte, nicht wahr?»

«Brauchte ich nicht. Er hat nicht gefragt. Und ich ihn auch nicht.»

Mit der Zunge schnalzend schüttelte sie den Kopf. «Eines Tages, Pau, fällst du mit dem Kopf voran in den nach Honig und Blumen duftenden Pool, der Liebe heißt. Und dann wirst du gar nicht wissen, wie man darin schwimmen muss, um nicht unterzugehen, wenn du so weitermachst.»

«Dann habe ich ja immer noch dich, die es mir sagt», erwiderte ich trocken und drehte mich zu ihrer Mannschaft um. Zwei Mädchen waren dabei, Champagnergläser zu einer Pyramide zu stapeln. Gregory, Caroles Chefcoiffeur, schleppte unter theatralischem Ächzen zwei Eimer voller Eiswürfel herein, die er mit noch größerem Getöse in riesige Silberschalen umfüllte. »Wo willst du die Flaschen haben?«, fragte er und wischte sich mit großer Geste über die Stirn.

Ich war froh, nicht mithelfen zu müssen, als die Schalen neben der Pyramide arrangiert und die Champagnerflaschen hineingelegt und mit Eis bedeckt wurden. Oder als wenig später der Catering-Service das Büffet anlieferte. Das waren zwar alles Sachen, von denen ich was verstand, aber ich fürchtete ohnehin schon, dass sich nach zwei Stunden auf den High Heels meine Knöchel wie zu Mus zerstoßen anfühlen würden. Carole wuselte von hier nach da und wieder zurück und freute sich sichtlich auf den Nachmittag in Gesellschaft eines großen Teils von Londons oberen Fünfhundert. Ein Teil von mir fragte sich, warum ich mich drauf eingelassen hatte, aber ein anderer Teil wusste es ganz genau: Freundschaften mussten gepflegt werden, und eine Freundin wie Carole hatte nicht jeder.

4

Eigentlich war es nicht weiter anstrengend. Carole hatte ihr ganzes Fünferteam dazu verdonnert, den Gästen eine schöne Zeit zu bereiten. Das bedeutete in erster Linie, Getränke zu verteilen. Es bedeutete auch, bei Gelegenheit Smalltalk zu betreiben, doch diesen Teil übernahm Carole mit größtem Elan selbst. Sie war nicht nur eine talentierte Schönheitspflegerin, die aus einem unsichtbaren Entlein innerhalb einer halben Stunde einen hinreißenden Schwan zaubern konnte. Sie war auch ein Naturtalent, wenn es darum ging, mit Leuten zu reden, die eigentlich sogar auf *ihren* gesellschaftlichen Status - und der war beileibe nicht niedrig – gewissermaßen versnobt herabblickten. Ich behielt ihr Team im Auge und kümmerte mich darum, dass das Büfett nicht leer wurde. Wir arbeiteten gut zusammen. Mit den Leuten, die auf solch einem Empfang gesehen werden wollten, hatte ich wenig gemeinsam.

Bis … ja, bis mich ein Mann von der Seite ansprach, als ich gerade weiteren Champagner in Gläser füllte.

«Miss Norquay. Unerwartet, Sie hier zu sehen.»

Ich fuhr herum. Partridge! Besser gesagt, Dr. Edward Partridge, seit Jahr und Tag einer der führenden Archäologen am University College London und in dieser Funktion der Professor, der mir seinerzeit auf dem Weg zu meinem Bachelor die Hand gehalten hatte. Auf seinem Gebiet gab es wenige, die ihm das Wasser reichen konnten. Dafür waren seine sozialen Kompetenzen nicht die allerbesten. Mir fiel fast die noch beinahe volle Flasche aus der Hand.

«Dr. Partridge. Lange nicht gesehen, wie geht es Ihnen?»

«Arbeit, Arbeit, Arbeit. Und bei Ihnen?»

An seiner Seite klebte ein Persönchen von vielleicht neunzehn Jahren, bis über beide Ohren geschminkt und auf High Heels balancierend, die nochmal doppelt so hoch waren wie meine. Partridge war seit vielen Jahren geschieden, aber dass er einen Hang zu solch jungem Gemüse hatte, wäre mir neu gewesen. Die ganze Zeit, während sie an seinem Ellenbogen hing, schaute sie sich nervös im Raum um, wenn sie nicht gerade gierig am Champagner schlürfte.

«Dito, Sir.»

«Hoffentlich bezahlt Carole Sie wenigstens ordentlich dafür, dass Sie sich hier hinstellen. Ich meine, das ist doch meilenweit unter Ihrem Niveau.»

«Was? Oh, aber nein. Das ist ein Freundschaftsdienst.» Wusste der Mann wirklich nicht, auf welches Niveau ich mich inzwischen reduziert hatte? Sagen würde ich es ihm jedenfalls nicht. Weder hatte ich Lust auf Anteilnahme, noch darauf, dass er mir Dinge versprach, die er dann doch nicht halten würde.

Das Persönchen zupfte am Ärmel seines Jacketts und hielt gleichzeitig mir ihr Glas entgegen, um es sich nachfüllen zu lassen. «Ich mach mal eine Runde, Daddy, okay?»

Ah, das erklärte ihre Anwesenheit. Die Tochter meines einstigen Professors hoffte, auf dieser Veranstaltung das große Los zu ziehen. Sollte sie. Die anwesenden Herren, so sie denn nicht vergeben waren, standen zumeist eher weniger auf Frauen. Aber vielleicht musste Miss Partridge das auf die schmerzhafte Tour herausfinden. Ich schenkte ihr ein, während sie ungeduldig mit dem Glas wackelte, weil sie wohl nicht wagte, mir ins Gesicht zu sagen, dass ich zu langsam sei. In diesem Moment gönnte ich ihr die schmerzhafte Tour.

«Wo arbeiten Sie derzeit?», fragte der Professor, als das Töchterlein sich unters Volk mischte. «Haben Sie eine Stelle in der Forensik bekommen, wie ich es Ihnen empfohlen hatte?»

Ich schüttelte den Kopf. Ohne meine Arbeit zu unterbrechen, sagte ich: «Nein, die Jobs dort waren schneller weg als Schnee in der Sahara. Aber das ist schon okay. Ich habe einen ziemlich kündigungssicheren Job als Kassiererin bei Tesco.» Brachte ja nichts, zu versuchen, ihn anzulügen.

Er verzog das Gesicht, als habe er Zahnschmerzen. «Ich bitte Sie, Miss Norquay! Sie waren die Beste Ihres Jahrgangs. Ich rechne beinahe täglich damit, dass Sie sich wieder einschreiben, um Ihren Master zu machen. Oder überspringen Sie die Masterarbeit und widmen sich sofort Ihrem PhD? Jemand wie Sie sollte eines Tages unterrichten, wissen Sie …»

Viel zu breit und gewinnend lächelte ich ein geschmackvoll gekleidetes Paar an, das an meinen Tisch mit den Erfrischungen trat, um sich zwei Gläser zu nehmen. Das unterbrach den Professor wenigstens für kurze Zeit, denn seine Rede war … Himmel, ich konnte das nicht mitanhören. Wenn es nach mir ginge, hätte ich diesen verdammten PhD ja längst in der Tasche. Aber es ging nun mal nicht nach mir. Mich unterstützte keine wohlhabende Familie. Wenn meine Eltern erfuhren, dass Granny Dora von Anfang an gewusst hatte, wo ich steckte, würden sie gleich den nächsten Familienkrach vom Zaun brechen. Aber Granny hatte auch schon lange keine Ersparnisse mehr. Das wenige, was sie hatte erübrigen können, war in meine ersten drei Jahre in London geflossen, und ich konnte es ihr nicht mal zurückzahlen. Das Leben in London war teuer. Um mir die Miete leisten zu können, musste ich fast täglich Überstunden machen, und das bedeutete, dass mir schlicht die Zeit fehlte, über einen Master oder gar eine Doktorarbeit auch nur nachzudenken.

Auch der Professor nahm sich ein Glas und drehte es gedankenverloren zwischen seinen Fingern. Wir beide sahen einen Moment lang seiner Tochter zu, die den strahlend schönen Gregory, Caroles Starfriseur, in ein Gespräch verwickelt hatte. Zu schade für das arme Mädchen, dass Gregory nur auf ganze Kerle stand. Da konnte sie auf ihren Stöckelschuhen nicht mithalten.

«Sie sind Schottin», sagte Dr. Partridge, ohne den Blick von seiner Tochter zu wenden. «Sie sind noch immer berechtigt, Zuschüsse und Darlehen zu schottischen Konditionen zu erhalten, wenn Sie in Ihre Heimat zurückkehren und Ihre Ausbildung nördlich des Hadrianswalls fortsetzen. Ihr Bachelor am UCL ändert daran nichts.»

«Nein», sagte ich, ohne zu zögern, und wünschte, ich könnte so ein Glas nehmen und den Inhalt mit einem einzigen Zug hinunterstürzen. Das, was er da sagte, war mir seit langer Zeit klar. In Schottland könnte ich mir mein Studium leisten, könnte innerhalb weniger Jahre in Vollzeit meinen PhD machen, um anschließend mit einem gutbezahlten Job an einer Universität meiner Großmutter ein paar schöne Jahre für ihren Lebens-abend zu finanzieren. Doch jede Meile, die mich näher an Orkney brachte, machte mir Bauchschmerzen. So weit weg wie möglich, das war von Anfang an mein Credo gewesen. Partridge hatte keine Ahnung, wie sehr ich mich in meinen letzten beiden High School Jahren in Kirkwall gequält hatte. Wegrennen war keine Option gewesen, man hätte mich gefunden und zu meinen Eltern zurückgeschleift. Unzählige Male hatte ich versucht, bei Granny unterzukriechen, in das einsam stehende Cottage an der windzerzausten Küste, aber immer wieder hatte man mich von dort weggeholt. Mir blieb nur, das Theater in meinem Zuhause auszusitzen, bis ich volljährig war, und dann meine Sachen zu packen und mich auf und davonzumachen, wenn niemand mehr das Recht hatte, mich daran zu hindern.

Ich hatte mir geschworen, dass ich, wenn überhaupt, erst dann wieder nach Orkney kommen würde, wenn ich erfolgreich war. Ein Doktortitel war dabei mein Mindestziel. Es ihnen allen zeigen. Dass ich es konnte. Dass ich kein kleines Mädchen war, das man nach Lust und Laune herumschubsen und ihm aufzwingen konnte, was es zu tun und zu lassen hatte. Wenn es nach meinem Vater gegangen wäre, wäre ich mein Leben lang in Kirkwall geblieben, und wenn nicht als Tierpflegerin in der Milchwirtschaft, die mein Vater damals noch betrieben hatte, dann bestenfalls als Supermarktkassiererin. Es war verdammt nochmal reinste Ironie, dass ich in London nun genau als eine solche Kassiererin meinen Lebensunterhalt verdiente.

Nein, nach Schottland kam nicht in Frage. Ganz gleich, wie sehr ich mich danach sehnte, meine Großmutter wiederzusehen und in die Arme zu schließen, ihren Duft nach Meersalz und den Blumen ihres Gartens in mich aufzunehmen und um die Jahre zu weinen, die wir verloren hatten. Sie hatte immer zu mir gehalten, aber durchsetzen konnte sie sich gegen meine Eltern nicht.

Partridge schien meine Unwilligkeit, was Schottland betraf, an meinem Gesicht abzulesen und schnalzte enttäuscht mit der Zunge. «Das ist ein Jammer, wissen Sie. Ausgerechnet jetzt ist mir ein Angebot auf den Tisch gekommen, bei dem ich sofort an Sie denken musste.»

«Orkney», murmelte ich. Ich schaffte es nicht länger, an mich zu halten, griff mir eines der Gläser und trank.

Er nickte. «Man behauptet schon, diese Sache kommt gleich nach Skara Brae, was die Bedeutung des Fundes angeht. Vielleicht haben Sie schon davon gehört, ich meine, nein, ganz sicher haben Sie das, Sie sind ja weder blind noch taub. Ness of Brodgar. Es wird immer größer dort. Neolithisch. Einzigartig. Das wird behauptet, ich habe es natürlich nicht selbst nachgeprüft, aber Orkney hat herausragende Spezialisten, und die versichern …»

«Eben», unterbrach ich ihn.

«Wie bitte?»

«Eben. Orkney hat herausragende Spezialisten. Die warten ja nicht gerade auf mich.» Es war meine große Schwäche. Ganz gleich, wie sehr ich Orkney und meine Verbindungen dorthin vergessen wollte, aber ich lechzte nach jeder neuen Publikation von Dr. Magnus Alexander, dem Mann, der die Archäologie von ganz Orkney unter seine Schirmherrschaft gestellt hatte.

«Ich erzähle Ihnen davon ja auch nicht, um Orkney einen Gefallen zu tun. Sondern Ihnen. Es ist eine Doktorandenstelle ausgeschrieben, und bei Abschluss des Teilprojektes wird von demjenigen, der von der University of Highlands and Islands den Zuschlag erhält, eine Dissertation erwartet. Es ist wie für Sie gemacht, Paula.»

Warum nur hatte ich die ganze Zeit, während mein Professor von Orkney schwatzte, den Wikinger und seine verdammt einzigartig geschickten Finger vor Augen?

«Nein», sagte ich. «Das ist nichts für mich. Machen Sie sich um mich keine Gedanken, Dr. Partridge. Ich studiere wöchentlich die Angebote in der einschlägigen Fachpresse. Eines Tages kommt ein Angebot für ein Projekt, das mir die Tür zum PhD weit aufstoßen wird.»

Ich glaubte mir ja selbst nicht.

Noch einmal schnalzte Partridge mit der Zunge, während er sein geleertes Glas auf einem Beistelltisch absetzte. «Lassen Sie mich wissen, wenn Sie es sich anders überlegen sollten. Die Ausgrabungen dort oben sind auf die Sommermonate begrenzt, spätestens Mitte August ist Schluss, danach müssten Sie wieder ein Dreivierteljahr auf eine neue Chance warten, und wer weiß, ob sich die noch einmal ergeben wird. Wenn Sie sich noch rechtzeitig entscheiden, um in dieser Saison dabeizusein, könnten Sie den Herbst und den Winter für die Arbeit an Ihrer Dissertation nutzen.» Er lächelte mich an, ohne eine Spur von Häme oder Böswilligkeit. «Bedenken Sie dabei auch, dass das Leben in Kirkwall deutlich preiswerter ist als hier. Sagen Sie nicht, ich hätte es Ihnen nicht schmackhaft gemacht.»

«Das haben Sie, Sir.» Meine Stimme war kratzig. «Und ich danke Ihnen dafür.»

Noch fünf Minuten sah ich mir den Empfang an, aber Caroles Leute hatten alles im Griff. Ich nahm meine Mitbewohnerin beiseite.

«Ich gehe nach Hause», sagte ich.

Ihre Augen wurden rund. «Hast du denn keinen Spaß? Ich hab dich gerade mit diesem Uni-Fuzzi gesehen, das sah aus, als würdet ihr euch angeregt unterhalten. Hast du übrigens die Schnecke gesehen, mit der der hier angekommen ist? Also das ist doch …»

«… seine Tochter», unterbrach ich sie. «Das ist seine Tochter, auch wenn sie das nicht unbedingt zu einem klügeren Menschen macht. Ich hab Kopfschmerzen, Carole. Ihr schafft das doch auch gut ohne mich.» Ich sah zur Uhr. «Und es ist auch schon nach sechs, die gehen sowieso alle bald, um woanders weiterzutrinken.»

Sie legte ihre Hand auf meine Stirn. «Ach, Süße. Hoffentlich war das nicht zuviel für dich. In der Schublade unterm Herd sind Kopfschmerztabletten.»

«Es geht schon, denke ich, muss nur die Augen zumachen und mich ein bisschen ausruhen.»

«Tu das. Ich komme gleich, sobald hier alle weg sind, und sehe nach dir, okay? Aufräumen kriege ich mit meinem Team auch morgen noch hin.»

Ich verzichtete darauf, ihr zu sagen, wie eklig der unaufgeräumte Salon durch die Schaufensterscheiben von der Fußgängerpassage aus wirken würde. Das wusste sie selbst am besten. Außerdem tat es viel zu gut, jemanden zu haben, dem ich wichtig genug war, dass sie, sobald sie konnte, nach mir sehen wollte. Es ging mir ja nicht wirklich schlecht, zumindest nicht körperlich, aber es war der Gedanke, der zählte.

Und dieser Gedanke war, dass Freunde wie Carole nicht mit Gold zu bezahlen waren.

5

«Wie kommen Sie mit den Krücken zurecht?» Dr. Hemsley blickte nicht einmal auf, als sie Magnus die Frage stellte, sondern konzentrierte sich auf ihren Computerbildschirm. «Sie benutzen die doch, oder?»

«Wann immer ich die Gelegenheit habe», erwiderte Magnus und rückte sich im Rollstuhl zurecht. «Ist es nicht letztendlich egal, wie ich mich durch die Gegend hieve?»

Die Ärztin verzog einen Mundwinkel zu so etwas Ähnlichem wie einem Grinsen. «Das Thema hatten wir bereits mehrfach, Magnus. Ihrem Muskelapparat ist es nicht egal.»

«Meinem Muskelapparat ist es so lange egal, wie Sie mir nicht garantieren können, dass ich jemals wieder auf meinen eigenen Beinen stehen werde. Auf beiden, meine ich.» Gefreut hatte es ihn nie, das nicht zu wissen. Es war zermürbend. Wie lange noch, und er würde seinen Job verlieren? Seine gottverdammte Berufung?

«Garantien gibt es im Leben nicht. Und ganz sicher nicht in der Physiotherapie. Sie müssen dafür arbeiten.»

«Und Sie werden dafür bezahlt.»

«Touché. Ich sagte Ihnen, das Beste, was Sie für Ihre Beine tun können, ist, sich beurlauben zu lassen, um sich voll und ganz auf Ihre Genesung konzentrieren zu können. Sich Ihren Übungen widmen, sich wenn nötig erholen ...»

«Damit ich mir Sie leisten kann, ist es aber unerlässlich, dass ich arbeiten gehe, Frau Dr. Hemsley», erwiderte er, nur halb sarkastisch. «Oder zumindest zur Arbeit rolle. Sie sind nämlich ganz schön teuer.»

Lachend stand sie auf und fasste nach den Griffen des Rollstuhls. «Nach allem, was ich von Ihnen weiß, sind Sie das auch. Ich kann mir nicht vorstellen, dass es Ihnen wirklich weh tun würde, ein halbes Jahr Ihre buddelnden Kollegen unter sich zu lassen und sich auf sich selbst zu konzentrieren. Oder haben Sie Angst, dass innerhalb von sechs Monaten alles erforscht sein könnte und Sie dann arbeitslos wären?»

Sie war vermutlich der einzige Mensch, von dem er sich durch die Gegend schieben lassen würde, ohne dagegen zu protestieren. «Da sagen Sie was», überlegte er. «Aus *dem* Blickwinkel habe ich es noch gar nicht betrachtet, aber wenn ich darüber nachdenke, machen Sie mir gerade wirklich Angst.»

Ihr Lachen ging in ein Schmunzeln über. «Ernsthaft, Magnus. Habe ich Ihnen die Geschichte von der jungen Skibergsteigerin erzählt, die in Island achthundert Meter in die Tiefe stürzte und während ihres nicht enden wollenden Sturzes mehrfach glaubte, dass sie das nicht überleben würde? Das ist noch gar nicht so lange her, und trotzdem steht die junge Frau inzwischen wieder auf ihren eigenen Beinen. Eines davon hätte man ihr beinahe amputieren müssen, weil es nur noch Brei war. Heute geht sie wieder los und atmet Bergluft.»

«Und die Moral von der Geschichte?», fragte er, obwohl er es sich denken konnte. Nein, mehr noch, er wusste es so gut wie sie. Dr. Hemsley rollte ihn durch die offene Tür der Praxis in den leeren Warteraum.

«Diese junge Frau hat alles geopfert, um wieder auf die Beine zu kommen, weil sie unbedingt wieder in die Berge wollte. Und weil sie das unbedingt wollte, hat sie es in Rekordzeit geschafft.»

An der Tür nach draußen rollte er sich zu ihr herum. «Ich habe auch superschnelles Internet zuhause, Frau Dr. Hemsley», sagte er. «Und habe von dieser jungen Frau gelesen. Wissen Sie auch, was sie als Motivation tat, um sich an ihre Ziele zu erinnern? Sie fuhr in die Berge, wann immer sie konnte. Das ist, was sie vorher tat und wieder tun wollte. Sie aber, Doctor, wollen mir untersagen, mich mit den Dingen zu beschäftigen, für die ich wieder auf die Beine kommen will.» Ja, er beneidete diese Bergsteigerin, die innerhalb von Monaten wieder halbwegs hatte gehen können. Er saß nun seit zwei Jahren im Rollstuhl und hatte fast ebenso lange die Krücken auf dem Rücksitz des behindertengerechten Peugeot liegen, den er sich zähneknirschend hatte anschaffen müssen. Hin und wieder, wenn es an Orte ging, wo er mit dem Rollstuhl nicht weit kommen würde, benutzte er stattdessen die Krücken, um über Stock und Stein zu kommen. Aber es laugte ihn aus, an Krücken zu gehen, und er hasste es.

Behindertengerecht. Das war das Wort, das ihn begleitete. Das Wort, das er ...

Er hasste das alles. Das einzige, was er wollte, war, wieder voll und ganz seiner Arbeit nachgehen zu können, aber irgendwer schien etwas dagegen zu haben. Und es mochte genausogut das Schicksal sein.

Ob *sie* ihn anders gesehen hätte, wenn er nicht im Rollstuhl säße? Sie, die Frau ohne Namen, das Mädchen von Orkney, das in London lebte wie in einem Käfig. Nicht die erste Frau, die er seit dem Unfall angefasst hatte. Aber die erste Frau, der es gelang, seine Gedanken von den letzten Bildern wegzulenken, die er von Alison hatte.

Dr. Hemsley drückte seine Schulter. «Wir sehen uns in zwei Wochen. Nehmen Sie fleißig die Vitaminpräparate und vergessen Sie Ihre Übungen nicht.»

«Doctor?» Über die Schulter hinweg blickte er zu ihr hoch.

«Ja?»

«Immer noch keine Garantie, oder?»

«Ich sagte Ihnen doch, Garantien gibt es nicht. Es liegt alles an Ihnen.»

«Ich hätte gedacht, an Ihnen.»

«Ich kann Ihnen unterstützend zur Seite stehen. Nun rollen Sie schon los. Ich seh doch, dass Sie es kaum erwarten können, hier wegzukommen.»

6

Zwei Dinge passierten an diesem Donnerstagvormittag, knapp zwei Wochen nach der Eröffnungsparty.

Caroles Salon war eingeschlagen wie eine Bombe. Per Annonce suchte sie bereits jetzt nach zwei weiteren qualifizierten Mitarbeitern, aber auch der Platz im Salon wurde knapp. Anbauen ging nicht, an diesem Ort mitten in der Stadt. Sie konnte auch schwerlich die Mieter aus den Wohnungen über dem Salon rauszuwerfen, um sich nach oben hin zu vergrößern. Carole arbeitete von früh bis spät, schien unermüdlich, und soweit ich das mitbekommen hatte, hatte sie selbst für Rocker-Josh kaum Zeit. Nur an den Wochenenden hatten die beiden sich gesehen.

Doch meine Hoffnung auf eine mögliche, in nicht allzu weiter Ferne liegende Trennung von Carole und Josh, die sich positiv auf die Zukunft meiner eigenen Wohnsituation auswirken mochte, zerschlug sich, als ich an jenem Donnerstagmorgen in unser gemeinsames Bad trat und Carole würgend über der Kloschüssel fand. Dabei erinnerte mich das weniger an die Nacht mit dem Wikinger, die ebenso in diesem Bild geendet hatte. Sondern an die Panik, die mich damals bei diesem Anblick ergriffen hatte. Jetzt kehrte eben diese Panik zurück.

Als gute Freundin legte ich ihr feuchtkalte Tücher in den Nacken und hockte mich neben sie auf den Wannenrand, bis das Kotzen für den Moment vorbei war. Die ganze Zeit über war mir selbst vermutlich noch schlechter als ihr.

«Du warst doch gestern nach der Arbeit nicht im Pub, oder?», fragte ich so nebenbei wie möglich.

Sie wischte sich kalten Schweiß von der Stirn. «Wo denkst du hin? Ich bin froh, wenn ich bei Salonschluss noch die Füße hochkriege, um nach Hause zu gehen», stöhnte sie. Das Weiße ihrer Augen war rot von winzigen geplatzten Äderchen, ihre Nase sah aus wie in Hüttenkäse getaucht, die Wangen hatte rote Flecken. Zu ihrem eigenen Besten würde ich sie so lange wie möglich vom Spiegel fernhalten.

«Hast du das öfter? Das morgendliche Kotzen, meine ich, und ich hab es nur noch nicht gemerkt?» Auch mir rann kalter Schweiß den Nacken hinab. Oh bitte, bitte nicht.

Sie seufzte ergeben. «Ich weiß, worauf du hinauswillst, Süße, und ich denke, ich werde heute dann wohl mal zuerst den Josh beiseite nehmen und dann meinen Gynäkologen aufsuchen.» Noch ein Seufzer, der kam von ganz tief drinnen. «Ach Mensch. *Das* hatte ich eigentlich erst mit Mitte Dreißig vor.»

«Ich dachte, dass du die Pille nimmst.» Es hatte eine Zeit gegeben, als ich die Tablettenfolien im Bad hatte herumliegen sehen. Aber jetzt, wo ich drüber nachdachte, fiel mir auf, dass die schon seit einiger Zeit nicht mehr aufgetaucht waren.

«Davon hab ich Pickel gekriegt. Und Pickel sehen in meinem Job ziemlich geschäftsschädigend aus.»

«Die hättest du doch locker wegschminken können», argumentierte ich.

«Das hab ich ne Zeitlang ja auch versucht, aber dann hab ich immer ausgesehen, als würde ich eine Gesichtsmaske tragen. Also hab ich die abgesetzt.»

«Die Gesichtsmaske?»

Sie stieß mir den Ellenbogen in die Rippen. «Blöde Kuh.» Aber zugleich konnte sie sich das Lachen nicht verkneifen. «Ich bin ganz schön doof, oder?»

«Kommt drauf an. Was glaubst du denn, was Josh sagen wird?» Ich musste mich wirklich zusammenreißen, ihr nicht entgegenzuschreien, wie unfair sie mir gegenüber war. Wozu um alles in der Welt hatte der liebe Gott die Menschheit mit Kondomen versorgt? Scheiß auf Josh und den Plattenladen, Scheiß auf den Schönheitssalon. Was sollte denn aus *mir* werden? Aber ich war hier nicht wichtig. Ich war nur die Mitbewohnerin. Ich konnte immer jemand anderen finden. Hier ging es um Caroles Leben.

Sie sah auf ihre Hände hinunter und zog die Nase hoch. «Der hat drei Schwestern und vier Brüder, Pau. Von Tag Eins an hat der mir vorgeschwärmt, wie toll es ist, in einer riesigen Familie aufzuwachsen und zu leben. Und wer viele Kinder haben will, muss rechtzeitig damit anfangen.»

«Und du hast da mitgemacht, als er kein Kondom benutzen wollte?»

«Wir haben ja welche benutzt.»

«Du willst sagen, er hat dich verarscht? Loch reingemacht oder kurz vorher abgezogen oder so ein Mist? Das ist ein Straftatbestand, Carole, das ist …»

Sie hob beide Hände, um mich zu stoppen. «Nein. Nein, so war das nicht. Ich meine, wir haben welche benutzt, nur vielleicht nicht immer, und … Naja … also er ist schon was Besonderes, der Josh. Er ist … anders. Ich meine, anders als die anderen vor ihm.»

Eindringlich sah ich sie an. «Du liebst ihn.»

Sie nickte, noch immer miesepetrig, weil ihr vermutlich der Geschmack von Erbrochenem die Nase verstopfte. «Doof, oder?»

«Nur, wenn du dich auf ein Baby einlässt, um dafür zu sorgen, dass der Kerl dir nicht davonläuft. Das wäre wirklich doof. Weil wenn einer davonlaufen will, tut er es ohne Baby oder mit.»

«Du redest, als ob du darin Erfahrung hättest.»

«Ich kann nur lesen, Carole.» Ich beugte mich zu ihr und nahm mit der Fläche meines Daumens eine Tränenperle aus ihrem Augenwinkel. Jetzt war der Zeitpunkt, um eine vernünftige, sachlich bleibende Freundin zu sein, kein flattriges Huhn in Panik vor dem Hackklotz. «Die Boulevardpresse ist voll von diesen doofen Hühnern. Was meinst du, Süße? Baby? Und wenn ja, dann … wie werdet ihr das durchziehen?»

Sie hob den Kopf und sah mich an. «Dann werde ich Josh heiraten.»

«Hat er gesagt, dass er das will?»

Sie schnaubte. «Der lag ja schon längst mit Blumenstrauß und Diamantring vor mir auf den Knien.»

«Und davon sagst du mir nichts?» Beinahe wäre ich aufgesprungen. Das Sickern kalten Schweißes über meinen Rücken wurde zu einem Sturzbach, auf dem alle meine Felle davonschwammen. Scheiß auf sachlich, Scheiß auf vernünftige Argumentation! Wie sollte es mit *mir* weitergehen, wenn ich meine Mitbewohnerin verlor? Ich hatte keine Lust, mich nach neuen

Mitbewohnern umzusehen … es war einfach zu schwer, zu erkennen, wer ein Axtmörder war und wer nicht …

«Es reicht ja, wenn *ich* mir Gedanken mache, ob ich annehmen soll oder nicht. *Du* hast genug eigene Sorgen, ich wollte dir diesen Klotz nicht auch noch ans Bein hängen.» Wieder hob sie die Schultern und ließ sie gleich wieder herabsacken. «Ich helf dir, das Zimmer wieder zu vermieten. Versprochen. Gibt ja genug Leute, die suchen.»

Ja, dachte ich. Axtmörder.

Als ich eine halbe Stunde später die Treppe nach unten lief und auf meinem Weg zur Tür hinaus einen flüchtigen Blick in den Briefkasten warf, war der zu meiner Überraschung nicht leer. Heutzutage kamen selbst Rechnungen normalerweise nur noch digital bei uns an. Doch heute steckte ein weißer Umschlag in dem sonst verwaisten Kasten. Der war handschriftlich an mich adressiert.

Kein Absender.

Eigentlich musste ich schleunigst zum Bus, um rechtzeitig zum Schichtantritt im Supermarkt zu sein. Jetzt aber drehte und wendete ich den Umschlag. Die Handschrift kam mir nicht bekannt vor, aber der Stempel auf der Briefmarke - ich hatte überhaupt nicht gewusst, dass es noch echte Briefmarken gab! - enthüllte, dass der Brief von Orkney kam.

Mit pochendem Herzen schob ich den ungeöffneten Umschlag in meine Tasche und rannte zum Bus.

Doch nach zwei von meinen sieben Haltestellen konnte ich nicht mehr an mich halten und riss den Brief auf.

Paula. Dein Vater und ich möchten dir mitteilen, dass deine Großmutter vor zwei Wochen gestorben ist. Sie ist friedlich in ihrem Bett eingeschlafen. Ihr Anwalt hat darum gebeten, dass wir alle zur Testamentseröffnung erscheinen. Du auch. Setze dich bitte mit ihm in Verbindung.
Mum

Da war kein, *bitte trauere mit uns*. Da war kein, *wir haben sie dort begraben*. Ich war allein mit den Gedanken, dass Granny vermutlich vollkommen einsam gestorben war. Nicht einmal in ihrem Garten war Leben gewesen, so früh im Jahr. Ich war allein mit der Vorstellung, dass mein Vater vielleicht Tage oder gar Wochen gebraucht hatte, um mal nach seiner Mutter zu sehen und sie schon halb verwest in ihrem Bett liegend zu finden. Sie hatten einander nicht ausstehen können, und das nicht erst seit ich immer öfter zu Dora in das kleine Cottage an der Bucht geflüchtet war. Geflüchtet vor seiner widerlichen Art, vor seiner Unfähigkeit, ein Vater zu sein, und weil ich nicht mitansehen konnte, was er mit meiner Mutter machte.

Ich starrte auf die vier knappen Zeilen, auf die niedrige, enge Handschrift. So schrieb meine Mutter? Dass ich ihre Handschrift nicht auf dem Umschlag erkannt hatte, sagte mir nur einmal mehr, wie lange wir nicht in Kontakt gewesen waren. Mehr als zehn Jahre, und schon davor hatten wir jahrelang nur das Nötigste miteinander gesprochen. Meistens hatten wir einander angeschwiegen, weil es die einzige Erholung war, die es von dem Gebrüll mit meinem Vater geben konnte.

Ich musste an die Worte von Dr. Partridge denken, an seinen Hinweis, dass auf Orkney eine Doktorandenstelle in Kirkwall am College auf genau jemanden wie mich wartete. Und gleichzeitig stieg mir zentimeterhohe Gänsehaut auf den Armen auf, wenn ich daran dachte, nach Orkney zurückzukehren. Welchen Grund gab es, zurückzukehren, vor allem jetzt, wo Granny nicht mehr da war? Und jetzt plötzlich, nach all der Zeit, mit meinen Eltern wieder eine harmonische Familie zu spielen, weil Granny ja tot war und es sich gewünscht hätte, das wäre ja wohl das Letzte gewesen.

Nein, Granny hätte sich das nicht gewünscht. Großmutter Dora hätte nie von mir verlangt, ihr zuliebe meinen Frieden mit meinem Vater zu machen.

Ich konnte mich nicht konzentrieren. Normalerweise fiel es mir leicht, mit den Kunden im Supermarkt ein bisschen Smalltalk zu betreiben. Heute war das nicht drin. Die ganze Zeit dachte ich an den Brief, an meine Großmutter, ohne die ich in London nie Fuß hätte fassen können, und der ich nun nie mehr zeigen konnte, wie dankbar ich ihr war. Ich dachte an meine Eltern, an Orkney. Und auch an den schönen Wikinger mit den eleganten Fingern.

Nach zwei Stunden im Dienst tat ich etwas, das ich noch nie getan hatte. Ich nutzte eine kurze Pause, um dem Schichtleiter mitzuteilen, dass ich mich nicht gut fühlte und krank melden wollte. Er zog ein Gesicht, als würde er den Grund genau kennen. *Bist schwanger, was?*, schienen seine Augen zu sagen. Ich ignorierte das, nahm meine Sachen und rief auf dem Weg zum Bus vom Handy aus Carole an.

7

Das Flugzeug begab sich während heftigen Windes in den Landeanflug auf Kirkwall Airport. Ich hatte den ganzen Flug über gelesen, hatte nicht hinausgeschaut, aber jetzt ... Es zog mich magisch an. Der Blick hinaus in die beginnende Dämmerung. Schwere Regenwolken jagten über den Himmel und schluckten das letzte Licht der Sonne. Das Land tief unter mir, diese vielen kleinen Inseln, die aussahen wie dunkelgrüne Flecken, die auf das rauchgraue Meer aufgemalt waren. Dann die Küste von Mainland, die Lagune von Tankerness mit dem sonst hellgelben, jetzt schmutziggrauen Sandstrand. Die Felder, wie ausgebreitet aneinandergelegte Handtücher. Die Häuser und Gehöfte, die wirkten, als hätten Kinder gewürfelt und die Würfel dann vergessen, als die Mutter zum Essen rief. Schmale Straßen, auf die ein Traktor kaum ganz passte, verbanden diese Gehöfte miteinander und sahen aus wie graublaue Bindfäden.

Unter den Passagieren trennte die Spreu sich nun endgültig vom Weizen, und es brauchte nicht mehr als einen flüchtigen Blick in die Gesichter meiner Mitreisenden, um den Touristen vom Einheimischen zu unterscheiden. So früh im Jahr, gerade mal Mitte Februar, blickten nur wenige rotgeränderte Augen aus grünlich-blassen Gesichtern panisch hinab in weit geöffnete Kotztüten, zitternd von schweißnassen Händen umklammert. Die Stewardess nahm mir meinen kleinen Rucksack aus der Hand, den ich bereits aus dem Gepäckfach geholt hatte, und schob ihn eben dorthin zurück, ehe sie das Fach zuschob und einriegelte. Dabei zwinkerte sie mir zu. «Nur für das gute Beispiel, Sie verstehen.»

«Schon klar», sagte ich. Die Maschine sackte kurz durch, kam schaukelnd wieder auf Kurs und schwenkte in den langen Bogen ein, der sie auf eine Gerade mit der Landebahn brachte.

Die Beleuchtung der Landebahn war voll eingeschaltet. Durch das Fenster der schwankenden Maschine sah es aus wie im Wind schaukelnde Lampionketten. Dahinter, die drei Meilen Entfernung schrumpften aus der Höhe, Kirkwall. In Kirkwall bin ich zur Schule gegangen, in Kirkwall verbringen fast alle Kinder von Orkney mehr als die Hälfte ihrer Kindheit. Für mich? War Kirkwall auch immer eine Flucht gewesen, so wie es sonst nur Granny Doras Haus gewesen war. Und wie die kleine Stadt da jetzt lag, ein ans Meer geschmiegter Haufen in der Dämmerung blinkender Häuserwürfel, da überkam es mich wieder. Dieses Gefühl, unterzukriechen. Wie eine gutmütige, wohlwollende Tante, unter deren ausladenden Röcken genug Platz war, mich zu verstecken.

Das Aufatmen im Flugzeug war groß, als die Maschine für die Verhältnisse geradezu sanft aufsetzte. Es gab ein paar kleine Hüpfer, und während des Auslaufens brach das Heck mehrfach nach links aus, getrieben vom Seitenwind, aber da stand ich schon und angelte erneut nach meinem Rucksack. Neben mir, ebenfalls mit den Händen im Gepäckfach, stand ein

Mann in meinem Alter, der mir grinsend zuzwinkerte. Wer jetzt noch saß, kam nicht von hier und wartete brav ab, bis das Zittern und Beben diverser Metallteile endlich ganz aufhörte. Dabei sollte doch niemand so froh sein, aus dem Flieger rauszukommen, wie die Touristen mit ihrer Übelkeit.

Mit der Linken noch immer nach seinem Handgepäck tastend, reichte er mir seine Rechte. Ich betrachtete die schwieligen Fingerspitzen einen Moment, ehe ich den Händedruck annahm.

«Rory», sagte er fröhlich. «Wir kommen gerade von einem Gig in London zurück. Und du?»

«Paula. Familiäre Angelegenheiten.»

Wenige Minuten später standen wir alle um das Flugzeug herum, aus dem die Crew schwungvoll das Reisegepäck auslud. Hier gab es keine Gepäckbänder und ewigen Wartezeiten. Als ich mit meinem halb leeren Rollkoffer den Terminal ansteuerte, sah ich aus dem Augenwinkel, wie Rory und die vier Jungs, die offenbar zu seiner Band gehörten, unter großem Hurra ihre Instrumente in Empfang nahmen.

Als ich endlich in meinen Leihwagen stieg, war es dunkel geworden. Ich hatte keine Unterkunft reserviert, aber es sollte um diese Jahreszeit in Kirkwall kein Problem sein, noch etwas zu finden. Morgen dann der Termin beim Notar zur Testamentseröffnung, und dann würde ich mich schleunigst wieder von hier entfernen. Ich hatte mich vorher noch einmal selbst telefonisch mit dem Büro des Notars kurzgeschlossen, weil ich mir einfach nicht vorstellen konnte, dass ich tatsächlich auf diesem Termin gebraucht wurde. Ich hatte es für einen Trick meines Vaters gehalten, mich wieder hierherzulocken, doch die Sekretärin hatte es bestätigt. Ich wurde erwartet.

Was ist denn so schlimm an Orkney? Caroles Frage klingelte mir noch immer in den Ohren. Hundert Dinge und noch ein paar mehr. Und zwei von diesen hundert Dingen würde ich morgen wieder in die Augen sehen müssen, weil meine beste Freundin sadistisch genug veranlagt war, mich zu dieser Testamentseröffnung geradezu zu scheuchen.

Es war erschreckend, wie sehr mich die Zeit in London verändert hatte. In London brauchte ich kein Auto, auf Orkney ging noch nicht einmal in der Hauptstadt Kirkwall etwas ohne fahrbaren Untersatz. In London stieg ich nachts halb zwei in einen Stadtbus, um zu einem bestimmten Ziel zu kommen, hier wurden nachmittags halb fünf die Gehwegplatten hochgeklappt. Was okay war, solange man sich im Urlaub befand. Aber das tat ich ja nicht. Ich war drauf angewiesen, schnell mal von A nach B zu kommen, also musste ich ein Auto mieten.

Aber ich habe es ja nicht mal eilig, dachte ich knurrig, als ich den Nissan Micra in das Gewimmel der Straßen von Kirkwall lenkte. Eilig habe ich es erst morgen Abend wieder. Jetzt habe ich Stunden totzuschlagen und keine Ahnung, was ich mit der Zeit anfangen soll.

Nein, nicht das Gewimmel *in* den Straßen. Hier waren es die Straßen selbst, die wimmelten, winzige Gässchen, Einbahnstraßen, unübersichtliche Kreuzungen mit einem absoluten Minimum an Verkehrsschildern. Wie ein verheddertes Knäuel aus Wollfäden. Unterwegs war kaum noch jemand. Und obwohl das Gemisch aus Asphalt und Kopfsteinpflaster, das sich zwischen neugebauten einstöckigen Wohnhäusern und halbverfallenen Ruinen uralter Paläste hindurchwühlte, jeden Ortsfremden zur Panik treiben konnte, fand ich den Weg hinunter zum Hafen, wo die unverkennbare viktorianische Fassade des Kirkwall Hotel schon auf mich zu warten schien, mit traumwandlerischer Sicherheit.

Als ich mein Gepäck aus dem Kofferraum holte und zielstrebig aufs Portal zumarschierte, überkam mich kurz der Gedanke, wie es wohl wäre, wenn ich hier dem One Night Stand-Wikinger über den Weg lief. Und verwarf ihn wieder. Den Gedanken, nicht den Wikinger. Wenn sich die Gelegenheit ergab, diesen Kerl wiederzusehen, würde ich nicht *nein* sagen zu den Dingen, die aus einem solchen Wiedersehen resultieren mochten. Die Erinnerung an seine Finger, an seine Augen, an seine Stimme verfolgte mich noch immer. Aber in diesem Hotel würde es wohl kaum dazu kommen. Wenn er tatsächlich auf Orkney lebte, brauchte er kein Hotel, und da er im Rollstuhl saß, würde er wohl auch nicht an der Rezeption arbeiten. Oder auf einem der Fischkutter, die im Hafen lagen. Und Orkney war groß. Die Wahrscheinlichkeit, dass er überhaupt in Kirkwall zuhause war, war verschwindend gering.

Ebenso verschwindend gering wie die Wahrscheinlichkeit, dass ein Kerl, der für einen Aufenthalt in London ein dermaßen überteuertes Luxushotel buchen konnte, überhaupt noch auf diesen Inseln lebte.

Ich war mir nicht sicher, ob ich darüber froh oder enttäuscht sein sollte.

Das Zimmer, zu dem mein Schlüssel passte, lag natürlich zum Wasser hinaus, und an einem klaren

Sommerabend wäre die Aussicht wohl großartig gewesen. Mit einem Sonnenuntergang hinter den vielen, in sanfter Brise schaukelnden Segelbooten und dem kleinen Leuchtturm. An diesem Abend aber wurden die wenigen Boote in der Marina unter dem Einfall des stürmischen Windes nicht geschaukelt, sondern von heftigen Wellen durchgeschüttelt, insofern das regennasse Fenster überhaupt etwas erkennen ließ. Ich machte mich frisch und legte die Sachen aus dem Koffer heraus, die ich morgen bei der Testamentseröffnung anziehen wollte. Nicht spießig, nicht ländlich. Die Garderobe einer weltgewandten Londonerin, und ja, ich würde auch das Makeup anwenden, das Carole mir mitgegeben hatte. Ich mochte es nur bis zum Bachelor gebracht haben, aber meine Eltern sollten sehen, dass ich keine Versagerin war. Dass ich es nie bereut hatte, geflohen zu sein. Und dass ich ohne sie verdammt nochmal viel besser dran war. Ich überlegte, mir einen Tee aufs Zimmer bringen zu lassen, um in Ruhe noch ein paar Seiten zu lesen ... und entschied mich um.

Jeans, T-Shirt, Sneakers. Nicht für morgen, sondern für jetzt gleich. Ich löste den Zopf, in dem meine Haare dem Wetter von Orkney bisher erfolgreich getrotzt hatten, und ließ die Strähnen locker um die Schultern fallen. Nein, ich wollte keinen Kerl aufreißen. Ich brauche das ja nicht immer, und in diesem Moment war ich psychisch recht gut drauf. Ich würde meinen Eltern zeigen, was ich aus mir gemacht hatte. Möglicherweise sähe mein Innenleben morgen um diese Zeit ganz anders aus, wenn die Tatsache, dass meine Großmutter nicht mehr da war, wirklich in meinen Gehirnwindungen angekommen war. Dann konnte es sein, dass ich einen Mann brauchte, der mir die dunklen Gedanken aus dem Kopf vögelte. Aber in diesem Moment war ich gut drauf und hatte nur eines im Sinn: Dad zum Schweigen zu bringen, sollte er versuchen, mir Vorwürfe zu machen. Jetzt und an diesem Abend reichten mir ein Pint und vielleicht ein harmloses Gespräch mit jemandem, von dem ich mir einbilden könnte, er würde meine Eltern kennen, aber mich nicht.

Guter Plan.

Doch manchmal passieren die Dinge genau so, wie man sie sich noch kurz zuvor vorgestellt hatte. Die Skipper Bar im Kirkwall Hotel war klein und jetzt, abends und außerhalb der Touristensaison, relativ leer und ziemlich schummrig-dunkel. Zwei Männer und eine Frau saßen am Tresen, im Fernsehen lief ein Fußballspiel, der Bartender polierte Gläser. Alles wie überall, nur dass ich in London nie einen Pub gesehen hatte, der so leer gewesen wäre.

Mehrstimmiges Johlen drang an mein Ohr, und das darauffolgende Gelächter lenkte meinen Blick in einen kleinen Alkoven, der vom Hauptraum aus abging, vorbei an der stillgelegten Musikbox. Eine Handvoll Männer spielte Darts. Und einer von ihnen saß im Rollstuhl.

«Magnus!», brüllte in diesem Moment der Wirt quer durch die Bar. «Dein Pint!»

Es hätte mich nicht überrascht, wenn sich bei der Erwähnung dieses Namens gleich mehrere der Anwesenden herumgedreht hätten. Magnus ist ein häufiger Name auf diesen Inseln. Doch es war der Mann im Rollstuhl, der einem anderen ein paar Wurfpfeile in die

Hand drückte und sein Gefährt herumdrehte, um zum Tresen zu kommen.

Dabei konnte er mich gar nicht verfehlen.

Seine Überraschung war wenig galant. Ruckartig hielt er den Rollstuhl an, starrte zu mir, sein Mund klappte auf. Schweigend blickten wir einander an, und als ich auf seine Hände sah, die still rechts und links auf den Rädern lagen, breitete sich ein wohlbekanntes Ziehen unterhalb meiner Gürtellinie aus. Ich wusste genau, wie diese Hände sich anfühlten, und hatte es verdammt nochmal in all den Wochen nicht vergessen.

Schließlich räusperte er sich. «Also ich glaube ja nicht an Zufälle ...», sagte er. «Aber das würde bedeuten, dass du Erkundigungen über meine Wenigkeit eingezogen hast, um herauszukriegen, wie und wo du mich finden kannst.»

«Magnus!», erinnerte der Bartender ungeduldig, und ich hörte, wie hinter meinem Rücken ein Bierglas schwungvoll auf dem Tresen landete. Mein Wikinger rollte an mir vorbei, ohne den Blick von mir abzuwenden. Münzen klimperten, als er sein Pint bezahlte, dann kehrte er zu mir zurück und stellte das Glas auf den Tisch, neben dem ich wie zur Salzsäule erstarrt stand.

«Das würde wiederum bedeuten, dass ich wirklich Eindruck bei dir hinterlassen habe», redete er genau dort weiter, wo er aufgehört hatte. Sein beinahe schockierter Ausdruck bei meinem Anblick wandelte sich zu verwirrter Nachdenklichkeit. «Ich bin ein Mann, und die Vorstellung, dass du glaubst, ohne mich in deinem Bett nicht mehr leben zu können, lässt mein Ego glauben, dass ich das kalte Bier da gleich brauchen werde, um einen gewissen Teil meiner Anatomie daran zu hindern, aus purem Geschmeicheltsein ein Eigenleben zu entwickeln.»

Ich wusste nicht, ob ich bei seiner kurzen Ansprache lachen sollte über die amüsierte Eloquenz, mit der er sich ausdrückte, oder mich erschrocken umsehen sollte, ob irgendjemand lauschte. Dann entschied ich mich für Ersteres, denn es lohnte nicht, daran zu zweifeln, dass jeder der Anwesenden jedes Wort mitgehört hatte. Seine Dartkumpels im Alkoven grinsten anzüglich, wandten sich dann aber schnell wieder ihrem Spiel zu, als er ihnen zuwinkte.

«Lass dich von mir nicht beim Spielen stören», sagte ich.

«Wenn ich mich nicht beim Spielen stören lassen wollte, würde ich es nicht tun. Ich war sowieso am Verlieren.» Er zog einen Stuhl vom Tisch zurück und schob ihn weg, um Platz für seinen Rollstuhl zu haben. Doch dann zögerte er, als ich immer noch regungslos dastand. «Oder willst du dich etwa nicht zu mir setzen?»

Ich erwachte aus meiner Salzsäulenschaft und schüttelte den Kopf, um die Verwirrung loszuwerden. «Doch. Klar. Ich hol mir nur ...»

«Was willst du trinken?», unterbrach er mich. «Pint?»

«Pale Ale, aber ich kann selbst ...»

Er warf mir einen so vernichtenden Blick zu, dass ich den Satz nicht zu Ende brachte. Meine Worte deuteten an, dass ich ihn für nicht in der Lage hielt, mir einen Drink an den Tisch zu holen. Ausreichend in die Schranken gewiesen, schob ich mich auf die Bank unter dem Fenster, während Magnus zum Tresen rollte, um mir das Gewünschte zu holen.

«Dann sag mal», meinte er, als er zurückkehrte und die Brieftasche in seiner Hose verstaute. «Wie kommst du hierher? Ich hätte nicht gedacht, dass wir uns jemals wiedersehen.»

«Damit sind wir schon zwei», bestätigte ich und verkniff mir die Frage, ob es ihm in der Zeit, die verstrichen war, so ergangen war wie mir. Ob auch er noch an unsere gemeinsamen Stunden dachte. Wenigstens ab und zu, und nicht wie ich an jedem verdammten Tag. Ich konnte meinen Blick fast nicht von den Fingern lösen, die über sein Bierglas fuhren, um Kondenswasser abzustreichen. Als er die feuchten Finger an seine Lippen führte, um das Wasser abzulecken, wollte ich am liebsten im Boden versinken. Denn im Boden war es kühl. Ich wusste genau, was er tat. Warum er das tat. Was er mit diesen kleinen, so unbedacht wirkenden Gesten bezweckte. Aber ich würde nicht wiederholen, was in London geschehen war. Oh nein, da konnte er noch so sehr locken. Nein, ganz gewiss nicht. Auf keinen Fall. «Ich hab ein Zimmer hier im Hotel», sagte ich und meine Stimme klang, als spräche ich hinter einem Berg von Kissen.

Seine Augen funkelten mich an. «Ist das so? Und du hast *mich* gesucht?»

Himmel nochmal. Natürlich nicht! Jetzt war ich es, die ihn vernichtend ansah, über den Rand meines Bierglases hinweg. Er erkannte die Geste wieder und lachte leise.

Ich setzte das Glas ab. «Wenn du glaubst, dass ich tausend Meilen reise, nur um nochmal mit dir ins Bett gehen zu können, dann leidest du unter einem stark aufgeblähten Ego und solltest einen Arzt aufsuchen.»

«Du verletzt mich», bemerkte er grinsend. «Ich dachte, du bist gekommen, um dir einen Heiratsantrag von mir abzuholen.»

Ich verschluckte mich an meinem nächsten Schluck Bier. Zielsicher nahm Magnus eine Serviette aus der Halterung und reichte sie mir, damit ich halbwegs elegant hineinhusten konnte. «Keine Sorge», sagte er dabei. «Ich bin nicht zu haben.»

Falls er geglaubt hatte, dass diese Ergänzung mich beruhigte, so lag er falsch. Er war nicht zu haben, aber in London hatte er ... und an seinem Finger war kein Ring ... und ich wollte ...

«Du bist liiert?», krächzte ich.

«Nein, aber ich bin auch nicht zu haben. Lange Geschichte, denk nicht drüber nach, würde dich nur langweilen. Aber mein stark aufgeblähtes Ego hätte nichts dagegen, dein Hotelzimmer zu nutzen, falls dies dein Plan B gewesen sein sollte.»

«Plan B von welchem Plan A?»

«Na, von dem Heiratsantrag», sagte er fröhlich.

«Wie kommst du darauf, dass ich ...»

«Oh, und es sind fünfhundertachtundzwanzig Meilen», fiel er mir ins Wort.

«Was?»

«Fünfhundertachtundzwanzigkommasechsundsiebzig Meilen, um ganz präzise zu sein. Das ist die Luftliniendistanz zwischen deiner Stadt und meiner. Keine Angst, ich finde trotzdem, dass es ein ziemliches Unterfangen von dir ist, meinetwegen eine solche Strecke ...»

«Ich bin nicht deinetwegen hier!», brauste ich auf. Ich sollte wirklich aufhören, mich von den perfekten Fingern und dem einzigartigen Funkelblick so einwickeln zu lassen. Oder von dem sexy Dreitagebart, den er jetzt trug und der ihm zusätzlich mehr als nur einen Hauch Verwegenheit verlieh. In London war sein Gesicht glattrasiert gewesen. Oder von seinen Lippen, die ... «Ich bin aus familiären Gründen hier», sagte ich und drückte das Kreuz durch. «Dass wir einander hier begegnen, ist reiner Zufall.»

«Die Familie?» Er hörte nicht auf zu lächeln. Jedenfalls seine Lippen hörten nicht auf. Seine Augen nahmen einen wachsamen Ausdruck an. «In London kam es mir so vor, als würdest du dich im Leben nicht wieder nach Orkney ziehen lassen. Und da pfeift die Familie einmal, und schon bist du hier? Und trotzdem wohnst du in einem Hotel?»

«Warum nicht?» Ich konnte ihm schwerlich sagen, dass ich es niemals über mich bringen würde, in dem leerstehenden, kalten Cottage am Meer zu übernachten, in dem wer weiß wie lange meine verstorbene Großmutter gelegen hatte, ehe jemand sie fand. Mein Magen verknotete sich bei dem Gedanken, und meine Handflächen wurden kalt.

«Wie lange bleibst du?», fragte er. «Wenn es eine Geburtstagsfeier oder so etwas ist, vielleicht könnte man sich ja dann an einem anderen Tag noch treffen und ich …»

«Ich bleibe nur bis morgen Mittag. Ich muss zurück.»

«Zurück in den Job? Was arbeitest du denn?»

«Warum willst du das wissen? Für dein Ego?»

«Nur neugierig», sagte er.

«Ich bin Archäologin.» Waren wir damals in London wirklich so miteinander beschäftigt gewesen, dass wir uns nicht einmal lange genug unterhalten hatten, um herauszufinden, was wir beruflich machten? Vermutlich war es einfach egal gewesen. Außerdem würde ich ums Verrecken nicht zugeben, dass ich mit einem Bachelor in Archäologie an Supermarktkassen jobbte. «Und du?»

«Ich sitze im Rollstuhl», bemerkte er, nicht mehr lächelnd.

«Aber du musst doch einen Beruf ...»

«Du bist also nach Orkney gekommen, um auf eine Familienfeier zu gehen, mit Leuten, die du so unbedingt vergessen wolltest, dass du dir sogar deinen Akzent abgewöhnt hast?», fragte er. Er hatte eine ziemlich nervtötende Angewohnheit, mich nicht ausreden zu lassen. Aber vielleicht wollte er einfach nicht darüber reden, dass der Unfall oder was auch immer ihn in diesen Rollstuhl verdammt hatte, ihn auch seinen Job gekostet hatte. Wer war ich, ihn zu zwingen, darüber zu reden?

«Als Familienfeier würde ich es nicht wirklich bezeichnen. Meine Großmutter ist gestorben. Ich bin hier für die Testamentseröffnung.»

«Wow», murmelte er in sein Bierglas hinein. «Das klingt ganz schön kühl.» Kein Lächeln mehr, kein Funkeln. Wahrscheinlich hatte er wirklich geglaubt, ich wäre seinetwegen hier, und jetzt hatte sein Ego eine gehörige Delle. Gut. Dann käme wenigstens keiner von uns beiden in Versuchung.

«Ich frag mich nur ...», sinnierte er, machte eine Pause, um nachzudenken, und begann noch einmal. «Ich frag mich, also als wir uns in London begegnet sind, da hatte ich den Eindruck, als würdest du alles, was mit Orkney zu tun hat, am liebsten auf den Mond schießen. Es wundert mich, dass du jetzt hier bist.»

Ich seufzte. «Ja, ich weiß. Es ist kompliziert.»

Er sah zur Uhr. «Ich hab Zeit.»

«Aber ich nicht», erwiderte ich mit verdrehten Augen. «Ich sollte nicht zu spät und vor allem nicht mit zuviel Ale im Blut ins Bett gehen. Ich muss morgen einen guten Eindruck machen.»

«Bei wem?» Er lehnte sich zurück und verschränkte die Arme vor der Brust. «Bei den Leuten, vor denen du davongerannt bist?»

«Können wir bitte von etwas anderem reden?»

Ich schlief in dieser Nacht allein. Tief und fest mithilfe der Schwere, die ein frisches Ale den Knochen bescherte. Mit der Stimme von Wikinger-Magnus, die mir den Abend versüßt hatte, ebenso wie später auch das Gelächter und Geflachse seiner Kumpane, sobald die ihres Spiels müde geworden waren.

Mein letzter Gedanke, ehe ich einschlief, war, warum ich diesen Ort, dieses Orkney, so viele Jahre meines Lebens gemieden hatte.

8

Archäologin.

Ausgerechnet.

Magnus wusste, dass er spätestens jetzt die Pfoten einziehen sollte. Diese ganze Sache stand unter keinem guten Stern. Aber er konnte nicht.

Er lehnte an der gekachelten Wand seiner Dusche, verfluchte einmal mehr sein unnützes rechtes Bein, rubbelte sich zuviel Shampoo in die Haare und hoffte, dass man ihm nachher im Büro nicht anmerken würde, dass er am Abend zuvor zuviel getrunken hatte.

Er konnte nicht. Sie machte ihn zu neugierig. Es war nicht einmal eine Sache von *«Jetzt erst recht»*, auch wenn es in seinem Leben eine Zeit gegeben hatte, als seine Gedanken wieder und wieder in diese Richtung gezogen waren. Dieses erste Jahr nach Alisons Tod, aufgrund dessen er Paula so gut verstehen konnte. Ihre Art, das eigene Denken zu unterbinden, indem sie sich Lover für eine Nacht suchte. Männer, die sie nie wiedersehen wollte und würde, mit denen sie sich gehenlassen konnte. Auch Magnus hatte das getan, hatte so ziemlich jede flachgelegt, die sich von Rollstuhl und Krücken nicht abschrecken ließ. Es war einfach gewesen, denn die ersten zehn Monate nach Alisons Tod hatte er in Glasgow gelebt. Leben müssen, denn dort waren die Spezialisten. Und eben auch die Mädchen, die er nicht wiederzusehen brauchte.

Er hatte diese Art, mit seinen eigenen finsteren Gedanken und Erinnerungen fertig zu werden, schnell wieder abgelegt, als man ihn zurück nach Orkney und in die Obhut von Dr. Hemsley hatte gehen lassen. Auch das war ihm nicht schwergefallen, denn er hatte sich die Hörner abgestoßen und kehrte zurück in seinen Job, der ihn forderte, und unter Menschen, die ihn kannten. Ihn auffingen. Ihm wieder einen Grund gaben, an diesem Leben festzuhalten. Sein Job war immer noch da, und auch wenn er selbst überzeugt war, dass es andere gab, die viel besser für seine Position geeignet waren, so klammerte er sich dennoch daran fest. Wenn er den Job hergab … gab er *alles* her. Er war nicht sicher, ob er dazu bereit war, sich zweimal innerhalb weniger Jahre so vollkommen den Boden unter den Füßen wegreißen zu lassen und im eiskalten Wasser schwimmen zu müssen.

Nein, ein *«Jetzt erst recht»* war es nicht, das in seinem Bauch rumorte. Er stellte das heiße Wasser aus, schob die Glaswand der Dusche zurück. Die Krücken standen bereit, mit deren Hilfe brachte er sich halb hüpfend auf trockenen Boden. Die Bewegungsabläufe waren eine Gewohnheit geworden, er brauchte niemanden, der ihn dabei unterstützte. Floyd lag unter dem Badezimmerfenster und betrachtete ihn aus einem Auge, das andere dösend geschlossen. Niemand hatte den Collie darauf trainiert, einem behinderten Menschen zu assistieren, aber er hatte es sich selbst angewöhnt, immer dann in der Nähe zu sein, wenn sein Herrchen verwundbar war. Wenn er zum Beispiel in der Dusche ausrutschen sollte, würde Floyd umgehend Hilfe holen. Der Gedanke, wenn er auch ziemlich brutal verdeutlichte, wie unselbständig Magnus geworden war, hatte etwas Beruhigendes an sich.

Es war ein *«Trotzdem»*, das sich in ihm breitgemacht hatte. Er wollte sie trotzdem. Er sollte sie nicht wollen. Er sollte die Finger von ihr lassen. Paula. Zwei Dinge, die er von ihr wusste, ihren Vornamen und ihren Beruf. Hunderttausend Dinge, die er wissen wollte, weil diese Frau in all ihrer Verschlossenheit geradezu darum zu betteln schien, dass einer sich für sie interessierte. Magnus war nur zu bereit, dieser eine zu sein. Das lag an der Nacht in London, die immer noch in seinem Blut sang, wann immer er daran zurückdachte. Das lag an Paulas Art, ein wenig spröde und gar zu sehr in sich gekehrt. Er sah so viel von Alison in ihr und ein bisschen von sich selbst.

Paula. Aus Orkney. Archäologin in London. Wie schwer konnte es für einen wie ihn sein, da Nachforschungen anzustellen? Herauszufinden, wie sie hieß, wer ihre Familie war, und wie er sie für immer zurück nach Orkney locken konnte, nicht nur für eine Familienangelegenheit, die ein paar Stunden beanspruchte und dann wieder vergessen war. Orkney war ein Paradies für Archäologen, aber sie, die hier zuhause war, sträubte sich dagegen, hier wieder Fuß zu fassen? Das allein machte ihn so unglaublich neugierig, wie er es seit Jahren nicht gewesen war.

Verdammt. Er rieb sich die Haare mit einem Handtuch trocken, ehe er sich die Zähne putzte. Ein Blick auf die Uhr. Er war spät dran, wenn er erst noch Floyd in Stenness abliefern wollte, weil Nick morgens auf Rousay zu tun hatte und ihn nicht holen konnte. Und der Hund würde es ihm übelnehmen, wenn seine

Routine unterbrochen würde. Im Büro brauchte Magnus den Collie nicht, da war der Hund, der es liebte, bei jedem Wetter draußen zu sein, am Ness of Brodgar viel besser aufgehoben. Jeden Nachmittag nach Feierabend brachte Nick den Hund dann mit nach Kirkwall und lieferte ihn bei Magnus wieder ab. Es passte perfekt.

Er sollte Paula nicht hierher holen wollen. Wer war er, dass er einem anderen Menschen vorschrieb, *wie* und vor allem *wo* dieser sein Leben bestreiten sollte? Es war *ihre* Entscheidung, und etwas war zwischen ihr und ihrer Familie geschehen, dass Orkney der letzte Ort der Welt für sie geworden war.

Die Bewegungen der Zahnbürste in seinem Mund erstarben, und er blickte sich selbst im Spiegel an. *Ihre Familie.* Es war so einfach. Es gab nur drei Anwaltskanzleien in Kirkwall, nur zwei von denen boten Familienrecht an, und wer ein Testament machen wollte, der konnte zwar zwischen diesen beiden wählen, aber wirklich gewählt wurde nicht. Es gab diese eine Kanzlei, zu der mit solchen Anfragen seit Jahrzehnten gegangen wurde. Die andere Kanzlei war recht neu, und Paula hatte von ihrer Großmutter gesprochen. Das Gebäude der Kanzlei grenzte rückwärtig an den Friedhof hinter der Magnuskathedrale.

Er stellte die Zahnbürste weg und ließ sich mit der Stirn gegen den Spiegel sinken. *Himmel nochmal.* War das wirklich noch er selbst? Wollte er sich wirklich hinter eine Häuserecke stellen und glotzen, welche vollkommen zerstrittene Familie es war, die zu C&B Solicitors kamen, um ein Testament eröffnen zu lassen? Wie pubertär war das denn?

Er ballte die Hände am Spiegel zu Fäusten, stieß einen Fluch aus, bei dem sogar Floyd überrascht den Kopf hob, und beschloss, seinen Tag genau so zu gestalten wie jeden anderen Tag auch. Paula? Paula *wer*? Sie wollte Orkney nicht, und er wollte nicht weg. Und er wollte sich auch nicht verlieben. Er hatte das einmal getan. Einmal war genug. Es gab keine Zukunft, die er hier schmieden musste. Es gab nichts zu schmieden.

Er sollte lieber in die Pötte kommen, um seinen Job zu halten. Alles sprach gegen ihn, und wenn er jetzt noch anfing, zu spät zu kommen oder vielleicht auch gar nicht im Büro zu erscheinen, dann wäre es nur noch eine Frage der Zeit, bis er von Rente leben durfte. Das kam nicht in Frage. Er war achtunddreißig Jahre alt und hatte zu lange und zu hart gearbeitet, um die beispiellose Karriere hinzulegen, um die so viele ihn beneideten. Er würde sich das nicht wegnehmen lassen.

9

Ein Donnerstag. Je drei Flüge nach Aberdeen und Edinburgh. Je zwei Flüge nach Glasgow und Inverness. Auf einem dieser zehn Flüge wollte ich sein, und es war mir ziemlich gleichgültig, ob ich dann eine Nacht lang an einem dieser Flughäfen auf einen Anschlussflug nach London warten musste. Nur weg, nur weg. Und das Gefühl stellte sich bereits ein, noch ehe ich dem Hauptgrund für meine Abneigung ins Gesicht gesehen hatte. Denn Magnus war dieser Hauptgrund nicht, ganz im Gegenteil, aber auch deswegen wollte ich fliehen. Ich konnte keinen Mann gebrauchen, der mich nur mit seinem Funkelblick anzusehen brauchte, und schon wollte ich mit Sack und Pack für immer nach Orkney zurückkehren.

Ich hatte sämtliche Abflugzeiten im Kopf, als ich Punkt zehn Uhr vormittags den ersten Stock des ziemlich heruntergekommenen Gebäudes betrat, in dem sich die Kanzlei befand. Mit einem bisschen frischer weißer Farbe hätte die Fassade gleich viel einladender gewirkt. Aber vielleicht hatte eine Kanzlei, zu der ohnehin jeder rannte, der einen Anwalt für Familienrecht benötigte, es ja nicht nötig, nach außen hin einen gepflegten Eindruck zu machen.

Im Inneren jedenfalls war der Bau gediegen, fast schon elegant, mit einer geschwungenen Treppe, die nach oben führte, Fotografien von Kirkwall, Stromness und diversen weltberühmten Küstenabschnitten an den Wänden, einem dicken Teppich, der im oberen Korridor die Geräusche von Schritten schluckte. Ich bemühte mich, weder eilig noch trödelig zu gehen, passierte auf dem Weg zum Konferenzraum mehrere geschlossene Türen, an denen saubere und in elegante Rahmen gefasste Schilder die Namen derer verkündeten, die hinter diesen Türen für die Menschen von Orkney arbeiteten.

Die Tür zum Konferenzraum stand offen. Ein recht altmodischer Raum, hüfthoch mit dunklem Holz getäfelt, darüber die Wände cremefarben gestrichen. Dunkle Sprossenfenster. Ein langer, ebenfalls dunkel gebeizter Tisch, an dessen entferntem Ende die beiden Menschen saßen, die meine Flucht von diesem Ort einst besiegelt hatten.

Meine Mutter und mein Vater starrten mir erwartungsvoll entgegen. Mein Vater, ernst und abwartend mit leicht zusammengekniffenen Augen. Meine Mutter mit einem vorsichtigen und sehr schmalen Lächeln auf den Lippen. Sie beide waren älter geworden, natürlich, aber waren wir das nicht alle? Glaubten sie wirklich, jetzt sei alles wieder gut? Dass ich, nun, da ich einmal wieder Fuß auf die Insel gesetzt hatte, bleiben würde? Dazu müssten sie schon die örtliche Polizei kommen lassen, die mich in Handschellen abführte und an das Gitter fesselte, mit dem der Bischofspalast gegenüber des Magnusdoms eingefasst war.

Die ersten drei Flüge des Tages, die für mich infrage gekommen wären, waren in diesem Moment weg. Die nächsten drei würde ich nur dann erwischen, wenn dieses Meeting besonders kurz ausfiel. Doch diese Hoffnung zerschlug sich, als eine rührige junge Assistentin hereinspazierte und nicht nur eine Kaffeestation aufbaute, sondern auch gleich einschenkte und die Tassen zusammen mit Tellern mit Gebäck verteilte. Ich fragte mich, ob sie dieselbe war, die mir am Telefon bestätigt hatte, dass meine Anwesenheit bei diesem Termin unabdingbar wäre. Auffordernd lächelte sie mich an. «Wo werden Sie sich hinsetzen, Miss Norquay?»

Demonstrativ stellte ich meine Tasche auf den Stuhl, der am weitesten von meinen Eltern entfernt war, und entledigte mich umständlich meines Mantels. Die Assistentin stellte meine Kaffeetasse auf den Tisch und nahm mir den Mantel ab. «Lassen Sie mich den für Sie zur Garderobe bringen, Miss», sagte sie, strahlend, als sei ich eine Weltberühmtheit und sie der glücklichste Mensch auf Erden, da sie mir einen Gefallen tun konnte. Ich setzte mich und achtete streng darauf, nicht zu meinen Eltern zu sehen. Die begannen leise miteinander zu flüstern, und selbst wenn ich es gewollt hätte, hätte ich sie nicht verstehen können. Die Assistentin versicherte uns, dass Mr. Reilly auf dem Weg sei, und verließ den Raum, ließ aber die Tür offen stehen. Vielleicht rechnete man hier schon damit, dass es zwischen den Mitgliedern der Familie Norquay zu einem Kampf kommen könnte, und man wollte es rechtzeitig hören und zu Hilfe eilen, wenn wir die Kurzschwerter zogen.

Schwer zu sagen, wie lang der Weg war, den Mr. Reilly innerhalb dieses Gebäudes zurückzulegen hatte. Oder vielleicht war er ja auch gar nicht im Gebäude, sondern hatte vor wenigen Minuten noch mit seiner Frau und den Kindern am Frühstückstisch gesessen.

Auch dann konnte er ja bereits auf dem Weg sein, nur wäre das ein Weg durch die halbe Stadt. Jedenfalls zog sich unser Warten immer mehr in die Länge. Wurde immer unangenehmer, die Luft im Raum fühlte sich immer kälter an. Schließlich räusperte sich mein Vater, drehte sich halb auf seinem Sitz herum, wohl um mich ins Auge zu fassen, ich wusste es nicht, ich sah nicht hin, sondern spielte Candy Crush auf meinem Handy. «Paula …»

Es blieb mir erspart, darauf zu reagieren, denn in diesem Moment, als hätte er gewusst, dass es höchste Zeit war, betrat ein untersetzter Mann im grauen Anzug das Konferenzzimmer. Er stellte seinen Aktenkoffer ab, ging zuerst zu meinen Eltern, man begrüßte einander mit Vornamen, Mr. Reilly hieß Magnus, und ich war nicht mal überrascht. Mit einem Wikinger hatte er allerdings wenig bis gar keine Ähnlichkeit.

Dann kam er zu mir. «Wie schön, Sie wiederzusehen, Miss Norquay», sagte er strahlend. Warum strahlte hier jeder? «Sie sind damals mit meiner Tochter in dieselbe Klasse gegangen, vielleicht erinnern Sie sich? Katie Reilly.»

Ja, ich erinnerte mich. Katie war eine stille, unaufgeregte Mitschülerin gewesen, der man alles Mögliche anvertrauen konnte, die niemals tratschte. Das Material für eine Freundin, wenn ich eine gewollt hätte. Aber das war zu einem Zeitpunkt gewesen, als ich bereits beschlossen hatte, mit Erreichen der Volljährigkeit Orkney den Rücken zu kehren. Freundschaften waren zu gefährlich, denn sie konnten dafür sorgen, dass man solche Entschlüsse nicht durchzog. Ja, Katie war ein bisschen wie Carole gewesen, bis hin zu dem gut verdienenden Vater und der etwas gehobenen sozialen Stellung, die daraus resultiert, wenn die eigenen Eltern einen sehr guten Ruf in der Gesellschaft haben.

Meinen Eltern jedenfalls ließ sich das nicht nachsagen.

Mr. Reilly nahm auf einem Stuhl Platz, der genau mittig zwischen mir und meinen Eltern am Tisch stand. Die rührige Assistentin legte einen Stapel Akten vor ihn hin, er nahm eine Brille aus einem Etui, trank einen Schluck Kaffee und verkündete endlich, dass er die ganze Sache nicht unnötig hinauszögern wolle, da wir bestimmt viel miteinander zu besprechen hätten und eine Anwaltskanzlei kaum der richtige Ort für eine Familienversöhnung sei.

Na sicher doch, dachte ich ironisch.

Keine fünf Minuten später schwirrte mir der Kopf, und in meinen Ohren brauste das Blut. Meine Großmutter hatte das bisschen Farmland, das zu ihrem Anwesen gehört hatte, schon vor Jahren verkauft. Mein Vater wollte wissen, was mit dem Geld passiert war, denn in die Modernisierung des Hauses sei ja wohl nichts geflossen. Zum Verbleib des Geldes konnte - oder wollte - Mr. Reilly keine Angaben machen, und ich vermied es tunlichst, die Zuwendungen, die von Granny Dora mehrfach nach London geflossen waren, zu erwähnen. Granny hatte immer darauf bestanden, dass meine Eltern keine Ahnung hätten, dass sie und ich noch Kontakt hatten, und sei er noch so sporadisch. Ich glaubte ihr.

Dora Norquays Bankkonten waren nicht mehr der Rede wert. Sie hatte von ihrer Rente einen bescheidenen Lebensstandard aufrecht erhalten, unterstützt von der Tatsache, dass sie bis ans Ende ihres Lebens eigentlich nie Verwendung für irgendwelche Pflegedienste gehabt hatte. Sie hatte bis zum Schluss für sich selbst gesorgt. Das einzige, was sie hinterließ, das einen wenigstens geringfügigen Wert besaß - das war ihr Haus in Cornquoy. «Das Haus», las Mr. Reilly jetzt vor, «vermache ich meiner einzigen Enkeltochter Paula Emily Norquay, allerdings unter der Bedingung, dass sie zurückkehrt nach Orkney. Wenn sie nicht mindestens zehn Jahre lang ununterbrochen auf Orkney lebt, fällt das Haus an die Life Church Orkney.»

Ich starrte in das Glas hinein, das der Bartender der Skipper Bar schon vor einer halben Stunde vor mich hingestellt hatte. Whisky pur. Es musste schon ziemlich viel auf einmal auf mich einstürmen, ehe ich mit dem Mut der Verzweiflung zu dieser Medizin griff.

Der Tag war gekommen, der Tag war im Begriff, wieder zu gehen, und ich war immer noch hier. Alle zehn Flüge waren ohne mich abgeflogen. Sollte ich Carole heute schon eine Nachricht schicken? Oder hatte das Zeit? Heute hätte sie ja doch noch nicht mit meiner Rückkehr gerechnet, auch wenn ich zu keiner Zeit einen Zweifel daran hatte aufkommen lassen, dass ich schnellstmöglich wieder in London wäre.

Wollte ich das Haus denn?

Verflucht. Das Haus. So viele Erinnerungen. Einsam stand es an der noch nicht mal asphaltierten Straße, die an der Bucht von Cornquoy vorbei und hinab nach Rose Ness führte. Dort war die Welt zu Ende. Es waren nur wenige Meilen von Kirkwall bis dort hinaus, aber man bekam das Gefühl, als hätte man die zivilisierte Welt verlassen. Außer dem Haus, in dem meine Großmutter alt geworden und schließlich gestorben war, gab es dort nur noch zwei Farmen und ein altes Signalfeuer, das vor wenig mehr als dreißig Jahren durch einen kleinen Leuchtturm ersetzt worden war. Die Touristenströme fanden den Weg dorthin erst gar nicht, und ihnen entgingen dadurch zwei wunderbare, ganz unterschiedlich anmutende Buchten.

Die Erinnerungen an meine Kindheit drohten mich zu ersticken. In der Bucht von Cornquoy war ich stundenlang mit Seehunden geschwommen. Auf der anderen Seite der Landzunge lag die Bucht von Semolie, ein Kletterparadies und der Ort, der mehr als jeder andere mein Interesse an Archäologie geweckt hatte. Nicht Skara Brae, nicht Maes Howe, nicht der weltberühmte Steinkreis von Brodgar. Alles Orte, die jeder kannte, Orte, an denen ununterbrochen geforscht wurde. Nein, für mich war es Semolie gewesen, windumtost und gottverlassen, wo ich meine ersten Glasperlen aus Wikingerzeiten aus den Felsspalten gepult hatte. Ich erinnerte mich an die Tracht Prügel, die ich von Dora bezogen hatte, als ich an einem Februartag klatschnass ins Haus schlotterte, weil ich überzeugt gewesen war, im Widerschein eines morgendlichen Sonnenstrahls Wikingerrunen an den blankgewaschenen Felsenklippen des Bruces Hole gesehen zu haben und weil mich, als ich diesen Fund näher in Augenschein nehmen wollte, das Meer überrascht hatte. In Semolie hatten das Meer und die Gezeiten riesige Hohlräume unter die Felsen gespült, und als schließlich das Land darüber eingebrochen war, entstanden gewaltige Löcher, durch die, wenn die Stürme spät im Winter, wenn alle schon vom Frühling träumten, von Osten her auf Mainland einprügelten, das Meer in meterhohen Fontänen nach oben gedrückt wurde und zu explodieren schien. Meine Großmutter war nie müde geworden, mich vor diesen Kapriolen des Wetters zu warnen, und ich hatte oft genug selbst erlebt, wie schnell es umschlagen konnte. Und doch war ich dort geklettert, und als ich triefend und zähneklappernd nach Hause kam, hatte Dora zuerst den Teppichklopfer auf meinem Hintern tanzen lassen und mir am nächsten Tag Brennesseltee eingeflößt und mich mit Porridge gefüttert, als eine fiebrige Erkältung mich schüttelte.

Wollte ich das Haus überhaupt sehen?

Das Haus, das mir gehören könnte. Alles, was ich tun musste, war, hierher zurückzukehren und auf der Insel zu leben. Ich musste nicht einmal in das Haus einziehen. Nur nach Orkney.

Ich könnte das Cottage auch einfach der Kirchenmission überlassen. Die könnten es selbst benutzen, oder für viel Geld verkaufen. Anwesen am Rande der Welt, weitab von Touristen und dennoch so zauberhaft gelegen, standen hoch im Kurs.

Wollte ich das?

Es gehörte doch mir. Es hatte meiner geliebten Großmutter gehört, die alles für mich getan hatte. Und jetzt gehörte es mir.

Aber ich lebte ja nicht mehr hier. Ich lebte in London. Ich hatte eine Karriere in London.

Hatte ich die?

Ich arbeitete an Supermarktkassen und schaute meiner Mitbewohnerin dabei zu, wie sie sich selbst verwirklichte. Ein eigener Salon, ein toller Boyfriend, jetzt auch noch ein Baby und also vermutlich bald eine Traumhochzeit.

Und ich?

Ein Haus in Cornquoy, ein Ort, um den die Welt mich beneiden würde, wenn sie nur davon wüsste.

Ob der Tesco in Kirkwall Kassiererinnen brauchte?

«Sehr witzig», murmelte ich in mein Glas, ehe ich mir den Inhalt endlich in die Kehle kippte. Der Whisky brannte sich seinen Weg in meinen Magen. Der Bartender blickte mich an.

«Hast du was gesagt?», wollte er wissen. «Noch einen?»

Ich schüttelte den Kopf. «Bloß nicht. Setz ihn auf die Zimmerrechnung.»

«Schon passiert.»

«Cool.»

Ich warf noch einen letzten Blick auf den Alkoven mit dem verwaisten Dartboard. Heute hätte ich Wikinger-Magnus wirklich gebrauchen können. Heute wäre ich nicht allein auf mein Zimmer hochgegangen, wenn dieser Kerl greifbar wäre. War er aber nicht. Ich könnte natürlich den Bartender fragen, ob er Rollstuhl-Magnus kannte und vielleicht dessen Telefonnummer hatte. Die Chancen standen nicht schlecht, schließlich war das hier Orkney. Aber ich wollte auch nicht verzweifelt wirken.

Ich ging allein auf mein Zimmer. Die Erinnerung an den verkniffenen Gesichtsausdruck meines Vaters und die Hoffnung in den Augen meiner Mutter verfolgten mich. Mein Vater hatte das Haus natürlich selbst haben wollen, um es zu verkaufen, auch wenn es in seinen Augen ohne das Land, das einst dazugehört hatte, nicht mal mehr halb so viel wert war. Vermutlich hatte er damit sogar Recht, ich konnte mir nicht vorstellen, dass Großmutter das Haus in einem perfekt instandgesetzten Zustand hinterlassen hatte. Wenn ich Glück hatte, gab es wenigstens Strom und Wasser. Vater hatte alles getan, um aus Mr. Reilly herauszuquetschen, für welchen Spottpreis Granny Dora sich das Land hatte abschwatzen lassen, aber Mr. Reilly hatte das nicht beantwortet, und dafür war ich ihm dankbar. Meine Mutter? Die hoffte, dass ich nun blieb.

Ich wollte nicht bleiben.

Aber ich besaß jetzt ein Haus auf Orkney.

Die Tür des Hotelzimmers fiel hinter mir ins Schloss. Aufstöhnend ließ ich mich der Länge nach auf das ordentlich gemachte Doppelbett fallen. Ich hätte doch einen zweiten Whisky trinken sollen, überlegte ich jetzt. Dann könnte ich schneller einschlafen.

Das Schicksal hasste mich. Es ließ mich überhaupt nicht einschlafen. Ich versuchte es. Wirklich. Ich ließ mir sogar vom Zimmerservice kurz vor Dienstschluss ein hoffnungslos überteuertes Glas Milch raufbringen. Auch das half nicht. Kurz nach drei Uhr am Morgen klappte ich meinen Laptop auf. Der Effekt des Whiskys war längst verflogen, ich konnte die Buchstaben perfekt lesen, als ich mittels Suchmaschine in die diversen Webseiten eintauchte, auf denen die Universitäten des Landes Projektstellen anboten, die nicht selten mit der Möglichkeit zur Dissertation verbunden waren.

Ich dachte an die Doktorandenstelle, von der Dr. Partridge auf Caroles Empfang gesprochen hatte. Die so perfekt auf mich zugeschnitten gewesen wäre. Genau so etwas bräuchte ich jetzt, aber wenig überraschend fand ich keine Spur mehr davon. Nicht einmal mehr einen Hinweis, dass sie vergeben war. Einfach weg. Wahrscheinlich hatten sich dreißig Bewerber darum geprügelt. Ich seufzte. Da hätte ich sowieso nur eine Minimalchance gehabt.

Wenn ich in meinem eigenen Haus auf Orkney wohnte, fielen die astronomischen Mietpreise Londons für mich weg. Ich konnte mich hier eingraben. Konnte einen PhD per Recherche via Fernstudium anpeilen. Das College in Kirkwall verfügte über eine hervorragende Bibliothek.

Von der Axt ins Grab. Der Einfluss mittelalterlicher Heiliger auf die Landschaften von Orkney. PhD Recherche-Projekt am UHI College, Kirkwall. Finanzierung ganz oder teilweise möglich. Bewerbungen an Prof. Magnus Alexander, UHI, Kirkwall.

Eine dazugehörige Mobilnummer und eine Adresse für Email-Kontakt rundeten die Annonce ab. Ich starrte auf die Buchstaben, die nun doch vor meinen Augen verschwammen, aber das hatte nichts mehr mit dem Whisky in der Skipper Bar zu tun. Die Doktorandenstelle mit dem Thema Neolithikum war nicht mehr da, aber hier war etwas anderes, eine Stelle, betreut von dem Archäologen, den ich mehr als jeden anderen bewunderte.

Ich wollte ja nicht auf Orkney bleiben. Ich wollte nicht in der Nähe meiner Eltern sein. Ich wollte … Ich wollte dieses Haus. Diese Weite. All die Erinnerungen. Ich wollte den letzten Wunsch meiner Großmutter erfüllen. Es gab nur einen einzigen Grund, weshalb sie mir das Haus vermachte und die Bedingung daran knüpfte, dass ich hier auch wohnte. Sie wollte, dass ich weiter studierte, dass ich nicht wegwarf, was ich begonnen hatte. Niemand wusste besser als sie, wieviel mir das bedeutete, die Ausgrabungen, das Finden von

Artefakten, von Spuren der Vergangenheit. Und ich wollte unter Magnus Alexander meine Doktorarbeit schreiben.

Aber wer konnte schon wissen, ob ich überhaupt eine Chance hatte? Die Annonce war brandneu, noch keine vierundzwanzig Stunden online. Ich hätte mich nicht gewundert, wenn in eben diesem Moment vierzig Leute auf dieselben Buchstaben starrten wie ich. Dr. Alexander war eine Ikone, und ich war bei Weitem nicht die einzige, die für ihn und seine Art, mit dem Erbe in der Erde umzugehen, schwärmte. Und wer, der die Chance hatte, würde nicht nach Orkney wollen?

Du, lachte eine hämische Stimme tief in mir. *Du* wolltest nie nach Orkney. Nun schau dich an. Das nennst du hartnäckig? Du bist ein Weichei, Paula Norquay.

Ja, vermutlich.

Aber nur, wenn ich auf Orkney blieb, erhielt ich mir die Chance darauf, Wikinger-Magnus wiederzusehen. Und das wollte ich mindestens ebenso sehr wie diese Doktorarbeit.

10

Es war schon dunkel, als Magnus nach Hause kam. Die Scheinwerfer tasteten sich an den Bordsteinen entlang, die die geschotterte, geschwungene Einfahrt begrenzten, und streiften die tiefhängenden Äste der Tannen. Da es nicht regnete, verzichtete Magnus auf die Garage und parkte den Peugeot neben der halb verwitterten Treppe, die zum Hauptportal hinaufführte. Wind griff ihm ins Haar, als er umständlich aus dem Wagen stieg und sich fluchend die Krücken unter die Achseln klemmte. Wolkenfetzen jagten vor dem Vollmond vorbei. Es roch nach Regen und nach nassem Hund. Dabei saß Floyd noch unbewegt auf dem Beifahrersitz, und nass roch der ganz gewiss nicht.

Verdammt. Das, zusammen mit dem Licht, das durch die Glasscheiben in der Vordertür nach draußen fiel, konnte nur eines bedeuten.

Im nächsten Moment krachte Magnus mit der Vorderseite gegen sein Auto, als ein übermütiger Collie ihn von hinten ansprang. Er ging ein wenig in die Knie, und das Tier begann ihm voller Dankbarkeit den Hals über dem Hemdkragen zu lecken.

«Mum!», brüllte er. «Mum!», noch einmal, noch lauter, weil der verfluchte Köter nicht von ihm abließ. Aus dem Augenwinkel erkannte er, wie Floyd auf den Fahrersitz herübersprang und von dort hinunter auf den Schotter, und wie er sich davonmachte, ohne den Angreifer zu beachten. Oder besser gesagt die Angreifer*in*. Verräter.

Das Hoflicht ging an, ehe ein leises Schaben und dann ein sehr viel lauteres Quietschen von Metall auf ungeöltem Metall das Öffnen der doppelflügligen Haustür signalisierte. Magnus konnte sich nicht umdrehen, wenn er nicht wollte, dass der Hund ihm auch das Gesicht abschleckte.

«Sissy!», rief seine Mutter, aber es brauchte drei Zurufe, ehe die ekstatische Hündin endlich von ihrem Opfer abließ. Magnus richtete sich auf und drehte sich wütend um. Seine Mutter stand in *seiner* Haustür, vom Licht umwabert, das im Flur brannte und viel heller als die viktorianische Außenbeleuchtung über die Treppenstufen floss. Verflucht nochmal. Er war alt genug, dass dort seine *Ehefrau* hätte stehen sollen, links und rechts von ihr jeweils ein Kind, und dass sie alle ihn ähnlich ekstatisch begrüßten, wie es der Hund tat. Stattdessen stand dort seine Mutter, links einen Topflappen und rechts einen Kochlöffel in der Hand. Und vor ihm stand ihr Hund, die ewig gutgelaunte Sissy, Floyds Wurfschwester, und blickte Magnus mit breitem Grinsen an, während Floyd sich in der Tür nur noch einmal nach seinem Herrn umdrehte und dann mit müde hängendem Kopf ins Haus trottete.

«Was machst du hier?», fuhr Magnus seine Mutter an, verriegelte das Auto mit der Fernbedienung und setzte sich in Bewegung, auf sein Haus zu. Die Krücken fanden nur schlecht im Schotter Halt. «Wenigstens hättest du mich warnen können, ich war auf Sissy nicht vorbereitet.»

«Deine Schuld», gab sie zurück. «Ich sage ihr seit vier Stunden, dass du gleich kommst. Sie freut sich seit vier Stunden auf dich. Sowas staut sich auf.»

«Du hast dein eigenes Zuhause», erinnerte er sie.

«Und du wirst immer dünner, irgendwer muss ja auch hin und wieder mal für dich kochen. Auch wenn die Lasagne nach dem dritten Aufwärmen außen knochenhart und innen total matschig sein dürfte.»

«Großartig, ich kann es kaum erwarten.» Er küsste sie auf beide Wangen. Erst dann machte sie Platz und ließ ihn in *sein* Haus eintreten. Es roch nach Möbelpolitur und verbrannter Pasta. Na toll. Sie hatte *geputzt*. Die Hemden waren vom Treppengeländer verschwunden, und von der Küche aus konnte er erkennen, dass im Hauswirtschaftsraum die Leine voll mit frisch gewaschener Wäsche hing. Die Blumen, deren Köpfchen noch am Morgen ziemlich deprimiert heruntergehangen hatten, strahlten ihm begeistert entgegen, und all die linken Schuhe, die normalerweise im Eingangsbereich herumlagen wie durcheinandergeratener Zierrat, standen fein säuberlich im Schuhregal.

Er drehte sich zu ihr um, als sie eben die Tür schloss. «Mum ...»

«Du sollst dich nicht so gehen lassen.» Sie drohte ihm mit erhobenem Kochlöffel.

«Ich lasse mich nicht gehen, Mum, ich habe Termine und einen sehr ausgefüllten Arbeitstag. Da bleibt nicht immer Zeit zum Aufräumen.»

«Dann stell eine Haushälterin ein.»

«Für mich alleine lohnt das nicht. Ich habe kein Problem mit herumliegenden Schuhen.»

«Klar. Bis du mit deinen Krücken drüberfällst und dir erst das andere Bein und am Ende auch den Hals brichst. Das werde ich nicht zulassen. Zweimal die Woche ein paar Stunden, Magnus, ehrlich, das ist ja wohl keine Extravaganz. Nicht für einen, der so lebt wie du.»

Als ob das jemals *seine* Entscheidung gewesen wäre, wie er lebte. Er würde es tun, würde sich eine Haushaltshilfe suchen, wenn er sicher sein könnte, dass dann die unangekündigten Besuche seiner Mutter und ihrer unausgelasteten Hündin aufhören würden. Leider wäre es aber eher der Fall, dass Mum dann ewig zeitgleich mit besagter Haushälterin hier aufkreuzen würde. Entweder würde sie das arme Mädchen ununterbrochen kritisieren, oder, wenn es nichts zu kritisieren gab, würden sie zusammen auf der viel zu großen und weitgehend ungenutzten Veranda sitzen und Tee trinken und über ihn und seine Art zu leben herziehen.

«Wo kommst du eigentlich jetzt erst her?», fragte sie, als sie in die Küche stürmte und den Ofen aufriss. Der Geruch nach verbranntem Käse wurde intensiver.

«Ich hatte ein Sponsorenmeeting in Stromness.»

«Und da kannst du nicht jemand anderen schicken?»

«Mum, ich delegiere Aufgaben, so weit es mir möglich ist.» Und viele andere Aufgaben werden delegiert, bevor sie mir überhaupt zu Ohren kommen, fügte er in Gedanken grimmig hinzu. «Aber Treffen mit Sponsoren sind zu wichtig dafür.» Er hasste es, wenn sie ihm in den Job reinredete. Seine Mutter hatte in ihrer Jugend eine Ausbildung als Rechtsanwaltsfachangestellte absolviert, aber nie in dem Job gearbeitet. Denn einen der ersten Anwälte, die sie während ihrer Ausbildung kennenlernte, hatte sie wenig später als

Zwanzigjährige geheiratet. Zu dem Zeitpunkt war Erlend Alexander schon im fortgeschrittenen Alter von sechsundfünfzig Jahren gewesen und hatte sich wenig später auf den Orkney-Inseln ein einzigartiges Anwesen gekauft: ein viktorianisches Schloss mit einem Park, in dem sogar, eine absolute Rarität auf diesen Inseln, Bäume wuchsen. Dorthin hatte er sich zurückgezogen, hatte eremitiert und wurde fortan nur noch gelegentlich in strittigen Fällen in europäischem Recht angesprochen, um zu völlig überhöhten Bezügen einzugreifen. Davon, wie es Menschen erging, die in Vollzeit und darüber hinaus arbeiteten, wusste Alice Alexander, Geborene Stewart, nur vom Hörensagen.

Magnus beklagte sich nicht. Was er hatte, was er war, verdankte er nicht zuletzt den Millionen, die sein Vater ihm zusätzlich zu diesem Klotz von Haus hinterlassen hatte. Aber er legte Wert darauf, für die Dinge, die er sich jetzt leistete, nachdem er seine Ausbildung abgeschlossen und sich einen Ruf verdient hatte, selbst zu arbeiten. Manchmal zwanzig Stunden am Tag. Er bereute keine einzige Stunde davon, aber er konnte es nicht ausstehen, wenn seine Mutter es ihm vorhielt.

Nach dem Unfall hatte sie ihn angefleht, seine Karriere ganz aufzugeben und von dem zu leben, was Erlend hinterlassen hatte. Schließlich war es dies, was sein Vater gewollt hätte, und es würde für eine ganze Familie mehr als ausreichen. Doch über die Monate hatte sie gelernt, dass ihr Sohn auf diesem Ohr taub war und sich die Arbeit nicht verbieten lassen würde. Und gleichzeitig hatte sie begonnen, ihm durch verborgene Seitentürchen klarzumachen, dass seine Art zu leben unnötig und viel zu anstrengend sei. Alice hatte nie begriffen, was es wirklich war, was Erlend von seinem Sohn erwartet hatte, und Magnus hatte längst die Versuche aufgegeben, es ihr zu erklären.

«Ich meine, stell dir mal vor, du bringst ein Mädchen mit nach Hause», sagte sie, als sie die Auflaufform auf den Tisch stellte. An den Rändern war der Käse schwarz, in der Mitte brodelte es wie in Magnus. Ja, das war die andere Taktik. Sie würde es nie lernen. Floyd lag vor dem brennenden Kamin, die Schnauze auf den Vorderpfoten und die Augen halb geschlossen, und ignorierte die Versuche seiner Schwester, ihn schwanzwedelnd zum Spielen zu animieren. Der Hund war wie üblich den ganzen Tag bei den Ausgrabungen am Ness of Brodgar gewesen und hatte darauf geachtet, dass alles seinen geregelten Gang ging. Er war fix und fertig.

«Das habe ich nicht vor, Mum», sagte Magnus und griff ergeben nach seiner Gabel, als sie eine riesige Portion auf seinen Teller schaufelte. Die Pasta floss vom Schöpflöffel und ließ lediglich eine Schicht bretharten verbrannten Käses zurück. Appetitlich war was anderes. Seine Mum war nie eine besonders gute Köchin gewesen, und stundenlang mit fertigem Abendessen auf ihn zu warten, half nicht. Am wenigsten dem Essen.

«Das solltest du aber», erwiderte sie pikiert, setzte sich auf den anderen Stuhl und begann zu stochern. «So, wie du lebst ...»

«Mum ...» Er schob sich einen Bissen in den Mund und verzog angewidert das Gesicht. «Das ist furchtbar.»

«Das sage ich ja.»

«Nicht mein Leben. Die Lasagne.»

«Es ist alles deine Schuld», wies sie ihn zurecht.

Zu ihrer grenzenlosen Entrüstung stellte er seinen Teller auf den Boden, wo Sissy sich begeistert über das Essen hermachte. Ohne die Krücken zu Hilfe zu nehmen, hüpfte Magnus zum Kühlschrank und nahm ein in Folie eingewickeltes Päckchen heraus. Er stellte eine Pfanne auf den Gasherd, entzündete die Flamme, ließ Olivenöl in die Pfanne laufen. Neugierig trat seine Mutter näher und wickelte mit spitzen Fingern das Päckchen aus, während Magnus Salz und Pfeffer aus der Schublade holte.

«Was ist das?», fragte sie.

«Filets vom Lumb, hat Sinclair heute Mittag am Hafen verkauft. Reichst du mir ein Schneidebrett?»

Weniger als zwanzig Minuten später stand vor jedem von ihnen ein perfektes Abendessen. Er hatte die Filets, in Streifen geschnitten, mit Frühlingszwiebeln zu einem Geschnetzelten verarbeitet, auf Toast angerichtet, mit ein wenig Käse bestreut und im noch warmen Ofen kurz überbacken. Und trotzdem war der Fisch noch immer bissfest, was man von Mums Lasagne nun wirklich nicht hatte behaupten können.

Als sie sich die Hände an der Serviette abwischte, seufzte sie: «Das war großartig, Junge. Wie immer.»

«Und das ist der Grund, aus dem ich keine Notwendigkeit sehe, demnächst ein Mädchen mit nach Hause zu bringen», bemerkte er trocken und schenkte ihr etwas Wein nach. Sie musste noch nach Hause, er plante nicht, ihr sein Gästezimmer anzubieten. «Ich komme sehr gut allein zurecht.»

«Mädchen kann man auch für andere Dinge als kochen ...», begann sie, aber blieb hängen.

«... benutzen?», bot er mit hochgezogener Braue an.

«Sei nicht so gemein.»

«Du hast angefangen.»

Sie schnaubte und räumte ab. Dabei wies sie auf seinen Wandkalender. «Du hast morgen Vormittag einen Termin bei Dr. Hemsley, verpass den nicht.»

«Ich war erst vor ein paar Tagen bei ihr, der Zustand meines Beins hat sich seither nicht maßgeblich verändert, und ich habe einen dringenderen Termin. Ich werde sie anrufen.»

«Magnus!»

«Was?»

«Wir reden hier von deiner Gesundheit. Ist es dir denn überhaupt nicht wichtig, wieder richtig laufen zu können?»

Er schaffte es nicht, ihr die Hoffnung zu nehmen. Auch wenn seine eigene schon seit geraumer Zeit als wenig mehr als ein Fünkchen glühte. Eine echte Flamme war die Hoffnung nie gewesen. Dafür hatte er zuviel verloren.

«Ich mache einen neuen Termin mit ihr», versicherte er seiner Mutter, ungeachtet dessen, dass der Kalender überquoll von festen Zeiten, die Dr. Hemsley für ihn reserviert hatte.

Als sie sich endlich an der Tür von ihm verabschiedete, sah er auch ihren Wagen, der neben dem Schuppen für Gartengeräte halb verborgen stand. Sie hatte das mit Absicht getan, damit er nicht sofort wusste, dass sie da war. Die Hündin an ihrer Seite schaute treuherzig zu ihm auf. Mum legte eine Hand zärtlich an seine Wange. «Es ist zwei Jahre her, mein Schatz», sagte sie, und es gelang ihm nicht, sich der tröstenden Wirkung zu entziehen. Sie mochte ihm oft auf die Nerven gehen, sie drängte sich ungefragt in sein

Leben, sie war meistens einfach zu nah, obwohl sie auf der anderen Seite von Kirkwall in einem Block aus neugebauten Eigenheimen wohnte. Aber sie war immer noch Mum, und er liebte sie. Sie hatte immer alles für ihn getan, und er wusste das zu schätzen. Ebenso, wie er alles zu schätzen wusste, was sein Vater ihm in die Wiege gelegt und hinterlassen hatte. Ganz gleich, wie schwer er sein Leben lang daran tragen würde. «Es ist an der Zeit, weiterzugehen.»

«Ich weiß, Mum.» Er griff nach ihrem Handgelenk und drückte einen Kuss in ihre Handfläche. «Ich hab dich auch lieb.»

11

Leise zog ich die Tür, die in den Scharnieren knarrte, hinter mir zu. Das Haus sah von außen so schlimm und heruntergekommen aus, wie ich es vermutet hatte. Bröckelnder, rauchgrauer Putz, über dem Küchenfester zusätzlich dunkel verfärbt, Wasserflecken in Bodennähe. Zumindest das Dach war aber dem äußerlichen Anschein nach noch nicht älter als zehn Jahre. Damit ließ sich arbeiten. Von innen sah es noch viel schlimmer aus. Ja, meine Großmutter hatte für sich selbst gesorgt, und ihre Ansprüche an ihr Leben waren nie besonders hoch gewesen, erst recht nicht nach dem Tod ihres Mannes. An meinen Großvater erinnerte ich mich kaum. Das gesamte Mobiliar hätte schon vor mehr einem Jahrzehnt ausgewechselt werden müssen. Man sah Spuren der Katzen, die ich draußen ums Haus streifen sah, in allen Räumen, vor allem auf den Polstern natürlich. Mindestens drei Katzen hatte ich bei meiner Ankunft über den Hof schießen sehen, vermutlich gab es hier aber noch mehr. Früher hatte sie zwei Katzen besessen, daran erinnerte ich mich, aber solche Tiere hatten die Angewohnheit, sich schlagartig zu vermehren, wenn man ihnen nicht Einhalt gebot, und warum hätte Granny das tun sollen?

Die Kücheneinrichtung war schon damals, als ich oft bei Granny Dora gewohnt hatte, angestaubt gewesen. Jetzt war sie locker fünfzig Jahre alt, nichts passte zusammen, die Möbel hatten zwar einen gewissen altmodischen Charme, aber ein bisschen Farbe hier und da hätte ihnen nicht geschadet.

Der unverputzte Steinbau, in dem Dora früher Gartengeräte, mehrere rostige Fahrräder und Grandpas uralten Pickup-Truck geparkt hatte, war durch eine schiefe Holztür an der Seite kaum noch abgesperrt. Die Garagentür war außen dermaßen zugewuchert, dass ich gar nicht erst versucht hatte, von der Vorderseite aus in hineinzukommen. An der Seitentür aber musste ich nur ein bisschen ruckeln, wobei noch mehr von der alten Farbe abblätterte, damit sie sich quietschend öffnete.

Fahrräder standen dort immer noch, ein Rasenmäher, Besen, Harken, uralte Eimer aus vergilbtem Plastik. Alles war von einer dicken Schicht Spinnweben überzogen, sogar Grannys alter Morris Mini, dessen Nummernschilder abmontiert waren. Womöglich hatte meine Großmutter in ihren letzten Jahren auf den Lieferdienst eines der Supermärkte der Stadt zurückgegriffen. Saubergefegt war nur das Regal direkt neben der Tür, das nichts weiter enthielt als einen Korb, in dem eine fest verschlossene Tüte mit Katzenfutter lag.

Ich streute ein paar Handvoll Futter in den Hof. Eine Schwarzweiße und drei Grautiger kamen gerannt, als wäre ich plötzlich von der Persona non grata zu ihrer Göttin aufgestiegen. Sie mochten in den Feldern und bei den Klippen reichlich Mäuse und Fisch finden, aber sie waren Hauskatzen und an das Trockenfutter gewöhnt, liebten es wahrscheinlich auch mehr als blutwarme Beute. Es wäre gemein, diese Katzen gänzlich verwahrlosen zu lassen.

So, wie es gemein wäre, das ganze Haus noch wieter verwahrlosen zu lassen. Wenn niemand sich darum kümmerte, würde all das hier schon in wenigen Jahren verfallen. Beispiele von verlassenen Häusern, die dem Wind und dem Wetter preisgegeben worden waren und zuerst verrotteten, dann zusammenstürzten, gab es überall auf den Inseln. Und für mich war die Erinnerung an die Zeit mit meiner Großmutter und daran, wie sehr sie ihr Leben hier draußen geliebt hatte, zu wertvoll. Wenn nichts sonst, so schuldete ich es Dora, das hier nicht verkommen zu lassen.

Die Schwarzweiße ließ sich ganz zutraulich streicheln. Die Grautiger waren zurückhaltender und wichen meiner Hand aus. Hinter der Ecke des Schuppens lugten noch zwei weitere Katzen heraus.

Ich konnte meinen Vater sowieso nicht leiden, er war ein kalter, sturer Mann, der nur seine eigene Meinung gelten ließ. Aber beim Anblick von Granny Doras Haus hasste ich ihn abgrundtief. Sie war seine Mutter gewesen, verdammt nochmal. Wäre es nicht seine Pflicht gewesen, sich um sie zu kümmern? Das Anwesen in Schuss zu halten, als Dora es selbst nicht mehr konnte? Aber ihn interessierte nichts als das Geld. Vermutlich hatte er versucht, sie zu erpressen, indem er ihr sagte, ich kümmere mich erst, wenn ich was von meinem Erbe sehe. Dass sie ihm nicht mal gesagt hatte, dass sie das dazugehörige Ackerland verkauft hatte, sprach Bände über die Beziehung der beiden zueinander.

Pech gehabt. Granny Dora hatte sich nie erpressen lassen. Und wie es jetzt aussah, hatte sie diese Haltung bis zu ihrem Tod nicht aufgegeben. Etwas daran machte mich stolz, auch wenn mich der Gedanke noch immer schmerzte, wie lange sie wohl leblos im Haus gelegen haben mochte, ehe jemand sie fand.

Ich blickte auf die Uhr und seufzte.

Noch vor dem Frühstück hatte ich an der Rezeption im Hotel die Unterlagen für das Kirkwall College ausdrucken lassen, um sie dann, in einer Hand eine Scheibe Toast mit Butter, in der anderen den Kugelschreiber, recht nachlässig auszufüllen. Es erschien mir ziemlich verschwenderisch, eine Briefmarke zu opfern, wo doch das College nur einen Steinwurf vom Hotel entfernt war. Trotzdem war ich, einer Eingebung folgend, dann doch zuerst nach Cornquoy herausgefahren, um mir das Haus anzusehen und zu entscheiden, ob es überhaupt noch lohnte, hier etwas ausrichten zu wollen. Ob es lohnte, hierzubleiben und mich um einen Job zu bemühen.

Ja, es lohnte. Es war heruntergekommen und roch muffig, aber es war nicht so weit verfallen, dass man es nicht reparieren konnte. Das Mauerwerk erschien mir solide, auch wenn ich nur wenig Ahnung davon hatte. Vor der Vorstellung, dass hier drin nicht nur einst mein Großvater, sondern nun auch noch meine Großmutter gestorben war, scheute ich mich nicht. Es sind die Lebenden, vor denen du dich in Acht nehmen musst, Paulie, hatte Dora mir immer gesagt, wenn sie abends vor dem Spiegel über dem Kaminsims eine Kerze für ihren verstorbenen Mann anzündete. Die Toten tun dir nichts mehr, aber die Erinnerung an sie kann dich in deinen dunkelsten Stunden trösten.

Ich würde zu Mr. Reilly ins Büro gehen, mein Erbe annehmen, und anschließend würde ich ins College fahren, um dort die Unterlagen abzugeben.

Und morgen endlich nach London zurückfliegen, entschied ich, um dort meine Dinge zu regeln. Carole wartete sicher bereits auf mich, ich hatte sie nicht einmal angerufen und ihr erklärt, was mich aufhielt.

Als ich den Mietwagen anließ, stoben die Katzen im Hof auseinander und flitzten in ihre Verstecke. Rückwärts setzte ich auf die schmale Straße, die nur aus zwei ins Gras getretenen Schotterspuren bestand. Dabei blickte ich zu dem einzigen Anwesen, das noch weiter die Straße hinab an der Küste stand. Eine Farm, vermutlich hatte der Bauer dort das Land gekauft, das einst zu Grannys Haus gehört hatte. Ein windschiefes Holzschild stand am Wegesrand, kaum noch lesbar stand dort geschrieben, dass man Eier und selbstgekochte Marmeladen verkaufte.

Langsam navigierte in den Wagen durch die Schlaglöcher zur Hauptstraße hinauf. Von der Kreuzung aus waren es dann nur noch wenige Minuten bis zur Stadtgrenze von Kirkwall.

Ich gab die Unterlagen in einem verschlossenen Umschlag an der Rezeption des Kirkwall College ab. Die Sonne schien, alle Türen standen weit offen, und ich hatte noch einen halben Tag zu verschwenden. Mit mildem Interesse betrachtete ich die Tafel im Eingangsbereich, die anzeigte, wo sich die Büros der Administration und der verschiedenen Abteilungen befanden. Nicht weniger als dreizehn Männer und Frauen unterrichteten an diesem College in Archäologie, und einige der Namen waren mir von früheren

Projekten, vor allem aber aus ihren Publikationen geläufig. Dazu war das College auch die Basis für eine Arbeitsgruppe, die sich aus studierten Archäologen und interessierten Laien zusammensetzte und von der die meisten der Ausgrabungsprojekte auf den Inseln gesteuert wurden. Professor Magnus Alexander, der als Direktor dem Archäologischen Institut des Colleges vorstand, leitete auch gleichzeitig die Arbeitsgruppe. Der Mann, den ich so sehr bewunderte, galt als die führende Koryphäe, was die Auswirkungen der Wikinger auf das Kulturerbe der Orkney und Shetland Inseln und generell den Norden Schottlands betraf. Dazu hatte er einige vielbeachtete Abhandlungen über das Neolithikum veröffentlicht. Dass ausgerechnet dieser Mann sehr wahrscheinlich derjenige sein würde, der über meine Projektarbeit und Dissertation wachen würde, wenn das UHI meine Bewerbung akzeptierte, erfüllte mich mit nicht wenig Ehrfurcht und machte mir sogar weiche Knie. Ich hatte in und um London mit vielen, teilweise durchaus berühmten Archäologen zusammengearbeitet. Aber Magnus Alexander stammte wie ich von Orkney, und er hatte eine Karriere hingelegt, von der ich oft geträumt hatte, die mir aber wahrscheinlich verwehrt bleiben würde.

Die Bibliothek befand sich im Hauptgebäude, nur ein paar Schritte den breiten Korridor hinunter. Ich schlenderte an deckenhohen Grünpflanzen und perfekt geputzten Fenstern vorbei, die einen atemberaubenden Blick auf das Meer boten, das heute für einen Wintertag ungewöhnlich still unter dem wolkenlosen Himmel lag. Nur wenige Studenten waren hier unterwegs, es war ja auch inzwischen nach zwei Uhr an einem Freitagnach-mittag. Auch die doppelflüglige

Glastür zur Bibliothek stand weit offen. Am Rezeptionstresen stand eine junge Frau, vermutlich kaum älter als ich, und lächelte mir lediglich freundlich zu, ehe sie sich wieder ihrem Computerbildschirm zuwandte. Studenten jedoch sah ich keine.

Tief atmete ich diesen ganz besonderen Duft ein, der Bibliotheken anhängt. Sogar in dieser Bibliothek, in diesem ultramodernen Gebäude, in deren Regalen sich die neuesten wissenschaftlichen Bände drängten, roch es nach altem Papier, Druckerschwärze und Kaffee. An einer Wand summten mehrere PCs, keiner von ihnen wurde benutzt. War man vielleicht schon kurz davor, für diese Woche zu schließen?

«Je später der Freitag, desto schöner die Gäste?», fragte jemand hinter mir. Erschrocken drehte ich mich um und wandte meinen Blick sofort auf Hüfthöhe hinunter, denn diese Stimme kannte ich. Aber mein Wikinger saß heute und hier nicht in seinem Rollstuhl. Stattdessen klemmten Krücken unter seinen Achseln, während mein Blick auf seinen perfekten Hüften landete. Er lächelte mich an und streckte mir ein wenig unbeholfen eine Hand entgegen.

«Was machst du denn hier?», entfuhr es mir, und ich unterdrückte den Drang, ihm dabei zu helfen, nicht aus dem Gleichgewicht zu geraten.

Er zuckte mit den Schultern, soweit das über den Krücken ging. «Ich bin bekannt dafür, mich hin und wieder in dieser Bibliothek aufzuhalten.»

«In der wissenschaftlichen Bibliothek des Colleges? Warum?»

«Du verletzt mich, Paula », sagte er augenzwinkernd. «Hältst du mich vielleicht für einen Bauerntrampel, der kaum lesen kann, geschweige denn wissenschaftliche Zusammenhänge verstehen?»

Wenn ich ehrlich war, wusste ich überhaupt nicht, wo ich diesen Mann beruflich einordnen sollte. Immer noch nicht. Als simpler Schafzüchter von Orkney hätte er wohl kaum geschäftlich in London zu tun gehabt, geschweige denn sich dieses Hotelzimmer leisten können. Vielleicht hatte er eine Baufirma oder so. Als Geschäftsführer eines überregional operierenden Unternehmens musste ihn auch seine Behinderung nicht stören, wenn er den ganzen Tag am Schreibtisch saß oder Telefonate führte.

«Ich hab ehrlich gesagt nie darüber nachgedacht.» Auffordernd blickte ich ihn an. Er könnte ja gerne mal etwas von sich preisgeben. Stattdessen aber blickte er zu der jungen Frau an der Rezeption. Ich konnte den Blick, den sie tauschten, nicht sehen, weil ich halb hinter Magnus stand, aber die Frau senkte mit einem wissenden Lächeln den Blick wieder auf ihre Tastatur. Hm. Er hatte sich mir für den One Night Stand geradezu auf dem Silbertablett präsentiert, gerade so, als hätte er in diesen Dingen jahrelange Erfahrung. Vielleicht war er ja bekannt dafür, so etwas zu tun, und vielleicht war das sogar der Grund dafür, dass er ausgerechnet in diese Bibliothek kam. Vielleicht hatten Studentinnen eine Schwäche für ihn, und er war daran gewöhnt, an diesem Ort leichtes Spiel zu haben. Es würde die Leichtigkeit erklären, mit der er in London auf mich zugekommen war. Vielleicht hielt die Assistentin mich jetzt für sein nächstes Opfer.

Etwas an diesen Gedankengängen ärgerte mich. Vor allem, da Magnus es auch jetzt nicht für nötig hielt, mich darüber aufzuklären, womit er sein Geld verdiente.

«Was ist denn mit dir?», fragte er. «Was bringt dich in die Bibliothek des Kirkwall College? Du betreibst nicht zufällig Spionage für das Londoner Institut, dem du deinen Bachelor verdankst?»

«Warum sollte ich das tun? Es ist sechsmal größer als das Institut hier.» Mehr als achtzig Dozenten unterrichteten am UCL in Archäologie. Das College in Kirkwall mochte bedeutende Namen sein Eigen nennen, aber was die schiere Größe betraf …

«Es kommt nicht auf die Größe an.» Als hätte er meine Gedanken erraten, der Mistkerl. Dann zwinkerte er. «Jedenfalls nicht immer und überall.»

Ich hob eine Braue. Die Frau am Rechner verbiss sich ganz offensichtlich ein Lachen. Magnus ignorierte das. «Suchst du etwas Bestimmtes?»

«Ich wollte mich nur mal umsehen. Kennst du dich hier aus?»

«Archäologie ist ein bisschen sowas wie ein Steckenpferd von mir, und ich bin recht häufig hier. Also falls du was suchst, kann ich dir vielleicht helfen.»

«Das hast du mir gar nicht erzählt.»

«Was, dass ich hier ein- und ausgehe?»

«Nein, dass du dich für Archäologie interessierst.»

«Du hast nicht gefragt.»

Würde er nicht auf den Krücken balancieren, und müsste ich nicht Angst haben, ihn nun eigenhändig aus dem Gleichgewicht zu bringen, ich hätte ihm einen verärgerten Schubs gegeben. So warf ich ihm nur einen strengen Blick zu, den er mit einem von seinen hinreißenden Lächeln quittierte, und sagte ergeben: «Ich habe Bewerbungsunterlagen abgegeben.»

Er hob eine Braue. «Ich dachte, du wolltest nicht auf Orkney …»

«Ich habe es mir anders überlegt, okay?»

Er nickte zu einer Sitzgruppe. «Es ist noch zwei Stunden geöffnet. Setzen wir uns doch. Oder darf ich dich auf einen Kaffee in der Stadt einladen? Die eine oder andere Bäckerei ist geöffnet.»

Ich runzelte die Stirn. «Warum sollten wir uns setzen?»

«Vielleicht willst du mir ja was erzählen?»

Ich dachte an die vergangene Nacht und daran, wie sehr ich mich danach gesehnt hatte, dass er in der Nähe gewesen wäre, damit er mir sämtliche Gedanken aus dem Kopf vögeln könnte. Dieser Drang hatte sich wieder aufgelöst, war nicht mehr da. Denn ich hatte mich entschieden. Zumindest, wenn das College meine Bewerbung akzeptierte. Denn als Verkäuferin oder gar in Gummistiefeln auf einer Farm würde ich nicht auf Orkney leben, auch das war mir klar.

Erneut seufzte ich. «Wir müssen uns nicht setzen. Das ist nur ein einziger Satz. Meine Großmutter ist gestorben und hat mir ihr Haus hinterlassen.»

Wieder hob sich die Braue. «Und du bleibst? Du könntest es verkaufen.»

«Nein. Die Bedingung ist, dass ich auf Orkney bleibe. Und wieso soll ich dann das Haus verkaufen, statt darin zu wohnen?»

«Oh. Das wird hart.» Ich hörte den Schalk in seinen Worten, und als ich ihn erneut strafend anblickte, lachte er auf. «Für mich, meine ich. Zu wissen, dass du in der Nähe bist, und meine Finger bei mir zu behalten.»

Hatte er das gerade wirklich gesagt? Ich bemerkte zu spät, dass ich ihn mit offenem Mund anstarrte. Wie peinlich. Und dann wurde ich auch noch rot. Warum hatte ich sein Angebot nicht angenommen und war mit ihm woanders hingegangen, ehe ich ihm das sagte? Jetzt hatte diese Assistentin, deren emsiges Herumgetippe auf der Tastatur wahrscheinlich nur ihr angestrengtes Lauschen maskieren sollte, alles gehört.

Na großartig.

Als ich mich ein paar Minuten später am Hauptportal von ihm verabschiedete, um zu meinem Mietwagen zu gehen, rief er mir nach: «Paula?»

Ich drehte mich noch einmal um. «Ja?»

«Also falls du Hilfe brauchst …»

«Womit?» Ich runzelte die Stirn.

Er hinkte ein paar Schritte auf mich zu, aber nicht ganz heran. Er trug nicht mal eine Jacke, und der Wind war kalt. Im Gebäude hatte ich keine Garderobe gesehen, er hatte keine Tasche bei sich, und kein Autoschlüssel beulte seine Hosentaschen. Was genau trieb der Kerl hier im College eigentlich? Gebäudemanager? Auf Krücken? Eher nicht.

«Mit dem Haus, meine ich. Also falls du jemanden brauchst, der dir beim Ausräumen und Renovieren hilft …»

Wenn ich sein Angebot ablehnte, mochte er vielleicht vermuten, dass ich es ihm wegen seiner Behinderung nicht zutraute. Das wollte ich nicht. Und es war auch nicht wahr. Ich hatte den besten Sex meines Lebens mit diesem Kerl gehabt, ich traute ihm so ziemlich alles zu. Aber ich spürte auch, dass er mir gefährlich werden konnte, und für diese Art von Gefahr war ich nicht bereit.

Was hatte er bei unserem Wiedersehen im Pub gesagt? Er sei nicht liiert, aber auch nicht zu haben. Und jetzt? Behauptete er, meine Nähe sei schwer zu ertragen, verbunden mit dem Wissen, mich nicht haben zu können. Was wollte er eigentlich?

«Nun?», fragte er.

«Ich denke darüber nach.»

«Ich bin ziemlich gut im Tapezieren und auch darin, zerfledderte Bücher zu reparieren.»

«Magnus …» Ergeben seufzend kam ich ein Stück zu ihm zurück. «Warum tust du das? Warum bietest du dich mir so an?»

«Wir sind Freunde, oder?»

Ja, klar. Freunde. Nicht liiert, aber auch nicht zu haben, das bedeutete ja nicht, dass man keine Freunde mit gewissen Vorzügen in seinem Leben haben könnte. Das war es vermutlich. «Wir kennen uns gar nicht», erinnerte ich ihn.

Er hob eine Braue. «Ich glaube eigentlich, dass ich dich sehr gut kenne. Ich weiß, was du für Geräusche machst, wenn du kommst.»

«Ich mache keine Geräusche, wenn ich komme», erwiderte ich empört.

Er lachte. «Beim nächsten Mal weise ich dich drauf hin, dass du hinhören sollst. Und wenn du so hoch fliegst, dass du gar nichts mehr hörst, dann werde ich es einfach mit dem Handy aufnehmen.»

Ich hob meine freie Hand über den Kopf, winkte ihm sarkastisch zu und drehte mich zurück zum Parkplatz. «Treffer, versenkt, Magnus *Wieauchimmerduheißt*. Du hast soeben dafür gesorgt, dass es kein nächstes Mal geben wird.»

Es gibt viele Gründe, die dafür sprechen, eine gute Freundin zu haben und diese Freundschaft zu pflegen. Selbst für Menschen wie mich, die eigentlich dafür gebaut sind, mit sich allein zu sein. Deshalb war ich ja auch mit Ende Zwanzig noch immer überzeugter Single. Aber Freundschaften? Die sind wichtig, man kann sie gar nicht überschätzen.

Und so wartete Carole mit Rocker-Josh am Flughafen, als ich aus dem Gepäckbereich heraustrat. Ich hatte ihr zwar am Telefon gesagt, dass ich die Metro nach Hause nehmen würde. Dass sie dennoch dort stand und mich in die Arme schloss, wärmte mir das Herz mehr, als ich zugeben wollte.

Und als sie mir mit dem nächsten Atemzug ein Ultraschallbild unter die Nase hielt, auf dem ich nun wirklich beim besten Willen nichts erkennen konnte, wollten mir tatsächlich die Tränen kommen. Begeistert zeigte Carole auf einen winzigen Fleck, der mitten zwischen krisseligen Punkten schwamm. «Das da ist mein Baby», sagte sie, und mir klopfte das Herz bis in den Hals.

Josh nahm mir meinen Rucksack ab. Sein Lächeln war an Vaterstolz und Seligkeit kaum zu überbieten. Himmel, der Rocker war weichherzig wie ein Mädchen. Er ging voraus, während Carole mich auf dem Weg zum gläsernen Portal und dann hinüber zum Parkplatz unterhakte. In ihrer Hand hielt sie immer noch das Bild, als müsste es unbedingt jeder sehen, der unseren Weg kreuzte.

Ich hatte einen Kloß im Hals, während ich mich auf dem Rücksitz einrichtete. Carole fuhr, obwohl der SUV Josh gehörte. Vielleicht hatten sie beide das stillschweigend beschlossen, um zu vermeiden, dass Carole mich mit Fragen löcherte. Denn so musste sie sich auf den Verkehr konzentrieren, während ich mich langsam wieder an London akklimatisierte. Wer irgendwann mal eine Definition des Wortes *Kulturschock* braucht, sollte nach ein paar Tagen Orkney plötzlich wieder nach London fliegen. Mir jedenfalls schwirrte der Kopf.

Josh tippte auf seinem Handy herum, Carole fluchte halb unterdrückt auf die anderen Verkehrsteilnehmer, und ich fragte irgendwann: «Wie läuft der Salon?»

«Oh, alles prima», sagte sie und setzte den Blinker. «Aber die Schreibarbeit! Ich hätte nie gedacht, dass da so viel Schreibarbeit dran hängt.»

Ich hätte sie fragen können, warum sie sich dafür keine Hilfe holte. Sie beschäftigte nicht weniger als fünf Beauticians und Haardesigner, vielleicht demnächst noch ein paar mehr, da konnte sie sich doch auch eine Bürokraft in Teilzeit leisten. Aber ich fragte das nicht, sondern biss mir so lange auf die Unterlippe, bis ich es nicht mehr aushielt. «Wann zieht ihr zwei eigentlich zusammen?»

Im Rückspiegel sah sie mich an, die Brauen zusammengezogen. «Das klingt ja plötzlich so, als könntest du es gar nicht erwarten, mich loszuwerden.» Bei jedem anderen Menschen hätte das angepisst geklungen. Nicht bei Carole. Eine Feststellung, weil sie überzeugt war, dass ich einen Grund für diese Frage hatte, und sie wollte diesen Grund so schnell wie möglich herausfinden. «Sag nicht, du hast auf Orkney jemanden getroffen, der auch gern in London studieren will und ne Bude braucht? Das wäre natürlich ein perfekter Zufall. Für dich.»

Ich schüttelte den Kopf. «Nein. Im Gegenteil. Aber ich …» Warum war das so schwer? Weil plötzlich ich es war, die Carole verließ, und nicht umgekehrt. Als gute Freundin hätte ich sie eigentlich warnen müssen. Dass sie Josh kaum kannte und es ein ziemlich dünnes Fundament war, auf das sie ihre Zukunft gründete. Wem hatte ich das erst vor kurzem ebenfalls gesagt? Richtig, Magnus. Nur mit dem Unterschied, dass Magnus mir beim Renovieren helfen wollte. Carole wollte mit dem Kerl, von dem sie vermutlich auch nicht viel mehr wusste als ich von Magnus, eine Familie gründen. Ihre Situation war doch ein bisschen anders gelagert.

«Dann erzähl schon endlich!», forderte sie. «Damit ich mich nicht mehr über diese ganzen Sonntagsfahrer ärgern muss. Wie war es denn? Was hast du geerbt?»

«Ein Haus», seufzte ich.

Sie trat auf die Bremse, ohne links ranzufahren und obwohl die Ampel eben auf Grün sprang. Josh wurde im Sitz nach vorn gedrückt und brummte nur: «Fahr schon weiter, jetzt bist du der Sonntagsfahrer.» Gehorsam trat Carole aufs Gas, und immer wieder blinzelte sie mich im Rückspiegel ungläubig an.

«Ja, schon gut», sagte ich und schaute zum Fenster hinaus auf die Reihe kleiner Tabakgeschäfte und Zeitschriftenhändler, an denen wir vorbeifuhren. «Also ich habe ein Cottage auf Orkney geerbt, und es gibt eine Bedingung. Ich muss dort wohnen.»

«Cool», murmelte Josh auf sein Handy hinunter. «Nach Orkney wollte ich schon immer mal. Mein Neid schleicht dir gerade mit großen Schritten hinterher.»

«So richtig romantisch am Meer?», schwärmte Carole.

«Am Meer schon, aber romantisch? Eher nicht. Es steht am Ende der Welt und gehört zu einem Weiler namens Cornquoy. Das kennt kein Mensch, die Romantik hält sich in Grenzen. Außerdem ist es ganz schön heruntergekommen. Und dann wäre da noch die winzige Kleinigkeit, dass ich ja gar nicht nach Orkney wollte.»

«Also wenn ich das jetzt nicht falsch buchstabiert habe …» Wieder ein Murmeln von Josh. Ich hatte geglaubt, dass er dabei war, mit einem Bekannten zu texten oder so. Immerhin dürfte sein Musikgeschäft gerade geöffnet sein, und er sollte mit demjenigen, der die Verantwortung trug, wenigstens in SMS-Kontakt sein. Doch wie sich herausstellte, hatte er einen Internetbrowser geöffnet und kontrollierte eben nach, wo Cornquoy lag. «Echt übersichtliche Landzunge, wie es aussieht, kaum Straßen, noch weniger Häuser. Ende der Welt trifft es ganz gut, aber sehe ich da eine Bucht mit Sandstrand?»

Wieder musste ich seufzen. «Ich denke nicht, dass du falsch buchstabiert hast», gestand ich. «Das dürfte es sein.»

«Du erbst ein Haus am Ende der Welt mit deinem eigenen Badestrand und machst ein Gesicht wie sieben Tage Regenwetter?», ereiferte sich Carole. «Himmel, für sowas würde ich sogar in die Hölle ziehen. Und Orkney ist ja nun wirklich nicht …»

«Doch», sagte ich. «Ist es.» Und dann dachte ich wieder an Magnus und schämte mich dafür, das gesagt zu haben. Denn einer wie Magnus machte allein durch seine Anwesenheit aus der schlimmsten Hölle ein wunderbares Paradies. Und er wollte mich. Und ich ihn. Was bedeutete da noch meine verkorkste Beziehung zu meinen Eltern? Verdammt, warum war das alles so vertrackt? «Aber es ist ja einfach so, dass ich es schäbig finde, dich mit der Wohnung allein sitzen zu lassen.»

«Entschuldige, was? *Das* ist deine Begründung? War nicht bis vor drei Tagen ich diejenige, die dich verlassen wollte? Und habe ich mich schäbig gefühlt?»

Nein, hatte sie nicht, aber Carole war anders als ich. Carole hatte Ziele, und die verfolgte sie, und um ihre Ziele zu erreichen, ging sie zur Not über Leichen. Das bedeutete nicht, dass sie keine Freundin war, sie war nur von jeher besser als ich darin gewesen, zuerst an sich zu denken und erst danach an die anderen. Deswegen war es ja auch sie, die ihre Ziele erreichte, nicht ich.

«Ab wann gilt denn die Bedingung? Also dass du da wohnen sollst?», fragte Josh. Ich lugte zwischen den Vordersitzen hindurch und sah, dass er sich auf seinem Handy durch diverse Bildergalerien von Orkney klickte. Hin und wieder schnalzte er anerkennend mit der Zunge.

«Das stand nicht im Testament», gab ich zu. Hatte ich diese Frage echt nicht selber gestellt? «Aber ich habe … Also okay, das ist weniger relevant, ab wann das gilt. Ich habe mich an der Uni Kirkwall beworben um eine Doktorandenstelle, über die ich die Möglichkeit haben würde, meine Thesis zu schreiben.»

Mit quietschenden Reifen bog Carole in eine Bushaltestelle ein, ignorierte die wartenden Menschen, sprang aus dem Wagen und riss die Hintertür auf. Sie zwängte sich neben mich auf den Rücksitz und umarmte mich heftig. «Das!», sagte sie, als sie sich losmachte und mich von sich drückte, um mir ins Gesicht schauen zu können. «Das ist vielleicht das Schönste, was du mir jemals erzählt hast!»

«Carole!», brummte Josh. «Da kommt ein Bus, setz dich wieder ans Steuer.» Prompt hupte hinter uns der Linienbus, und an Carole vorbei sah ich die verärgerten Gesichter der Leute, die einsteigen wollten.

«Fahr du!», sagte sie zu ihrem Lover. «Ich kann jetzt nicht!»

Josh musste wirklich hoffnungslos verknallt sein. Ohne zu protestieren, stieg er aus, ließ empörtes Gemecker der auf den Bus wartenden Leute auf sich hinabregnen, winkte dem Busfahrer entschuldigend zu, handelte sich wahrscheinlich auch gleich noch einen Strafgeldbescheid ein, falls der Bus mit Kamera ausgerüstet war und er auf den Bildern zu sehen sein würde. Und dann setzte er sich auf den Fahrersitz, schnallte sich artig an und fuhr mit aller Gelassenheit los.

«Carole», sagte ich und starrte immer noch auf Joshs Hinterkopf. «Hab ich dir schon mal gesagt, wie sehr ich mich für dich freue? Der Kerl ist perfekt.»

«Ich weiß», schwärmte sie. «Und endlich habe ich auch mal Grund, dir zu sagen, wie sehr ich mich für dich freue. Baby, du wirst sie alle umhauen da oben im Norden!»

12

Ich erinnere mich an den Tag, als der Brief vom UHI Kirkwall eintraf. Seit meiner Rückkehr nach London hatte ich nichts getan, um meine *Angelegenheiten zu regeln*, wie ich das eigentlich vorhatte. Denn nein, wenn das College das Projekt einem anderen Bewerber gab, würde ich das Haus der Kirche schenken. Seit meiner Rückkehr in die Hauptstadt war ich jeden Tag mit der Metro in die Arbeit gefahren und war über jeden Kunden froh, der an meiner Kasse auftauchte, denn nichts war schlimmer als das Nachdenken. Die Vorstellungen. Und ja, die verdammte Hoffnung.

Und Magnus.

Ich hatte ihm keine Kontaktnummer gegeben, nichts, denn es hatte sich ja nichts geändert. Ich war in London, er war in Kirkwall, und wenn ich in London blieb, blieb er immer noch in Kirkwall, und warum sollten wir dann überhaupt Kontakt haben?

Ich hasste diese Ungewissheit.

Und dann kam ich am Freitag nach einer zwölfstündigen Kassenschicht, geprägt von den freitäglich langen Warteschlangen und den Beschwerden, als die anderthalbprozentfettige Bio-Milch aus war, müde und erschlagen nach Hause, und Carole, die den Tag an ihrem Schreibtisch statt im Salon verbracht hatte, wedelte mit einem Umschlag. «Das hier interessiert dich gewiss.» Sie grinste über beide Backen.

Ich riss ihr den Brief aus der Hand, nahm mir kaum die Zeit, den Siegelaufdruck vom UHI und den Poststempel von Kirkwall wahrzunehmen, schob einen Finger unter den Falz und zerrte. Ich faltete das Blatt auf, ließ den Umschlag zu Boden segeln. Carole, mit einer Miene wie eine Katze, der man ein Leberwurstbrot versprochen hatte, setzte sich an den Küchentisch und klopfte mit den Fingerknöcheln auf die Stuhllehne.

Sehr geehrte Miss Norquay,

Mit großer Freude haben wir Ihre Unterlagen begutachtet und Ihrer Bewerbung die größtmögliche Aufmerksamkeit gewidmet. Leider geht aus Ihren …

Leider? LEIDER? Was, *leider*? Die sagten mir ab? Mein Herz raste, und das Papier zerknitterte zwischen meinen Fingern. Für einen Moment verschwamm alles vor meinem Blick. Ich wollte dorthin! Ich wollte weg aus London, verdammt, die konnten mir das doch nicht kaputtmachen! Ich musste mich zusammenreißen, um den Rest zu lesen, wobei ich gar nicht wusste, ob ich das lesen wollte.

… Leider geht aus Ihren Unterlagen nicht hervor, aus welchem Grund Sie speziell zu der vorliegenden Thematik Ihre Doktorarbeit zu verfassen wünschen. Ihre bisherige Projektarbeit beschäftigte sich mit gänzlich anderen Themen. In Ihrem Begleitschreiben erwähnen Sie, dass Sie keine Hardcopy-Unterlagen des University College London beifügen können, da Sie sich zum Zeitpunkt Ihrer Bewerbung in Kirkwall aufhalten und nicht auf diese Belege zugreifen können. Ich nehme an, dass Sie diese Unterlagen jetzt nachzureichen in der Lage sind, und würde Sie daher bitten, dies schnellstmöglich zu tun.

Mir wurde schlecht. Ich bemerkte, dass ich mich an der Tischkante festklammerte, und aus dem Augenwinkel sah ich, wie Carole mich besorgt musterte.

«Alles in Ordnung?», fragte sie.

Ich nickte, schwer atmend. Himmel, mir war gar nicht bewusst gewesen, dass mir das hier so viel bedeutete. Und es war ja nicht mal eine Zusage. Sie wollten mehr Informationen über mich. Das war ihnen nicht vorzuwerfen. Und der Hinweis, dass ich mich bisher weder mit Wikingern noch mit mittelalterlichen Heiligen beschäftigt hatte, stimmte ebenfalls. Aber war dies wirklich der Umstand, der mir diese Gelegenheit verwehren sollte?

Und dann kam der letzte Abschnitt.

… Ich möchte Sie einladen, am 14. März um 10 Uhr zu einem persönlichen Vorstellungsgespräch nach Kirkwall zu kommen. Sie finden mich in Raum 3.03 im Hauptgebäude des Colleges. Ich freue mich darauf, Sie kennenzulernen.

Mit freundlichen Grüßen.

Professor Dr. Magnus Alexander, Director of Archaeology, Head of ORCA, Kirkwall, Orkney

Ich starrte auf das Papier in meiner Hand. Auf die sauber gedruckten Zeilen, die vermutlich eine Assistentin in den Computer getippt hatte, um sie dann ihrem Boss vorzulegen, der lediglich seine Unterschrift daruntersetzte. Professor Magnus Alexander hatte keine typische Professoren-Handschrift, die aus Krähenfüßen zu bestehen pflegte. Er schrieb sauber, mit dünnem Federhalter, leicht nach rechts geneigt.

«Und?», fragte Carole neugierig.

Ich zuckte mit den Schultern. «Nichts Genaues weiß man nicht», erwiderte ich. «Weder ein Ja, noch ein Nein. Ein Vielleicht, bestenfalls.»

«Wie meinst du das?» Unverständnis und Empörung mischten sich auf ihrem Gesicht, als sie aufstand und mir den Brief aus der Hand nahm. «Die können dich doch nicht einfach hinhalten, immerhin ist das ein ganz schöner Schritt für dich, und …» Ihre Worte versiegten, während sie las. Auf ihrer Stirn kräuselte sich die Falte, die immer dort war und an der man perfekt ihre Stimmung ablesen konnte. Schließlich faltete sie das Schreiben zusammen und reichte es mir zurück. «Wie es aussieht, kannst du dich endlich daran machen, zusammenzupacken und hier alles zu kündigen und abzumelden.»

«Woher willst du das denn wissen?», begehrte ich auf. «Das steht doch da gar nicht. Ich soll zu einem Vorstellungsgespräch kommen. Das ist meilenweit entfernt von einer Zusage. Was, wenn dem Mann meine Nase nicht passt?»

«Bist du ein Maulwurf?»

«Was?»

«Naja, sollst du mit deiner Nase graben oder mit deinen Fingern?»

«In erster Linie soll ich Bücher lesen und meilenweit durch die Landschaft von Orkney wandern. Zum Graben werde ich während der Arbeit an der Dissertation selbst überhaupt nicht kommen.»

«Und auch zum Bücherlesen ist es ja kaum von Bedeutung, ob diesem Professor deine Nase passt. Du sollst den Mann ja nicht vögeln, du sollst an seinem Institut deine Doktorarbeit schreiben. Der weiß, dass du in London lebst, und der wird sich ganz sicher mit

Flugzeiten und -preisen auskennen, Schätzchen. Trotzdem lässt er dich antanzen. Das tut der garantiert nicht, um dich dann mit einem Fußtritt zurück nach London zu befördern. Was hätte er davon?»

«Es gibt auf der Welt sehr sadistische Menschen», erinnerte ich sie.

«Ja, naja, das schon, aber nach meiner Erfahrung halten die sich dann an masochistische Menschen, damit beiden gedient ist.»

Ich hob die Hände, in der Linken immer noch den Brief. «Erspar es mir, Carole, ich will gar nicht so genau wissen, was in deinem Liebesleben abgeht.»

Sie grinste breit. «Du solltest dich beeilen, Süße, bis zum vierzehnten März sind es nur noch zwei Wochen. Dein Arbeitgeber muss auch Ersatz beschaffen.»

Ich bezweifelte, dass ich auch nur noch einen einzigen Tag an der Supermarktkasse sitzen und mich konzentrieren könnte. Etwas an Caroles Argumentation hatte eine bezaubernde, herzschlagerhöhende Logik an sich.

Als sie sah, wie mein Widerstand bröckelte, nahm sie mich fest in die Arme. «Aber versprich mir, dass du zu meiner Hochzeit kommst. Ich brauch doch eine Maid of Honour.»

«Du hast eine Schwester», bemerkte ich.

«Aber die kann ich nicht so gut leiden wie dich.»

Ich wusste, dass Carole und ihre Schwester unzertrennlich waren. Ihre Aussage machte mir die Knie weich.

«Und außerdem sollst du auch Taufpatin für mein Baby sein.»

«Es bringt Unglück, so etwas viel zu früh zu planen, Carole.»

«Ich weiß, aber lass mir doch meine Träume.» Sie seufzte, ließ mich los und drückte sich ein wenig ab. Ihre Augen waren tatsächlich feucht geworden. «Du wirst mir so fehlen, Süße. Orkney ist so verdammt weit weg.»

Ich blinzelte, als mir ebenfalls Tränen in den Augenwinkeln brannten.

Die Rezeption war nicht besetzt, auf den Gängen des Kirkwall College herrschte erstaunliche Ruhe. Das war auch schon bei meinem ersten Besuch so gewesen, war das wirklich schon wieder ein paar Wochen her? So kannte ich das vom UCL her nicht, dort schien zu jeder Tageszeit ein Summen und Vibrieren in den Treppenhäusern und Gängen zu liegen. Hier war alles still. Ich studierte die Informationstafel, die mir aber nicht sagte, wo ich Professor Alexander finden konnte. Noch einmal zog ich seinen Brief aus meiner Jackentasche. Zimmer 3.03. Doch die paar Türen, die vom Foyer abgingen, trugen alle möglichen Namen und Berufsbezeichnungen, aber keine Nummern und auch nicht den Namen des Archäologiepapstes.

Wie es aussah, wollte eine höhere Macht verhindern, dass ich diesen Mann traf. Bis vor ein paar Tagen hätte ich es noch als die für alle Beteiligten beste Lösung empfunden. Doch nun hatte ich meinen Job in London gekündigt, hatte mein Zimmer in der WG gekündigt, hatte alle Brücken hinter mir verbrannt und stattdessen die vergangenen beiden Nächte in meinem kleinen, fürchterlich heruntergekommenen Cottage an der Küste von Orkney geschlafen. Die völlige Abwesenheit von Verkehrslärm und das stetige Anrollen der

Wellen am Strand hatten mich fast um den Verstand gebracht.

Schließlich näherten sich klappernde Absätze auf dem gefliesten Boden, und ich drehte mich herum, als wäre ich ertappt worden. Es war eine junge Frau, wohl eine Studentin, das braune Haar hochgesteckt, stark geschminkt. Wie im Reflex blickte ich auf ihre Fingernägel, die lang waren und perfekt lackiert. Also keine Studentin von Professor Alexander, keine, die im Boden herumwühlte und Steinzeitverzierungen auf Sandsteinblöcken suchte.

«Oh, hi», sagte sie und klang dabei so fröhlich wie Carole. Sie hatte sogar denselben Hauch von London in der Stimme. Viele Studenten hier kamen aus anderen Gegenden als Orkney, das vergaß ich zu oft. Der Campus war schon zu Zeiten, als ich noch auf Mainland gelebt hatte, immer bis zum Rand mit Studenten aus aller Herren Länder vollgestopft gewesen.

Sie schob ihren Stapel an Heftern von einer Hand in die andere, dabei sah ich die Beschriftung. Grundlagenwissen in Steuerrecht. Wieso kam eine junge Londonerin nach Kirkwall, um sich zur Steuerberaterin ausbilden zu lassen? Ich hatte keine Zeit, mir Antworten auf diese Frage auszudenken. «Kann ich Ihnen helfen?», wollte sie wissen.

«Ich habe einen Termin mit Professor Alexander. Leider ist die Rezeption nicht besetzt, und ...»

«Das ist die nie», lachte sie. «Lohnt sich nicht.» Sie wandte sich halb um und wies auf eine Glastür, hinter der sich die Umrisse des langen Ganges abzeichneten, der unter anderem zur Bibliothek führte. Den Gang kannte ich bereits. «Da, bis ganz ans Ende und dann noch einmal rechts in einen kurzen Flur abbiegen.

Letzte Tür auf der linken Seite. Ich habe Magnus heute noch gar nicht gesehen.»

Ich war schon drauf und dran, mich auf den Weg zu machen, aber jetzt blieb ich stehen, als hätte sie nach mir geschlagen. «Wie bitte?»

«Magnus. Oh, tut mir leid.» Sie kicherte verschämt gegen ihren Handrücken und wirkte nicht so, als müsste ihr irgendwas leid tun. «Hier geht alles mit Vornamen. Mit etwas Pech wären Sie an jemanden geraten, der gar nicht weiß, dass der, den Sie suchen, nicht Magnus heißt, sondern Professor Alexander.»

«Warum nur glaube ich Ihnen nicht?», fragte ich trocken, packte den Griff meiner Aktentasche fester und ging auf die Glastür zu. «Danke für Ihre Hilfe.»

Als ich die Hand auf die Klinke legte, sagte das Mädchen: «Er ist zwar eine Legende in seinem Fach, aber ein Heiliger ist *dieser* Magnus ganz sicher nicht.»

Stirnrunzelnd blickte ich sie noch einmal an. Sie spielte ganz eindeutig auf Saint Magnus an, den Schutzheiligen von Orkney. Der Wikinger-Earl, wegen dem der Name Magnus hier so beliebt war. Für mich war ihre Bemerkung über die mangelnde Heiligkeit des Professors Anlass genug, mich von meiner Vorstellung zu verabschieden, ich würde gleich einer weißhaarigen Eminenz der Archäologie gegenüberstehen.

Wer war dieser Kerl?

Die letzte Tür auf der linken Seite des kurzen Ganges war angelehnt, aber auf mein Klopfen reagierte niemand. Ich zögerte. Einfach reingehen kam ja wohl nicht in Frage. Hatte der Mann keine Assistentin, die seine Tür bewachte und seine Telefongespräche annahm, wenn er selbst nicht am Platz war? Und hatten wir verdammt nochmal nicht einen Termin? Ich wartete, versank in der Betrachtung des Fikus, der unter dem hoch angebrachten Fenster am Ende des Ganges stand und dringend Wasser benötigte, dann klopfte ich erneut.

«Geh schon mal rein», sagte eine mir nur allzu bekannte Stimme von der Ecke her, an der der kurze Gang begann. Irgendwas zwischen fünfzehn und fünfundzwanzig Schritten entfernt, und mir stellten sich die Nackenhaare auf, als hätte sein Atem bei den Worten meinen Hals gestreift. Dann hörte ich auch das Quietschen, das die Gummibereifung des Rollstuhls auf den Fliesen erzeugte. Welch ein Glück für den Mann, dass der Architekt des Gebäudes den Türen keine Schwellen gegeben hatte.

Sehr langsam drehte ich mich zu ihm um. Vielleicht hoffte ich noch, das wäre nur ein böser Traum.

Er war frisch rasiert, der Mistkerl, und seine aschblonden Locken kringelten sich feucht an den Schläfen und im Nacken. Er sah aus wie das blühende Leben, wie er hier auf mich zurollte.

«Dachte schon, ich verpasse dich», sagte er, als er direkt vor mir ausrollte und mit dem gesunden linken Bein der Tür einen leichten Tritt gab, dass sie aufschwang. «Ist etwas später geworden bei der Physio. Geh rein, worauf wartest du?»

«Worauf ich ...» Mir blieben Atem und Worte in der Kehle stecken. Der Mann sprach, als sei das alles völlig normal und ich hätte genau gewusst, wen ich hier heute zu erwarten hatte.

Und hatte ich das nicht?

Verdammt, alle Anzeichen waren dagewesen. Oder nicht? Aber wie hätte ich denn bitteschön mit diesem Zufall rechnen sollen, dass ein Wikinger, der aus heiterem Himmel im Rollstuhl in einer Eckkneipe in Vauxhall auftauchte, einer von Britanniens führenden Archäologen sein sollte?

Kein Mensch hätte diese Verbindung hergestellt. Zumal der Magnus im Pub eher wie ein Wandervogel auf der Suche nach einer schnellen Nummer gewirkt hatte. Eher wie einer von der Sorte Mensch, zu denen ich selbst gehörte.

Aber das Hotel, in das ich ihm an jenem Abend gefolgt war, war spitzenmäßig, und er hatte sich nun wirklich nicht wie ein Penner gekleidet. Oder wie einer gesprochen.

Himmel nochmal.

Und war er denn nicht einer von der Sorte Mensch, zu denen ich gehörte?

«Du hättest was sagen können», zischte ich, als er mit einem Grinsen an mir vorbei in sein Büro rollte. «Wenigstens in der verdammten Bibliothek hättest du mich warnen können!»

«Ich wollte dein Gesicht sehen. Kaffee?»

«Magnus!» Ich schlug die Tür hinter mir zu, auch wenn die Gefahr, dass jemand im menschenleeren Gang uns belauschte, denkbar gering ausfiel. Wenn Pflanzen Gefühle hatten, konnten sie ja auch Ohren haben. «Das ist nicht witzig!» Ich legte meinen Aktenkoffer auf seinen Schreibtisch und ließ die Schlösser aufschnappen.

Lächelnd sah er mir zu. «Ich kenne dich ja durchaus als eine, die schnell zur Sache kommt, aber ein bisschen Smalltalk, ehe wir übers Geschäftliche sprechen, ist doch wohl nicht zuviel verlangt, oder? Wenn Katie kommt, können wir immer noch über deinen PhD reden.»

«Wer soll das sein, Katie?»

«Meine Assistentin.» Er grinste mich an, mit blitzenden Zähnen und funkelnden Augen. «Ein Mann wie ich hat eine Assistentin, weißt du.»

«Ein Mann wie du sollte es nicht nötig haben, andere Menschen dermaßen an der Nase herumzuführen.»

«Wenn du gefragt hättest, wer ich bin, hätte ich dich ganz sicher nicht angelogen. Und es gab doch eigentlich genug Hinweise, oder?»

Ja, verdammt, das war mir mittlerweile auch aufgefallen. Aber zugeben konnte ich das nicht. Und ich hätte ihn ja auch nicht damit davonkommen lassen müssen, als er mir mehrmals ausgewichen war, wenn ich nach persönlichen Details gefragt hatte

«Ich kann den Job nicht annehmen», sagte ich entschieden, zog die Unterlagen aus dem Koffer, die Dr. Partridge mir auf meinen Wunsch hin aus den Akten des UCL herausgesucht und mitgegeben hatte, und knallte sie auf den Tisch. Dann schloss ich das Köfferchen wieder und riss es an mich. «Kannst dir das ja gerne ansehen, dann tut es dir hoffentlich leid, mich so rausgeekelt zu haben.»

Magnus blickte zu mir auf. «Dazu brauche ich da nicht reinzuschauen. Das tut mir leid, wenn es dazu kommen sollte, denn das habe ich nicht gewollt.» Er sagte es ernst, sein Lächeln verschwunden, seine hellen Augen verschattet.

Eiskalt lief mir sein Blick den Rücken hinab.

Alle Anzeichen waren dagewesen, verdammt.

Ich schüttelte den Kopf. «Ich kann nicht.»

«Paula ...»

«Herrgott, Magnus, siehst du denn nicht selbst, wie schmierig das wäre? Du sollst mein Mentor sein, weil keiner auf diesem Gebiet mehr weiß als du! Wie sieht das denn aus? Wie eine ätzende Romanze zwischen einem Boss und seiner Sekretärin. Aber es ist noch viel schlimmer. Es ist eine Affäre zwischen einem Professor und seiner Studentin. Denn dein Name wird in meiner Doktorarbeit eine große Rolle spielen.»

«Ich werde dich nicht anfassen, Paula», sagte er mit allem gebührenden Ernst. «Aber ich will auch nicht verantwortlich dafür sein, dass du deine große Chance verspielst. Und die Entscheidung, dir diesen Projektplatz anzubieten, habe ich nicht allein gefällt. Das ist in einer Versammlung aller Lehrkräfte des Instituts geschehen. Du hattest übrigens zwei Mitbewerber.»

«Du hast mich bereits angefasst, Magnus, das ist das Problem.» Zwei Mitbewerber. Mein Name hatte sich durchgesetzt. Warum? Er mochte das nicht allein entschieden haben, aber würden sich die anderen Dozenten des Instituts denn dagegen aussprechen, wenn ihr Chef einen Bewerber vorzog? Plötzlich fühlte ich mich völlig erschöpft. Ich ließ mich auf den Besucherstuhl an seinem Schreibtisch sinken, mein Aktenkoffer in meinem Schoß. «Und ich bin nicht sicher, ob ich meine Finger bei mir behalten kann, wenn wir zusammen arbeiten.» Das Geständnis war ein Seufzen, das von ganz tief drinnen aufstieg und das ich nicht aufhalten konnte.

Verärgert bemerkte ich, wie das Lächeln zurück in seine grauen Augen kroch. Aber er schaffte es irgendwie, seine Mundwinkel unter Kontrolle zu behalten und nicht zu grinsen. «Diese Gefahr besteht nur dann, Miss Norquay, wenn Sie sich auf dem Gelände des

Campus aufhalten, zum Beispiel in der Bibliothek oder gegebenenfalls im Labor», sagte er ernst. «Auf Ausgrabungen oder wenn Sie sich auf den Pilgerweg begeben, werde ich Sie kaum belästigen, da sind Sie auf sich gestellt. Komm schon, Paula, sei vernünftig, wirf das nicht weg. Erstens ist das zu weit ab vom Schuss und für mich schwer zu erreichen ...» Vielsagend blickte er auf seine Beine hinunter, von denen eines vollkommen unbrauchbar war. «Und zweitens habe ich zuviel zu tun, ich habe gar nicht die Zeit, mich persönlich um jeden einzelnen Doktoranden zu kümmern.» Er räusperte sich und hob die Stimme, als im Flur das Klackern hoher Absätze aufklang. «Ein Bestandteil Ihres Studiums an unserem Institut wird es sein, und ich nehme an, dass Ihnen dies klar ist, ich wiederhole es aber gern, dass Sie uns zeigen, dass Sie in der Lage sind, vollkommen selbständig zu arbeiten.» Die Tür zum Büro öffnete sich, eine atemberaubende, langbeinige Blondine stöckelte herein, ein Zahnpastalächeln auf dem Gesicht. Magnus nickte ihr höflich, aber ernst zu, und sie ging weiter zur nächsten Tür, die neben seinem Schreibtisch in einen angrenzenden Raum führte. Sie schloss die Tür hinter sich. «Selbständig Ihren Tag einzuteilen, wann immer ich Sie nicht an anderer Stelle zu einem Projekt einteile, Ihre Exkursionen zu planen, Ihre Untersuchungen und Recherchen zu organisieren», fuhr er fort. «Sie sind in all diesem Dingen auf sich gestellt, für die Sie neben Ihrer Arbeit für das Institut eine gewisse Stundenzahl pro Woche zugestanden bekommen. Wenn Sie allerdings Fragen haben, so bin ich nach Möglichkeit jederzeit auf die eine oder andere Weise für Sie erreichbar.»

«Ach verdammt, Magnus», stöhnte ich halblaut, sodass diese Katie es nicht hören konnte, und rieb mir mit den Handballen die Augen. Manchmal hatte es doch sein Gutes, wenn man nicht an Mascara glaubte, obwohl Carole immer behauptete, ich würde zu blass wirken und sollte mit Farbe nachhelfen. Magnus hatte es offensichtlich nicht gestört. Weder in London, noch beim Wiedersehen im Pub oder in der Bibliothek, noch jetzt in seinem Büro. Aber mal ehrlich: Das war seine verdammte Sekretärin? Assistentin? Wie auch immer man das nennen wollte? Keine Chance, dass einer wie der Wikinger, der mich in London flachgelegt hatte, diese Wahnsinnspuppe noch nicht gevögelt hatte. Resigniert ließ ich die Arme wieder sinken.

«In der Zeit, während du in London warst, habe ich auf den Seiten des UCL Nachforschungen über dich angestellt», sagte er jetzt.

«Die sind passwortgeschützt», krächzte ich.

«Du glaubst doch nicht, dass ich keinen Zugang zu den Informationen habe?» Überlegen lächelnd lehnte er sich in seinem Rollstuhl zurück und verschränkte die Arme vor der Brust. «Ich habe alles gelesen, was du für deinen Second Grade Bachelor eingereicht hast, und auch die kurzen Abhandlungen, die du seither abgefasst hast. Ich darf darauf hinweisen, dass es durchaus in meinem Ermessensspielraum liegt, das zu tun. Ich bin befugt, mich über die Studenten zu informieren, die bei mir ihre Doktorarbeit zu schreiben wünschen.»

«In meinen bisherigen Arbeiten ging es nirgends um Wikinger», bemerkte ich kühl.

«Nein, und du wirst dich erinnern, dass ich genau das auch in meinem Vorladungsschreiben an dich erwähnt hatte. Aber in deiner Vergangenheit auf Orkney hast du dich ebenso wie jedes andere Schulkind hier mit Magnus und seinen Mannen befasst.» Plötzlich rollte er ein Stück auf mich zu, so nah, wie der Schreibtisch zwischen uns es ihm erlaubte. «Es kann sein, dass wir durch deine Forschungen an diesem Projekt neue Erkenntnisse zum Märtyrertum von Saint Magnus herausfinden, Paula. Das ist eine große Sache, sogar für mich, und ich war in meiner Zeit hier schon Zeuge von unzähligen großen Sachen. Das kann Skara Brae in den Schatten stellen und auch den Steinkreis von Brodgar. Das kann die Sagas verifizieren oder sie ins Reich der Märchen verbannen. Das kann ...»

Ich hob beide Hände, um ihn zu unterbrechen. «Ach hör schon auf. Du hattest mich schon bei dem Wort *PhD*, du verdammter Mistkerl.» Und es war mir egal, ob seine Assistentin das hörte. Wenn ich die Äußerungen der Studentin im Foyer als Referenz hernahm, hatte dieser ach so tolle Professor längst seinen Ruf weg.

Er grinste mich wissend an und schob mir mit den Fingerspitzen die Unterlagen wieder zu. «Das dachte ich mir schon, wollte nur sichergehen. Du kannst das hier wieder mitnehmen, ich hatte das nur geschrieben, weil damit der Brief an dich so schön offiziell klang. Aber, Miss Norquay, Ausdrücke wie Mistkerl sind ab sofort zwischen uns tabu, haben wir uns verstanden? Was halten Sie davon, wenn wir uns zum Lunch bei *Helgi* am Hafen treffen und alles Weitere besprechen? Ich habe ein paar Telefonate zu erledigen. Sagen wir halb eins?»

13

Er spürte ihren Blick auf seiner Hand, als er den Wein einschenkte. Scott hatte die Flasche auf den Tisch gestellt, daneben eine Karaffe mit Leitungswasser und Gläser, und überließ es Magnus, einzuschenken. Stammlokale und eingebrannte Gewohnheiten hatten immer etwas Gutes, außerdem war der arme Kerl allein im Dienst und hatte reichlich zu tun, obwohl das *Helgis* gerade erst seit einer halben Stunde geöffnet war. Magnus gefiel es, selbst einzuschenken.

«Eine ganze Flasche Weißen zum Lunch?», fragte Paula. «Ist das nicht ein wenig dekadent?»

Er ignorierte ihre gehobene Hand, ließ sich nicht aufhalten und schenkte ihr Glas dreiviertelvoll. «Fällt dir etwas ein, das besser zu Meeresfrüchten passt als Weißwein? Nimm die Hand runter. Du musst ja heute nicht mehr arbeiten.»

«Du aber», bemerkte sie kühl. «Sollte ich also davon ausgehen, dass dein Körper an derartige Mengen Alkohol gewöhnt ist und du das kaum merkst?»

Er drückte die Flasche zurück in den Eiskühler, sah dabei aber Paula an. Sie lächelte nicht. Ihre Bemerkung war ernst gemeint, eine kleine Falte zwischen den Augenbrauen. Magnus dachte an eine andere Situation, als er diese Falte an ihr gesehen hatte, und fuhr sich mit der Zungenspitze über die Lippen.

«Würdest du dann deine Meinung über mich revidieren? Wir müssen den ja nicht austrinken», sagte er. «Scott stellt ihn fürs nächste Mal in die Kühlung. Alles kein Problem.»

«Wie kommst du darauf, dass es ein nächstes Mal geben wird?», fragte sie, legte die Finger um den Stiel des Glases und drehte es, ohne zu trinken.

«Brich mir nicht das Herz», erwiderte er. «Außerdem habe ich einen Ruf zu verlieren.»

«Ah, genau.» Jetzt grinste sie, und sein Herz stolperte ein bisschen. Die Vorstellung, dass Paula Norquay nur eine berufliche Beziehung zu ihm aufrechterhalten wollte, und selbst das nur mit knirschenden Zähnen, ging ihm an die Nieren. Er beobachtete sie sehr genau, als sie das Glas an die Lippen setzte und einen vorsichtigen Schluck nahm. Dann ein kurzes Aufleuchten ihrer Augen und wie sie beinahe erstaunt das Glas betrachtete. «Der ist sehr gut.»

«Danke», sagte er und ließ selbst einen ersten Schluck auf der Zunge zergehen. «Hast du geglaubt, dass ich nur trinke um des Alkohols Willen? Ein bisschen Genuss darf auch sein.»

«Ich wollte nicht sagen, dass ...» Sie stockte, senkte den Blick ins Glas, fing sich. Ihre Wangenknochen färbten sich ein wenig pink. Auch das hatte er schon einmal gesehen, aber damals war wenig später schwere, tiefrote Hitze vom Ansatz ihrer Brüste bis hinauf in die Schläfen gekrochen, und sie hatte heftig geatmet.

Verdammt. All diese kleinen, wunderbaren Zeichen ihres Körpers, die er einfach nicht vergessen konnte. Und jetzt war sie hier. Wenn es tatsächlich dazu kam, dass sie sich seinem Flirten verschloss und ihn lediglich als Mentor akzeptierte, dann hätte er für die nächsten Jahre ein ernsthaftes Problem.

Sie hob das Glas, aber nur, um den Duft des Weines zu inhalieren. Dann nahm sie doch einen weiteren Schluck.

Magnus lächelte. «Holunderblüten, falls du dich fragst, was das Aroma ist.»

Sie schloss genießerisch die Augen. «Gott, bin ich gerade froh, dass ich heute nicht mehr arbeiten muss», schwärmte sie.

Scott kam mit zwei leeren Tellern und einer Platte mit Meeresfrüchten, die fast den ganzen Tisch einnahm. Paulas Augen weiteten sich, und der Kellner grinste verschmitzt. Magnus machte Platz auf dem Tisch, damit Scott auch den Brotkorb abstellen konnte. «Habt ihr zwei Turteltäubchen alles?», fragte er dann und trat einen halben Schritt zurück.

Mit gerunzelter Stirn blickte Paula ihn an und sagte nichts.

«Ich melde mich», sagte Magnus zu ihm. «Und der Name ist Dr. Alexander.»

Das Schnauben, mit dem Scott sich entfernte, dürfte noch an den letzten Tischen deutlich zu hören sein.

«Und das weiß der nicht?», fragte Paula, als sie die Serviette auf ihrem Schoß ausbreitete?

«Was?» Magnus legte eine eisgekühlte Auster auf ihren Teller.

«Dass du Dr. Alexander bist? Ich mag gar keine Austern, ich wollte mich an die Langusten und den Hummer halten.»

«Probier. Die sind vor wenigen Stunden noch in der Bucht vor Gurness herumgetobt. Er weiß sehr gut, wie ich heiße, aber wir kennen uns eben auch privat. Manchen Menschen fällt es schwer, eine Grenze zu ziehen.»

Ihre Hand, die sich nach dem Brotkorb ausgestreckt hatte, stockte mitten in der Bewegung. Sie hob den Blick zu ihm, und er sah den Schatten, der durch ihre schönen braunen Augen zog. Dann schluckte sie, nahm sich eine Scheibe Brot, und der Moment war vorbei.

«Du stammst von dort, nicht wahr?», fragte er und knackte eine Auster. «Aus dem Norden von Mainland.»

«Lebensläufe sind eine Pest», erwiderte sie und nahm das Werkzeug zur Hand. Für eine, die nach eigener Aussage Austern nicht mochte, öffnete sie mit erstaunlicher Leichtigkeit die Schale.

«Deswegen gibt es Leute, die solche Einzelheiten verändern oder ganz weglassen.»

«Ich glaube an Ehrlichkeit.»

Er sagte nichts, stattdessen schlürften sie beide gleichzeitig die erste Auster. Die würdelose Art, diese Frucht des Meeres zu verzehren, war sogleich vergessen, wenn der Geschmack nach Salz und Weite den Gaumen streichelte.

«Bist du immer ehrlich, Magnus Alexander?», fragte Paula nach einem Schluck Wein.

Er lachte leise. «Ich bemühe mich.»

«Dann beantworte mir diese Frage. Warum hast du mir nicht gesagt, wer du bist?»

Er hob eine Braue. «Du hast nicht gefragt. Ich habe dich nie angelogen. Was, wenn ich nicht mit meinem Namen und meinem Job bei dir punkten, sondern dich auf ehrliche Weise gewinnen wollte?»

«Und wie hätte es unter anderen Umständen jemals dazu kommen sollen, dass du mich *gewinnst*, wie du es nennst?» Um ihn nicht ansehen zu müssen, griff sie nach einer der in Knoblauchbutter gegrillten Langustinen und knackte mit den Fingern den vom Feuer brüchig gewordenen Panzer. «Ohne die Archäologie, aber vor allem ohne den Tod meiner Großmutter hätten wir beide einander nie wiedergesehen. Und als ich dir in der Hotelbar sagte, dass ich Archäologin bin, da muss dir doch klar geworden sein, dass … also dass ich es herausfinden würde, wer du bist. Und dass ich dich kenne. Nur weil in deinen Schriften und deinen Steckbriefen im Internet keine Bilder sind …»

Er wischte sich die Finger an seiner Serviette ab und nahm einen Schluck Wein. «Würdest du mir glauben, wenn ich dir sage, dass ich schon nach Gründen gesucht habe, erneut nach London zu reisen?»

«Im Leben nicht hättest du mich dort finden können. Nicht, solange du nicht wusstest, dass wir beide im selben Fach arbeiten. Der Blitz schlägt nie zweimal an derselben Stelle ein.»

Er stellte das Glas zur Seite, lehnte sich vor und griff über den Tisch, um seine Hand auf ihr Handgelenk zu legen. Er erkannte ihren kurzzeitigen Drang, den Arm wegzuziehen, aber dann ließ sie die Berührung doch zu. Nein, die Begegnung in London und die Erinnerung daran hatten sie ebensowenig kalt gelassen wie ihn.

«Und deshalb bin ich so dankbar, Paula. Es tut mir leid, dass deine Großmutter gestorben ist, denn ihr müsst einander sehr nahegestanden haben. Immerhin hat sie dir ihr Haus vererbt, und es war ihr wichtig, dass du nach Orkney zurückkommst. Dafür bin ich dankbar. Du hast recht, wenn du sagst, dass das sehr viele Zufälle sind, die da aufeinandertrafen und immer noch treffen.» Er hob seine Hand von ihrem Handgelenk, aber nicht, ohne mit den Fingerspitzen ganz kurz über ihren Handrücken zu streichen. Die Gänsehaut, die sich auf der Innenseite ihres Unterarms bildete, entging ihm dabei nicht. «Aber ich bin froh, dass du da bist.»

Sie schluckte schwer. Die aufgebrochene Langustine lag unbeachtet auf ihrem Teller. «Wie es sich bei deinem Ruf gehört, nicht wahr?»

Er war dabei, sich einen neuen Leckerbissen auf der Platte auszusuchen, und blickte zu ihr auf. «Glaubst du das?»

«Was?»

«Dass ich dem gerecht werde, was sie über mich schwatzen?»

«Ich denke nicht, dass ich das nach so kurzer Zeit in Kirkwall schon einschätzen kann», bemerkte sie und reckte das Kinn, als sie mit den Fingern das Gute aus der Langustinenschale herauszupulen begann. Herrlich. Er hasste es, wenn diese bemüht eleganten Frauen nach Schneckengabeln verlangten, um umständlich in den Schalentieren herumzupopeln und am Ende halbverhungert vom Tisch aufzustehen. Paula griff zu, und sie wusste, was gut schmeckte. «Allerdings habe ich vorhin im Bürogebäude eine Studentin nach dem Weg zu Dr. Alexander gefragt, und deren Bemerkung war doch recht eindeutig.»

Er grinste zu seiner Gabel hinunter, mit der er eine Jakobsmuschel aufspießte. «Was hat sie denn gesagt?»

«Dass du den Namen eines Heiligen trägst, aber dich nicht wie ein solcher aufführst. So oder so ähnlich hat sie sich ausgedrückt.»

«Das kann man ja auf viele verschiedene Arten interpretieren», bemerkte er.

Sie tunkte die Finger in die bereitgestellte Schale mit warmem Zitronenwasser und trocknete sich die Hände wieder ab, ehe jetzt sie es war, die nach seinem Handgelenk griff. Und sie legte ihre Hand nicht nur leicht darauf, sondern packte wirklich zu. «Es ist leicht, ehrlich zu sein, Magnus Alexander, nicht wahr, wenn man immer nur ausweichend antwortet. Oder Fragen umschifft, bevor sie gestellt werden.»

«Ein Ruf hat nur in den seltensten Fällen etwas mit der Realität zu tun», gab er zu Bedenken.

«Dein Verhalten in London lässt mich allerdings denken, dass in diesem Falle der Ruf sehr deutlich die Realität widerspiegelt.» Sie zischte es fast, ließ ihn los und nahm einen ordentlichen Schluck aus ihrem Weinglas. Gleich würde er ihr nachschenken müssen, und er würde es mit Genuss tun. «Warum sagst du es dann nicht?»

«Vielleicht, weil ich weiß, dass du dann nicht hier mit mir sitzen würdest? Außerdem, Paula, was ist denn mit *deinem* Verhalten in London? Im Grunde bin ich dir nur nachgelaufen wie ein hechelnder Rüde.»

«Der läufigen Hündin hinterher, willst du sagen?»

«Das hast *du* gesagt, und übrigens eine Spur zu laut. Wir sind hier nicht allein.»

Sie wurde rot, aber er lachte nur. «Ich hab dir gesagt, dass ich nichts davon bereue, was in London zwischen uns geschehen ist, Paula, und auch das war ehrlich.» Er nahm die Flasche aus dem Kühler und schenkte nach. Paula legte das Glas mit dem eiskalten Wein an ihre Wange, um wieder runterzukommen. «Ganz gleich, wer da jetzt wem nachgelaufen ist. Es war reiner Zufall. Und zwar genau die Art von Zufall, die ich mag und von der ich glaube, dass sie den Anfang von etwas ganz Besonderem sein kann. Wenn man es zulässt. Du wirst deinen Doktor machen. Ich werde dir dabei helfen, wann immer du mich dafür brauchst. Und du bist wieder auf Orkney. Ich werde dir zeigen, dass du diese Inseln noch immer liebst. Glaubst du mir das?»

«Dass du mir das zeigen wirst?»

«Ja.»

Sie sah ihn lange an, drehte das Weinglas zwischen ihren Fingern, antwortete nicht.

«Wenn du mich lässt», fügte er leise hinzu.

«Ja», sagte sie schließlich. «Ja, das glaube ich dir.»

14

Wir verließen das *Helgis* zusammen. Direkt vor der Tür stand das Auto, mit dem Magnus hergekommen war. Wie sich herausstellte, fuhr er durchaus selbst. Es war kein protziger Schlitten, mit dem er vor Frauen hätte angeben können, sondern ein Peugeot mit Automatikgetriebe, der so umgebaut und modifiziert war, dass Menschen mit körperlichen Einschränkungen ihn selbst fahren konnten. Ich nahm an, dass Magnus sich verabschieden, sich hineinsetzen und davonfahren würde. Ich nahm an, dass er so gut wusste wie ich, was für uns beide das Beste wäre, auch wenn ich nicht so naiv war, nicht zu erkennen, dass er es ebenso schwer fand wie ich, sich fernzuhalten.

Ich hätte ihn weiß Gott zu jenem Zeitpunkt schon besser kennen können.

Mit einer Fernbedienung öffnete Magnus die rückwärtigen Türen des Wagens und enthüllte ein von jeder Menge High Tech Ausrüstung nur so blinkendes Inneres. Magnus hielt sich am Rahmen des Fahrzeuges fest und hievte sich aus seinem Rollstuhl. Er belastete das rechte Bein zwar nicht, stand aber dennoch, ohne zu schwanken. «Lust auf einen Spaziergang?», fragte er mich ein bisschen angestrengt.

«Du musst das nicht tun, Magnus», antwortete ich zögernd. Klar, wer hatte nach einem reichlichen Mittagessen und vielleicht einem Glas Wein zuviel keine Lust auf einen Spaziergang? Aber er hatte doch sicher zu tun, und ...

An mir vorbei hangelte er nach seinen Krücken, die neben der Rampe im Fond des Peugeot lagen, und lehnte sie gegen die Tür. «Wenn du mir eben dabei hilfst, den Rollstuhl hier rein zu verfrachten ...»

«Na klar, sicher, aber ...»

«Paula.» Eindringlich sah er mich an. «Ich halte nur noch sehr selten Vorlesungen, und die Leute, deren Vorgesetzter ich pro Forma bin, tun alles, was in ihrer Macht steht, um Dr. Magnus Alexander, den Krüppel im Büro, nicht übermäßig zu beanspruchen, sondern ihn von den anstrengenden Aspekten unserer Arbeit fernzuhalten. Sein *armes armes Bein* muss ja nicht noch schlimmer werden.»

Ich spürte, wie mir Hitze in die Wangen kroch. Verdammt. Er wusste ganz genau, was ich dachte. Weil er gelernt hatte, dass das *jeder* dachte. Wobei ich auch noch etwas anderes dachte. *Wer sich im Bett so bewegt wie du, du verrückter Kerl, der ist kein Krüppel.* Aber ich konnte weder das eine noch das andere laut aussprechen.

«Ich habe also alle Zeit der Welt, wenn ich sie mir nehme. Und so ganz nebenbei würdest du Susan Hemsley eine riesige Freude machen, wenn du zu einem kleinen Spaziergang um den Hafen herum nicht nein sagen würdest.»

«Wer um alles in der Welt ist denn nun wieder Susan Hemsley? Noch eine Assistentin? Arbeiten die in Schichten?»

«Meine Physiotherapeutin.» Er zwinkerte mich an. «Sie sagt, ich sei ein fauler Knochen, der immer bloß im Rollstuhl herumfährt, dabei wäre es meiner Genesung viel zuträglicher, einmal öfter die Krücken zu nehmen. Und zwar nicht, um damit auf unwegsamen Ausgrabungsstätten herumzustochern und mir auch noch das andere Bein zu brechen.»

Was blieb mir zu sagen? Ich grinste. «Okay, machen wir Susan Hemsley glücklich.»

«Das wollte ich hören.»

Er kam gut mit den Dingern zurecht. Die Art und Weise, wie er damit umging, sprach mehr als alles andere davon, dass er fit und durchtrainiert war. Ich erinnerte mich einmal mehr an London und hätte mich ohrfeigen mögen. Ich wusste, vermutlich besser als die meisten anderen Menschen, wie gut in Schuss dieser Mann war. Ich hatte ihn nackt auf und unter mir gehabt.

Meine Finger kribbelten bei der Erinnerung an das Gefühl von seiner Haut an meiner. An seine Fingerfertigkeit und an die Küsse seiner festen, warmen Lippen. Damals war er glattrasiert gewesen, und nun wusste ich genug von ihm, um zu vermuten, dass er in London auf einer Konferenz gewesen sein dürfte. Daher das glattrasierte Gesicht und das tolle Hotel. Die schicken Klamotten, selbst in dem Pub. Er war der perfekte Wissenschaftler gewesen, keiner von den durchgeknallten, sondern einer, der sein Fach mit Würde und Respekt vertrat. Heute und hier sah er viel raubeiniger aus, und ich fragte mich unwillkürlich, ob seine Küsse anders schmeckten, wenn ich dabei seine Bartstoppeln unter meinen Fingerspitzen fühlte.

Das musste aufhören!

Was bedeutete es, dass er meinem Nachhaken bezüglich seines Rufes nur mit ausweichenden Antworten begegnete?

«Wie ist es passiert?» Ich nickte zu seinem rechten Bein hinunter, das nutzlos an seiner Hüfte hing. Ab und zu verzog Magnus das Gesicht, wenn bei einem unbedachten Schritt die Spitze des Fußes auf den Boden stieß, meist in einem hässlichen Winkel. Gefühl schien er in dem Bein also doch zu haben.

«Ein Unfall.» Es klang resigniert. Er schien daran gewöhnt zu sein, dass die meisten Leute das eher früher als später wissen wollten, und wahrscheinlich nervte es ihn. Aber gleichzeitig hatte er sich damit abgefunden und antwortete.

«Autounfall?»

«Nein.»

Er sagte nicht mehr, und ich hörte auf zu fragen. Sollte sich entgegen meiner Pläne etwas mehr aus dieser Bekanntschaft entwickeln, dann würde er es irgendwann von selbst erzählen. Und wenn nicht, dann ging es mich zur Hölle nochmal nichts an.

Ich fragte mich, ob die Leute von Orkney wussten, was passiert war. Ob seine Studenten es wussten. Es war eine überschaubare Gemeinschaft, immer gewesen und in den Jahren meiner Ignoranz auch nicht nennenswert gewachsen. Eher im Gegenteil, nahm ich an.

Ob meine Eltern es wussten?

An dem großen Hafenparkplatz entlang liefen wir auf die Shore Street, die sich in sanftem Bogen, der Form der Bucht folgend, um den kleinen Yachthafen wand. Ich hätte nicht erwartet, dass Magnus so weit mit mir laufen wollte, zumal es ihn doch irgendwie anstrengen musste. Ich vermied es tunlichst, das zu erwähnen. Ich genoss die frische Frühlingsluft, den scharfen Wind und diesen einzigartigen Duft, der Häfen anhängt. Der Geruch nach Fisch, ohne unangenehm zu sein, nach Salz und Algen. Die Sonne schien, nur wenige Wolken trieben über den blauen Himmel. Es war kühl, ohne wirklich kalt zu sein. Ein eher milder Winter neigte sich dem Ende zu, aber milde Winter haben, vor allem hier am Ende der Welt, die Angewohnheit, sehr stürmisch zu sein und viel Regen zu bringen. Doch im Hafen von Kirkwall hinterließen diese Winterstürme meist wenig Spuren. Es gab keine Bäume, die umknicken konnten, und die Besitzer von Häusern und Hotels waren erfahren genug, um verwundbare höhere Pflanzen vorher wegzuräumen.

Erst am Ende der Straße, deren letzte hundert Meter auf die Hafenmole gebaut waren, setzten wir uns auf eine Bank.

«Du hast das ernst gemeint mit der vielen freien Zeit, die du dir nur zu nehmen brauchst», stellte ich fest.

Eine Weile betrachtete er die Yachten, und dahinter die auslaufende Shapinsay-Fähre. «Es ist ein Kreuz, unnütz zu sein.»

«Gibt es überhaupt Menschen, die unnütz sind?»

Er wandte den Blick zu mir. Jetzt, wo sich das flüssige Sonnenlicht in seinen Augen spiegelte, merkte ich erst, wie oft ich in den vergangenen Wochen an diesen rauchgrauen Blick hatte zurückdenken müssen.

«Du meinst, weil jeder immer noch als schlechtes Beispiel dienen kann?», wollte er wissen.

«Kann er nicht?»

Er grinste. «Vermutlich.»

Dann lagen seine Lippen auf meinen.

Ich kann nicht behaupten, dass ich damit gerechnet hätte. Bis zum letzten Augenblick nicht. Es kam so überraschend. Aber ich müsste lügen, wenn ich behaupten wollte, es ihm schwer gemacht zu haben.

Es war eine leichte, vorsichtige Berührung, zuerst. Ein Tasten. Dann krachte eine der an die Seite der Bank gelehnten Krücken zu Boden, und ich schrak ein wenig zusammen. Aber Magnus war einer, der sehr genau beobachtete. Kein Mann, der nicht genau auf die Reaktionen eines anderen Menschen schaute, hätte mir bei unserem One Night Stand zwei so hinreißende Orgasmen schenken können.

Er spürte, dass mein Zusammenzucken nur mit der Krücke zu tun hatte, aber nicht damit, dass ich vielleicht diesen Kuss nicht wollte. Er wusste besser als ich, wie sehr ich diesen Kuss wollte. Wie sehr ich *ihn* wollte. Dann legte er seine Fingerspitzen unter mein Kinn, und zusammen mit seinem Atem strich sein halb unterdrücktes Seufzen über meine Wange. Als er die Lippen öffnete, tat ich das auch.

Und ich seufzte auch.

Und genoss das Kribbeln seiner Bartstoppeln an meinen Fingern und das Kribbeln seiner Nähe in meinem Bauch.

Zehn Sekunden lang? Zehn Minuten lang? Keine Ahnung. Jedenfalls war ich außer Atem, als er mich losließ. Es war sein Mund, der mich losließ, aber seine Finger hielten mein Gesicht fest, und seine Augen hielten meinen Blick fest. Prüfend. Seine Daumen strichen über meine Wangenknochen.

«Ich hab mich gefragt, ob du hier genauso schmeckst wie in London.»

Und ich habe mich gefragt, ob du mit Bart genauso schmeckst wie ohne. Aber ich konnte das nicht aussprechen. Immer noch nicht. Das war alles so verdammt surreal.

«Das ist keine gute Idee», sagte ich schwach.

«Ich weiß.» Er zuckte mit den Schultern und neigte sich zur Seite, um seine Krücke aufzuheben. «Ich wollte nur kosten.»

Verdammt. Wie konnte es sein, dass es meine Knie puddingweich machte, wenn einer sowas sagte? Er stemmte sich von der Bank hoch, klemmte sich die Krücken unter die Achseln. Ich stand ein wenig unbeholfen daneben und war heilfroh, als wir uns wieder in Bewegung setzten, den Weg zurück.

15

Dreizehn Mal musste ich zwischen dem gemieteten Kleinwagen und dem Haus hin und her laufen. Als ich fertig war, triefte mir der Regen aus den Haaren und ich war froh, mir im Hafen alte Fischkisten aus Plastik und Holz besorgt zu haben, statt im Baumarkt gutes Geld für Umzugskartons aus Pappe auszugeben. Denn die wären entweder alle ruiniert, weil aufgeweicht gewesen, oder ich hätte das Ende des Regens abwarten müssen, ehe ich sie ins Haus bugsierte. Und wer in Orkney das Ende eines Regenwetters abwartete, der lief Gefahr, in der Zwischenzeit entweder an Langeweile zu sterben oder zu verhungern. Sowas konnte hier Tage dauern, und ich hatte weniger als zwei Wochen Zeit, das Haus bewohnbar zu machen, ehe ich meine Arbeit am College beginnen würde. Magnus hatte mir gesagt, dass ich dort am Dienstag nach Ostern zu meinem ersten Arbeitstag erwartet wurde.

In meinem Cottage hatte ich nun schon mehrere Nächte geschlafen, obwohl es nun wirklich nicht bewohnbar war. Das erste, was ich mir in Kirkwall besorgt hatte, waren eine Matratze, Kopfkissen, Deckbett und Bettwäsche gewesen. Nach der ersten Eingewöhnungsphase, in der ich Verkehrslärm und das ewige kaum noch wahrnehmbare Summen von elektronischen Geräten vermisst hatte, schlief ich hier überraschenderweise sehr gut, mit dem Rauschen der Wellen und dem abendlichen und dann morgendlichen Rufen der Singvögel, die immer früher und lauter wurden, je näher der Frühling kam. Doch dann war jene Nacht gekommen, die mir ins Gedächtnis gerufen hatte, dass es mit einem Entrümpeln hier nicht getan sein würde. Mehrmals hatte ich befürchtet, dass mir mitten in der Nacht das Dach überm Kopf wegfliegen würde. Überall hatte es geknarrt und geknistert, geschabt und gescharrt. Mäuse oder Ratten konnten das ja nicht sein, dazu hatte Granny mir zuviele Katzen hinterlassen. Es war der Wind, der auf die Wände prallte und sich unter den Dachstuhl schlich, um dort oben für Chaos zu sorgen. Ganz zu schweigen von der Scheune draußen, um die sich ja noch viel länger niemand gekümmert hatte. Die würde, wenn ich keine stabilisierenden Arbeiten unternahm oder, besser noch, in Auftrag gab, noch vor dem Einzug des Frühjahrs das Zeitliche ganz segnen. Jedenfalls wenn es noch viele dieser Stürme gab, ehe sich das Wetter beruhigte.

Jetzt stand ich in der Tür zwischen der kleinen Küche und dem Wohnzimmer und stemmte die Hände in die Hüften. Half ja nichts. Irgendwo musste ich anfangen, und wenn ich hier einigermaßen Ordnung drin hatte, konnte ich mich mit einem Statiker in Verbindung setzen, der prüfte, was an der Hülle des Hauses und der Scheune zu tun war. Und je schneller ich anfing, desto mehr würde ich schaffen, ehe mir ein neuer Job jeden Tag zehn Stunden stahl. Oder vielleicht sogar mehr, denn promovieren wollte ich ja ganz nebenbei auch noch.

Hatte ich mich am Ende doch übernommen?

Ich beschloss, in der Küche anzufangen. Zuerst plante ich noch, Granny Doras altertümliches Geschirr aufzubewahren, zu reinigen und zurück in die Schränke zu stellen. Es war ja nichts kaputt, man konnte es immer noch gut benutzen. Aber je tiefer ich in die Schränke vordrang, desto mehr begann ich die dunkelbeige Farbe und die pinken Blümchenmuster zu hassen. Schlussendlich setzte ich alles, getrennt durch Papierservietten, in eine der Fischkisten. Der Second Hand Laden in der Stadt mochte sich über das Zeug freuen. Ich liebte meine Granny und ich würde gewiss einige Dinge aufbewahren, um die Erinnerung an sie aufrechtzuerhalten. Aber dazu musste ich ja nicht unbedingt meinen Frühstückstoast von ihrem in die Jahre gekommen und nach derzeitigem Geschmack wirklich hässlichen Blümchengeschirr verspeisen.

Zu meiner Überraschung hörte ich, wie auf der Rückseite des Hauses ein Auto auf der geschotterten Zufahrt bremste. Die Küche hatte an dieser Seite kein Fenster. Aus einem Reflex heraus blickte ich auf mein Handy, ob jemand seinen Besuch angekündigt hatte. Da war nichts. Ich lugte durch die offene Tür ins Wohnzimmer und dort zum Fenster hinaus, halb mit dem weißen Peugeot rechnend, den Magnus fuhr. Aber ich kannte das Auto nicht, das da stand, und wer immer darin hergefahren war, war bereits ausgestiegen.

Ich wischte mir die staubigen Hände an den Hosenbeinen ab und machte mich auf den Weg zur Haustür. Diese Gegend von Mainland war zwar hoffnungslos unterbevölkert, aber da gab es ja noch diesen Hof ganz am Ende des Feldweges, ein paar hundert Yards entfernt. Vielleicht hatten meine neuen Nachbarn ja am Vorabend Licht gesehen und wollten mich begrüßen. Schlechtes Gewissen ergriff mich. Ich hätte mich längst vorstellen müssen, wie man das so machte.

Ich klatschte ein freundliches Lächeln auf mein Gesicht, das in dem Moment erfror, als ich auf ein energisches Klopfen hin schwungvoll die Haustür aufriss.

Vor mir stand mein Vater.

«Du hast nicht gesagt, dass du schon zurück bist und das Haus bereits bezogen hast», begrüßte er mich schroff. Ich wollte ihn an der Türschwelle abweisen, ihm sagen, dass ich wirklich viel zu tun hatte und, ehrlicherweise, er hier sowieso nicht willkommen war. Doch dann erkannte ich meine Mutter, die sich hinter seinen breiten Rücken duckte. Ich könnte vielleicht meinen Vater davonjagen, aber nicht meine Mutter.

Stuart Norquay drängte sich ungebeten an mir vorbei und ins Haus hinein. Meine Mutter wich meinem Blick aus und folgte ihm mit eingezogenem Kopf. So niedrig war die Tür gar nicht, der hohe und breite Körper meines Vaters passte problemlos hindurch. Das Kopfeinziehen meiner Mutter war nichts anderes als ein Reflex.

«Dreh doch mal die Heizkörper runter», maulte mein Vater. «Hast du eine Ahnung, was die elektrische Heizung für Unsummen verschlingt? Ich hab deiner Großmutter seit Jahren gesagt, sie soll in eine Ölheizung investieren.»

«Die Zimmer müssen kräftig geheizt werden, um durchzutrocknen, Ölheizungen machen einen Heidendreck, Vater, und ich freue mich sehr, dich in meinem Haus begrüßen zu dürfen. Leider kann ich euch nichts anbieten.» Das war Code für *ihr könnt gleich wieder gehen*, aber mein Vater, der diesen Code selbst perfektioniert hatte, war entschlossen, auf diesem Ohr heute taub zu sein.

Er hob beide Hände, ohne mich anzusehen, und beugte sich mit gerümpfter Nase in die finstersten Ecken des Wohnzimmers. Ich hoffte, dass eine der dort lauernden Spinnen sich seiner annehmen mochte, aber mein Wunsch blieb ungehört. «Ist ja nicht mein Problem, aber ich hätte nicht gedacht, dass du Geld zu verschenken hast. Aber du musst es ja haben, nach allem, was deine Großmutter an dich überwiesen hat.»

«Das Leben in London war bestimmt sehr teuer», wagte Mutter die Stimme zu heben.

«Auch nicht mehr viel teurer als hier, bei den Immobilienpreisen dieser Tage», schnarrte mein Vater missgelaunt.

Mutter betrat zögerlich die Küche und schaffte es recht gut, ihr Entsetzen über den Zustand des Hauses zu verbergen. Mein Vater hielt mir einen Vortrag darüber, dass eine berufstätige Frau, die ich ja wohl wäre, wenn ich allein auf Orkney überleben wollte, doch gar keine Zeit haben dürfte, das Haus zu renovieren. Und dass es erheblich wirtschaftlicher wäre, es über einen Makler schnellstmöglich zu verkaufen. «Dann kannst du nach London zurückreisen, vielleicht ist es ja noch nicht zu spät, deine Arbeit dort wieder aufzunehmen, was war das doch gleich?» Mit der Harmlosigkeit eines Falken, der die Maus erspäht hat, blickte er mich an.

«Ich habe nicht vor, nach London zurückzureisen, Vater, ich werde nach Ostern eine Doktorandenstelle am Kirkwall College bekleiden, und solange du dich hier ausbreitest und mir unaufgefordert Ratschläge gibst, werde ich mit der Renovierung ganz sicher nicht vorankommen.»

Bei der Erwähnung der Doktorandenstelle leuchteten die Augen meiner Mutter kurz auf, aber als ich dem Vater so unumwunden sagte, dass er verschwinden sollte, wurde sie wieder ganz bleich und winzig. Sie schluckte schwer und sah mich flehend an, aber ich würde das nicht zurücknehmen.

«Also ich will ja niemandem zur Last fallen», sagte er donnernd und polterte Richtung Ausgang. «Sag nur Bescheid, wenn ich mit dem Luftgewehr kommen und dich von der Katzenplage befreien soll», warf er mir über die Schulter hinweg noch zu, dann stürmte er hinaus. «Komm, Catherine.»

Mutter klemmte sich die Nasenwurzel zwischen Daumen und Zeigefinger und schluckte noch einmal. «Ich mag die Katzen, und ich habe sowieso kein Geld für Mausefallen!», rief ich meinem Vater hinterher. Ehe meine Mutter nach draußen ging, hielt ich sie am Arm fest. Dabei fiel mir auf, dass es das erste Mal in weit mehr als zehn Jahren war, dass ich sie berührte. «Mum?»

Sie schluckte ein Schluchzen hinunter. «Ich wünschte, du wärest nicht so gemein zu ihm», sagte sie.

«Ich? Gemein zu *ihm*?»

«Er versucht es doch, Kind», jammerte sie.

«Versucht was? Mir zu erklären, dass ich immer noch zwölf bin und keine Ahnung vom Leben habe? Ich habe ihn mein ganzes Leben lang nicht gebraucht, und ich brauche ihn auch jetzt nicht.» Und du doch auch nicht, wollte ich hinzufügen, aber ich verbiss es mir. Wie oft hatte ich schon als Kind darüber nachgedacht, was für ein glücklicher, fröhlicher Mensch meine Mutter sein könnte, wenn nur mein Vater nicht wäre. Aber sie hielt stur an ihm fest, weil es das war, was ihre Eltern, die doch inzwischen längst tot waren, von ihr erwartet hätten.

«Mum, ich möchte dich was fragen, ehe du gehst.»

«Ja?» Hoffnung schimmerte in ihren braunen Augen, die den meinen so verstörend ähnlich waren.

«Ist Granny hier im Haus gestorben?» *Habt ihr sie erst nach zehn Tagen zufällig entdeckt? War sie allein? Von der ganzen Welt verlassen? War es gar der Nachbar, der sie fand und euch auf ihr Ableben aufmerksam machen musste?*

Sie schüttelte traurig den Kopf. «Dein Vater hatte sie vier Tage vor ihrem Tod in die Klinik gebracht, weil sie so schwach war. Gegen ihren Willen, übrigens.»

Ja, mein Vater hatte immer alles gegen den Willen der anderen gemacht. Aller anderen. Mit dem Kopf durch die Wand und er allein gegen den Rest der Welt, weil nur *er* am besten wusste, wie die Dinge gemacht werden mussten. Das war Stuart Norquay. Und doch empfand ich in diesem Moment zum ersten Mal so etwas wie Dankbarkeit ihm gegenüber. Denn er hatte dafür gesorgt, dass Granny in ihren letzten Tagen nicht allein gewesen war.

Und dann erinnerte ich mich an den Brief, in dem meine Eltern mich von der Testamentseröffnung in Kenntnis gesetzt hatten, und jede Dankbarkeit erfror. In dem Brief hatte gestanden, Granny sei friedlich in ihrem Bett eingeschlafen. Selbst über ihren Tod hatte mein Vater mich angelogen, damit ich nicht erfuhr, dass er einmal mehr gegen den Willen seiner Mutter gehandelt hatte.

Hatte ich denn etwas anderes erwarten dürfen?

Den ganzen Rest des Tages, während ich stur und stoisch mit meiner Arbeit weitermachte, ging mir die

Begegnung mit meinen Eltern nicht aus dem Kopf. Während ich die Küchenschränke ausräumte, die Kisten trotz des Regens in den Kofferraum des Mietwagens schleppte, während ich damit zum Wertstoffhof in Kirkwall fuhr und dort die Kisten entleerte, um sie wieder mit nach Hause zu nehmen.

Nach Hause. Wie seltsam das klang. Nicht einmal die Wohnung, die ich mir mit Carole in London teilte, hatte ich als Zuhause bezeichnet. Es war einfach nur unsere Wohnung gewesen.

Carole. Ob ich sie anrufen sollte?

Ich fuhr zum Tesco und holte mir einen fertig zusammengestellten Salat, da ich nicht darauf vertraute, Granny Doras mit Holz und Kohle befeuerten Raeburn-Küchenherd auch nur anfeuern, geschweige denn ohne Anbrennen ein Abendessen darauf zubereiten zu können. Als ich beim Cottage zurück war, dachte ich kurzzeitig daran, den Rest des Nachmittags unten am Strand herumzulungern und Muschelschalen zu sammeln. Das würde mich daran erinnern, warum ich überhaupt hiergeblieben war. Da war auch immer noch der Fakt, dass ich mich den Nachbarn noch nicht vorgestellt hatte. Aber das fiel mir erst wieder ein, als ich schon wieder auf den letzten Feldweg einbog, und ich hatte nicht mal eine Schachtel Pralinen oder etwas ähnlich Nettes gekauft. Also dann vielleicht beim nächsten Mal, nachdem ich in der Stadt gewesen war. Ich fütterte die Katzen, lauschte auf das Meeresrauschen, kramte ein wenig in der hoffnungslos zugerümpelten Scheune herum und versuchte, Doras Mini freizulegen. Dahinter parkte tatsächlich noch der uralte, rostige Pickup-Truck, der meinem Großvater gehört hatte. Amerikanisches Modell aus den Fünfzigern, schätzte ich, aber so wirklich kannte ich mich damit nicht aus. Die Marke am Heck war weggerostet. Der mochte früher einmal blau gewesen sein, schwer zu sagen. Ich ließ mich auf eine Holzkiste fallen und betrachtete die beiden Gefährte, jedes für sich für eine Generation meiner Familie stehend, die hier auf diesem Stück Land gelebt und geliebt hatte.

Ich konnte das nicht aufgeben. Jetzt war es an mir, diesen Ort als einen Ort von Norquays zu erhalten. Warum hatte mein Vater das nicht getan, wäre es nicht seine Aufgabe gewesen? Warum hatte Dora es unbedingt *mir* vermacht und nicht ihm?

Weil *er* es verkauft hätte.

Ich betrachtete das Handy in meinen Fingern, dachte noch einmal darüber nach, Carole anzurufen und ihr von meinem Tag zu erzählen. Aber dann dachte ich an die Generationen von Norquays, die hier gelebt und geliebt hatten. Geliebt. Carole hatte mit diesen Norquays nichts zu tun.

Geliebt.

Ich rief die Nummer von Magnus auf, die ich nach meinem Vorstellungsgespräch in seinem Büro endgültig eingespeichert hatte. Vermutlich war er noch im Büro, das würde es einfacher machen, das Gespräch nicht bis ins Unendliche hinauszuziehen.

«Alexander.» Er ging gleich nach dem ersten Klingeln ran.

«Hi», sagte ich und ärgerte mich, weil ich keine Ahnung hatte, was ich ihm sagen wollte.

«Paula», sagte er gedehnt. «Das nenne ich mal eine Überraschung.»

Fand ich auch. Ich hätte nicht damit gerechnet, dass er mich nach zwei Buchstaben erkannte.

Ich räusperte mich. «Was machst du gerade?» Und flehte im Stillen: *Sei im Büro. Bitte sei noch im Büro.*

«Ich bin im Büro», sagte er. «Kann ich etwas für dich tun?»

«Mir fällt das Dach auf den Kopf, und ich kenne hier niemanden außer dir.»

«Metaphorisch, hoffe ich. Also, das mit dem Dach.»

Ich blickte durch die offene Scheunentür hinüber zum Haus und seufzte. «Das hoffe ich auch, aber beim nächsten Sturm kann ich für nichts garantieren.» Und dann war es plötzlich ganz leicht, ihm von diesem Morgen zu erzählen, von dem unerwarteten und unwillkommenen Besuch meiner Eltern, von den Gedanken und Zweifeln, die seither plötzlich wieder in meinem Kopf umeinanderpurzelten. «Wann hast du Feierabend?», fragte ich schließlich. «Ich lad dich irgendwohin ein. Das heißt, wenn du Zeit hast. Ich mag nur nicht mit einer Schüssel Tesco Falafel und Humus Salat in einem Haus voller Katzen sitzen.»

«Zu jung für die *Crazy Cat Lady*, meinst du?»

Ich musste lachen. «Du schaust zuviel Simpsons.»

«Schuldig im Sinne der Anklage. Hör zu.» Ich hörte Papier rascheln, das Knarzen eines Stuhls. Ich schloss die Augen, um das Geröll um mich herum nicht mehr zu sehen, und stellte mir vor, wie er in seinem hellen, modernen Büro am Schreibtisch ein paar Blätter ordnete, während das Telefon zwischen Wange und Schulter klemmte. Ich wollte das nicht, aber ich sehnte mich danach, ihn zu sehen. Es war ja nicht an den Haaren herbeigezogen: Ich kannte hier wirklich niemanden. Meine Eltern zählten nicht, konnten gar nicht zählen. Magnus Alexander war so etwas wie mein Anker in einer Welt, die mein Zuhause hätte sein sollen und von der ich mich aus freien Stücken entfremdet hatte. Wie naiv war ich eigentlich, zu glauben, Grannys Haus zu renovieren und hier meine Doktorarbeit zu schreiben würde mich sofort wieder zu einem der Menschen von Orkney machen? «Wie wäre es, wenn du mich abholst? Wie lange brauchst du?», fragte er.

Das war unerwartet. Ich blickte auf meine Armbanduhr. Wollte ich das wirklich? In meinen Haaren klebten Spinnweben, und meine Finger rochen muffig nach dem Inhalt von Grannys Küchenschränken. Wenigstens gab es im Bad fließendes Wasser, wenn auch das, was da lauwarm aus dem Duschkopf tröpfelte, vom hohen Torfgehalt eine beige-braune Farbe angenommen hatte. «Halbe Stunde?», antwortete ich zögernd und kam mir vor, als würde ich in Startblöcken hocken.

«Dreiviertel», sagte er, als hätte er meine Zweifel gehört. Oder als wüsste er aus Erfahrung, dass man bei einer Frau immer getrost nochmal fünfzig Prozent draufpacken könnte. Die Vorstellung von den anderen Frauen, bei denen er diese Erfahrung hatte sammeln dürfen, machte mich ein bisschen eifersüchtig, aber Himmel, der Mann ging auf Ende Dreißig zu, was erwartete ich denn? «Dann kann ich eben noch zwei Anrufe erledigen und einen Brief verfassen. Danach stehe ich ganz zu deiner Verfügung - unter einer Bedingung.»

Jede, hätte ich ihm sagen wollen. Egal, was es ist, sag es, und ich tu es. «Ja?»

«Wir müssten einen Abstecher zum Ness of Brodgar machen. Wenn das für dich okay ist?»

Mir fiel ein halbes Gebirge vom Herzen. Er sagte es, als sei es ein großes Opfer. Für mich klang es, als habe man mir einen rosa Maserati zu Weihnachten geschenkt.

16

Magnus saß auf dem Beifahrersitz und pusselte mit Daumen und Zeigefinger an dem Sticker herum, der über der Klappe des Handschuhfachs angebracht war. «Du fährst immer noch mit einem Mietwagen hier herum?», fragte er.

«Ich bin noch nicht dazu gekommen, mir ein Auto zu kaufen», sagte ich und verschwieg dabei, dass meine Ersparnisse auch kaum für eines reichen würden. Sicher, es würde zumindest ein Teil der Kaution auf mein Konto laufen, wenn Carole die WG räumte. Und die Summe, die das bedeutete, mochte für Londoner Verhältnisse eher gering sein, aber auf Orkney bedeutete das Geld schon mal was. Aber für ein Auto? Ganz sicher nicht.

«Na dann hoffe ich mal, dass du beim Abgeben keine Probleme bekommst. Hätte ich gewusst, dass dein Auto gemietet ist, wäre ich selbst gefahren.»

Ich fragte nicht, was er damit sagen wollte, denn in diesem Moment erreichten wir den Parkplatz am Ness.

Von diesem Ort hatte ich bisher nur gehört und gelesen. Als ich Orkney verlassen hatte, war das hier eine verschlafene, windzerzauste Landzunge zwischen zwei Seen gewesen, die aber wegen des Steinkreises von Brodgar, der sich mitten auf ihr befand, Weltruhm hatte. Dann hatte das Archäologische Institut mit Grabungen begonnen, um Vermutungen zu untersuchen, dass sich hier in der Frühsteinzeit so etwas wie ein Zentrum befunden haben könnte, das all die berühmten Fundstätten von Orkney, Skara Brae, Maes Howe und natürlich den Steinkreis, in einen neuen, zu jenem Zeitpunkt noch nicht absehbaren Kontext zueinander setzte. Eine Vermutung, die sich als goldrichtig herausgestellt hatte. Wie oft hatte ich mir, wenn ich in London mal wieder ein Fachmagazin aufschlug und in seitenlange, mit großartigen Fotos untermalte Berichte vom Ness abtauchte, gewünscht, dabeizusein.

Jetzt hier zu sein, aus dem Auto zu steigen, den nassen Wind zu spüren, der mir ins Haar griff, die Erde zu riechen, in der die Archäologen wühlten, das war, als wäre ein Wunsch in Erfüllung gegangen, den auszusprechen ich nie gewagt hatte. Ein paar Container standen herum, junge Leute in gelben Fischeranoraks und Gummistiefeln standen in einer Traube unter einem Zeltdach und diskutierten, Pfade waren ins Gras getrampelt. Magnus klemmte sich die Krücken unter die Arme und zwinkerte mir zu. «Kommst du?»

Ich war sprachlos, als sich die Ausgrabungsstätte vor uns öffnete. Auch wenn die vielen jungen Leute gerade dabei waren, für den Feierabend die Fundstellen mit riesigen Planen abzudecken und mit Autoreifen zu beschweren, so war doch unverkennbar, was für ein bedeutungsvoller Ort hier freigelegt wurde. Die meisten von denen, die sich mit den Planen und Reifen herumzerrten, waren vermutlich Freiwillige oder auch Praktikanten, während die studierten Archäologen und die Studenten unter dem Zeltdach die Funde des Tages besprachen.

Auf einem Erdhügel neben einer der noch nicht abgedeckten Strukturen lag ein schwarzweißer Collie im Gras, der müde den Kopf hob und dann, als er Magnus sah, auf die Füße kam und zu ihm herantrottete. Magnus ließ eine seiner Krücken los und beugte sich vor, um den Hund hinter den Ohren zu kraulen. «Hey, Floyd. Hast du gut aufgepasst?»

Der Hund schob zutraulich seinen Kopf in die dargebotene Handfläche, dann wandte er den Kopf zum Zeltdach hin. Magnus folgte mit seinem Blick der Richtung. «Sie haben was Gutes gefunden, sagst du?»

Floyd ließ Magnus stehen und machte sich, plötzlich behände, auf den Weg zu den Archäologen. Eine junge Frau sah ihn kommen und streichelte ihm den Kopf. Andere begrüßten den Hund mit Worten. Magnus nahm seine Krücke wieder auf und folgte dem Tier. Die Frau winkte ihm zu. «Komm her!», rief sie. «Das musst du dir anschauen!»

«Nick hat es mir schon am Telefon gesagt», rief er zurück und bedeutete mir mit einem Kopfnicken, ihm zu folgen. Mir schlug das Herz bis in die Kehle. Das hier, das war meine Welt, das waren Menschen wie ich, wir teilten eine Leidenschaft.

«Wem gehört der Hund denn?», wollte ich wissen, kurz bevor wir die anderen erreichten.

«Mir.» Er zwinkerte. «Deswegen sind wir hier. Oder glaubst du, ich lass dich hier rausfahren, um irgendwelche verdreckten Tonscherben anzusehen? Wir sind hier, um Floyd abzuholen.»

«Und was macht der hier draußen?»

«Zuhause wäre er allein», sagte Magnus mit einem versonnenen Lächeln. «Seit er ein Welpe war, ist er mit mir auf Ausgrabungen gekommen. Er liebt das hier draußen, bei Wind und Wetter. Es wäre nicht fair ihm gegenüber, ihm das jetzt zu verweigern, nur weil ich es nicht mehr kann.»

Ich blickte auf sein Bein, auf seine Krücken. «Du kannst es doch aber irgendwann wieder, oder?»

Darauf antwortete er nichts, warf mir nur einen ernsten, ein bisschen finsteren Blick zu. Zum Glück erreichten wir die Traube an Archäologen, sodass es gar nicht erst zu einem unangenehmen Moment zwischen uns kam. Magnus wurde mit Handschlag und Schulterklopfen begrüßt und sofort an den klapprigen Tisch geführt, wo Scherben, Steine mit Markierungen, Knochensplitter lagen. Ich blieb still im Hintergrund, kannte niemanden und wollte mich nicht aufdrängen. Stattdessen beobachtete ich Magnus, wie er zum Professor wurde, auch wenn das auf den ersten Blick gar nicht erkennbar war. Er wurde zwar mit Respekt behandelt, aber eingeschüchterte Ehrfurcht suchte ich vergebens. So ziemlich jeder hier redete auf ihn ein, es wurde gescherzt, gelacht. Ich betrachtete seine langen, schönen Finger, wie er die Funde aufhob, ins Licht hielt, eine Bemerkung machte, die Sachen vorsichtig zurücklegte. Er stand locker auf seinem gesunden Bein, gegen den Tisch gelehnt, der offenbar doch nicht so klapprig war, die Krücken hielt einer der Studenten für ihn.

Plötzlich fiel sein Blick auf mich, und ich konnte geradezu spüren, wie tief er in seiner Aufgabe versunken gewesen war. Er verstummte für einen Moment, runzelte die Stirn, als müsse er sich an mich erinnern, dann färbten sich seine Wangenknochen ein wenig dunkler, und er wich meinem Blick kurzzeitig aus. Ich musste lächeln. Er hatte mich tatsächlich vergessen, für diesen kleinen, kostbaren Moment, in dem ich erkannt hatte, wieviel ihm all das wirklich bedeutete. Mein Herz spürte den Sog, mit dem er aus der Tiefe seiner Begeisterung auftauchte, und am liebsten wäre ich hingegangen und hätte ihn in die Arme genommen und ihm gesagt, dass er sich bloß nicht entschuldigen sollte. Aber wir waren nicht allein, er war hier der Chef, und bald wäre ich eine von denen, die unter seiner Anleitung arbeiteten. Es wäre eher kontraproduktiv, zuviel Vertrautheit miteinander zu zeigen.

Er nahm dem Studenten seine Krücken ab und hinkte auf mich zu. «Das hab ich ganz vergessen. Meine Damen, meine Herren, ich darf euch allen Paula vorstellen. Paula Norquay stammt von Orkney und ist nach ihrem Bachelor am UCL jetzt wieder nach Kirkwall zurückgekehrt, um bei uns ihre Doktorarbeit zu schreiben. Ich bin überzeugt, dass sie für einen gehörigen Wirbelwind unter euch allen sorgen wird.» Er grinste mich an, und da war wieder diese Kopfbewegung, die er sich angewöhnt zu haben schien, weil einer wie er nur schwer winken konnte. Zögernd trat ich näher, und nur wenige Augenblicke später fand ich mich mitten in der Traube, betastete die Funde und spürte den prüfenden Blick meines zukünftigen Doktorvaters auf mir, als ich meine Einschätzungen abgab. Das Neolithikum war nicht mein Spezialgebiet, aber Himmel nochmal, ich war inmitten solcher Funde aufgewachsen, und auch wenn mein Fachwissen sich nicht mit dem der anwesenden promovierten Archäologen messen konnte, so hatte ich doch auch das eine oder andere beizutragen.

17

Das ganze Auto roch nach nassem Hund.

Floyd hatte Magnus ein wenig indigniert angeschaut, während Paula eine von den Archäologen geliehene Decke auf dem Rücksitz ausbreitete. Der Blick des Hundes war weniger darauf zurückzuführen, dass er in diesen Kleinwagen einsteigen sollte. Das war für Floyd nichts neues, auch wenn ihn meistens Nick abends mit nach Kirkwall nahm und bei Magnus im Büro ablieferte, so kam es doch vor, dass auch mal jemand anders den Hund zu seinem Herrn brachte. Es war eher die Tatsache, dass auch Magnus in den fremden Wagen stieg, und dann auch noch auf den Beifahrersitz. Das war ein neues Konzept, das den Hund verwirrte.

«Hoffentlich machen die kein Fass auf, wenn ich das Auto zurückgebe», murmelte Paula, den Blick auf die Straße gerichtet. Die Abenddämmerung begann bereits in Dunkelheit überzugehen. Das Scheinwerferlicht entgegenkommender Fahrzeuge brach sich in den tausenden Regentropfen auf der Windschutzscheibe.

«Die kriegen auch von Touristen Autos zurück, in denen Hunde transportiert wurden», sagte Magnus. «Falls es Ärger gibt, sag Bescheid. Ich zahl es dir zurück, wenn die was von der Kaution einbehalten.»

«Das meine ich damit nicht …»

Er unterbrach sie mit einer kurzen Handbewegung. «Wie lange hast du denn den Wagen noch?»

«Gebucht ist er bis übermorgen. Samstag.»

«Und dann?»

Seufzend hob sie die Schultern. «Keine Ahnung. Ich muss mal in der Lokalpresse schauen, ob jemand was billig verkauft. Wenn ich morgen noch ein paar Gerümpelfahrten zum Wertstoffhof schaffe, reicht auch erstmal ein Moped.»

Magnus betrachtete die unterbrochene weiße Mittellinie auf der Straße, die Abschnitte, die sich näherten und dann unter der Kühlerhaube verschwanden, während das kleine Auto die Meilen fraß. In seiner Garage standen zwei Autos, die er nicht mehr brauchte, weil er nicht länger damit fahren konnte. Doch er vermutete, dass Paula es als einen herablassenden Akt von Mildtätigkeit ansehen und beleidigt sein würde, wenn er ihr anbot, einen davon zu borgen. Nur zu borgen, natürlich.

Oder vielleicht auch nicht.

Er könnte sie ihr ja zeigen.

Wenn sie mitkäme in sein Haus. Aber schon allein *das* würde ein Problem sein. Erstens, würde sie? Er war ihr Professor, ihr Doktorvater, ganz egal, wie sehr er den Begriff hasste und wie kinky-erotisch der zwischen ihnen beiden angehaucht sein dürfte. Zwar war sie es, die ihn angerufen und gefragt hatte, ob er Zeit mit ihr verbringen wollte, aber Magnus bezweifelte, dass sich das darauf erstreckte, allein mit ihm in seinem Haus zu sein. Und wenn doch? Wenn sie tatsächlich Lust hatte, ihn in sein Haus zu begleiten? Dann kam das nächste Problem. Magnus kannte genügend junge Frauen, die sich von dem schlossartigen Anwesen beeindrucken ließen. Unwillkürlich dachte er an Alison, die die erste und einzige gewesen war, die sich mit ihm nicht wegen seines Zuhauses eingelassen hatte. Er nahm an, dass Paula eher wie Alison reagieren würde und nicht wie die Studentinnen oder Zufallsbekanntschaften, die er mit zu sich genommen hatte.

«Was hast du jetzt vor?», fragte er. «Mit dem Abend, meine ich.»

«Keine Ahnung», seufzte sie.

«Du hast mich angerufen.» Er lachte leise. «Du musst doch eine ungefähre Vorstellung haben, warum du das getan hast.»

«Pizza zum Mitnehmen?» Sie warf ihm einen flüchtigen Blick zu, und wenn es nicht zu dunkel im Wageninneren gewesen wäre, hätte er wahrscheinlich eine sachte Röte auf ihren Wangen erblühen sehen.

«Klar, warum nicht, und wo essen wir die?»

«Mein Haus ist ein Geröllhaufen.»

«So schlimm kann es nicht sein, immerhin schläfst du darin. Nehme ich also an, dass du gern mit zu mir kommen und in meinem Esszimmer die Pizza verspeisen möchtest?»

Sie überlegte überraschend lange, fand er, doch kam zu genau dem Schluss, den er erwartet hatte. «Ich glaube nicht, dass das eine gute Idee ist. Wenn jemand den Wagen vor deiner Tür sieht und weiß, dass ich den gemietet habe …»

Er hätte sie darauf hinweisen können, dass niemand einen Wagen sehen würde, der vor seinem Haus parkte. Dafür standen zuviele Bäume drum herum, und die geschwungene Einfahrt war dreihundert Yards lang. Er klopfte sich mit den Fingerknöcheln aufs Knie.

«Würdest du denn mit zu mir wollen?», fragte sie, die Vorsicht und Unsicherheit in ihrer Stimme vollkommen ungewohnt.

«Zum Pizza essen?»

«Unter anderem.» Plötzlich trat sie dermaßen heftig auf die Bremse, dass Magnus im Gurt nach vorn rutschte. Floyd auf dem Rücksitz knurrte unwillig. Im ersten Moment glaubte Magnus, sie habe wegen eines Tieres gebremst, das den Weg kreuzte, aber dann scherte sie von der Straße aus und auf einen asphaltierten Parkplatz neben der Fahrbahn. Gähnend leer. Sie schaltete in den Leerlauf, aber ließ den Motor laufen, dann wandte sie sich ihm zu.

«Nimm es mir nicht übel, Magnus, aber ich bin in solchen Sachen nicht besonders gut. Zumindest nicht hier oben, wo jeder jeden kennt und man sich ständig beobachtet fühlt. In London war das einfach, es war unpersönlich, es war eine Begegnung zweier Fremder, die sich ansahen und wussten, sie wollten beide dasselbe.»

Er hob eine Braue. «Also *ich* bin nicht in diesen Pub gegangen, um eine Frau flachzulegen», stellte er klar.

«Aber als du gemerkt hast, dass ich das wollte, warst du alles andere als ablehnend», erinnerte sie ihn.

Sehr langsam hob er eine Hand, um mit den Fingerspitzen ihren Kiefer entlangzustreichen. Halb erwartete er, dass sie zurückzucken würde, aber sie schloss nur die Augen. Er erinnerte sich an diese langen, dunklen, fein gebogenen Wimpern, die über seine Haut gestreichelt hatten, wenn sie blinzelte. «Erstens, weil ich keiner bin, der einer Jungfrau in Nöten die erhoffte Rettung verweigert.»

«Jungfrau in Nöten …», schnaubte sie, und er schmunzelte ein wenig, neigte sich vor und ließ seine Lippen seinen Fingern folgen. Ihre Haut duftete nach Lavendel und Staub.

«Und zweitens, Paula Norquay, weil du in deiner Verzweiflung so süß ausgesehen hast und ich unbedingt wissen wollte, wie du schmeckst.» Mit der Zunge strich er über ihre Lippen. Sie klammerte sich an ihn, als habe er eine Einladung ausgesprochen, und küsste ihn wie eine Verhungernde.

«Aber es ist jetzt anders», keuchte sie zwischen Küssen, biss sacht in seine Lippen. «Du bist kein Unbekannter mehr.»

«Und mit Bekannten machst du es nicht?» Er zerrte mit der Linken ihren Strickpullover hoch und schob die Hand darunter.

«Ich mach es nicht mit Leuten, denen ich im Beruf Rechenschaft schuldig bin. Du bist mein Boss.»

«Kinky …», raunte er an ihrem Ohr.

«Genau drum. Ich bin nicht kinky.»

Er lachte leise an ihrer Haut. «Mit Wildfremden ins Hotelzimmer zu gehen und ihnen drei Stunden lang das Gehirn rauszuvögeln, das finde ich ganz schön kinky, meine Schöne. Na komm.» Er machte sich los, strich ihren Pullover wieder nach unten und löste mit der anderen Hand einen Knoten aus ihren Haaren. «Ich kenne eine gute Pizzeria in Kirkwall, und dann schauen wir mal, wie geröllig dein Haus wirklich ist.»

Es war *sehr* geröllig. Schon der sehr uneben und löchrig gepflasterte Hof zwischen den beiden Gebäuden stand voll mit alten Möbeln und Küchengeräten. Als Floyd aus dem Kleinwagen sprang, verschwanden blitzschnell ein paar Katzen hinter der Scheune.

«Greift er die an?», fragte Paula, als Magnus ihr den Pizzakarton reichte, den er von Kirkwall bis hierher auf den Knien gehabt hatte. Floyd mochte sich nichts aus Katzen machen, aber hätte er den Rücksitz mit einem Pizzakarton teilen müssen, wären die beiden Menschen hungrig zu Bett gegangen.

«Nein», sagte er. «Keine Sorge. Der sucht sich jetzt ein gemütliches Plätzchen, und wenn keiner ihn weckt, schläft er bis morgen durch.»

Demonstrativ trottete Floyd zu der Scheunenecke, hinter der die Katzen verschwunden waren, und hob mit wichtigem Blick das Bein. *Jetzt bin ich hier der Herr*, sollte das heißen. Dann folgte er Paula und Magnus ins Haus.

Auch der Korridor stand voll mit altem Zeug, vor allem Kisten mit Geschirr, Gläsern und vergilbten Tischdecken. Paula führte Magnus durch das halb leere Wohnzimmer in die Küche, die vergleichsweise gut aussah. An der hinteren Wand, aus der auf der Außenseite der Schornstein herausragte, stand ein wuchtiger alter Rayburn Herd, eine Nummer kleiner als der, den er in seiner Schlossküche stehen hatte, aber nicht so blitzend. Auch die wenigen verbliebenen Küchenschränke schien sie bereits geschrubbt zu haben, und die beiden Teller, die sie herausholte, waren ebenso sauber poliert wie das Besteck. Nur die Beleuchtung ließ zu wünschen übrig, es gab nur die Hängelampe über dem Esstisch, und die war nicht nur hoffnungslos unmodern, sondern auch noch immer verstaubt, was die Helligkeit des Lichtes erheblich einschränkte.

«Du hast aber schon viel geschafft», kommentierte er.

Sie nickte zum Küchentisch. «Setz dich.» Während er umständlich mit den Krücken hantierte, schnitt sie die Pizza in Stücke und legte eins auf jeden Teller, die sie zum Tisch brachte.

«Wein?», fragte sie.

«Du hast Wein hier?» Erstaunt hob er eine Braue.

Wieder einmal seufzte sie. «Anders lässt sich das hier ja nicht ertragen.»

Er legte seine Finger auf ihren Handrücken. «Paula. Du machst das hier ganz allein. Ich sehe all das Zeug vor der Tür und im Korridor stehen und kann mir denken, wie es hier ausgesehen hat, als du herkamst. Du kannst wahnsinnig stolz auf dich sein. Du bist noch gar nicht lange hier und hast schon so viel geschafft.»

Sie rieb sich mit dem freien Handrücken über die Nase und wich seinem Blick aus. «Ja, ich schätze, du hast recht. Ich hole den Wein.»

Sie stellte Gläser auf den Tisch und schenkte aus einer offenen Flasche Rotwein ein. «Ist nur ein billiger aus dem Tesco», sagte sie entschuldigend.

Ihm war das relativ egal, er hätte auch Strohwasser getrunken. Er war hier, in ihrem Haus, hatte kein eigenes Auto dabei, sein Hund rollte sich eben zwischen dem Rayburn und dem Korb mit Feuerholz zu einem Ball zusammen, und Paula trank Wein. Was bedeutete, dass sie nicht vorhatte, ihn heute Abend noch nach Hause zu fahren.

Die Parallelen blieben von ihm nicht unbemerkt. Die Parallelen zu ihrer ersten Begegnung. Auch da war sie es gewesen, die die Entscheidungen getroffen hatte, und er war einfach gefolgt. Gefolgt, ohne sich dabei wie ein herrenloser Welpe zu fühlen, der keinen eigenen Entscheidungswillen hatte. Sondern gefolgt und sich dabei wirklich gut gefühlt, dass diese Frau, die einen so willensstarken und entschlossenen Eindruck machte und zudem auch noch ziemlich atemberaubend aussah, ihn wollte. Ihn, trotz seiner Behinderung. Manche Weiber, gerade in jenem ersten Jahr nach dem Unfall, als er in Glasgow alles flachgelegt hatte, was sich finden ließ, taten es aus Neugier, weil sie wissen wollten, wie sich so einer im Bett wohl schlug. Einer, der nur noch hüpfen konnte. Bei seiner ersten Begegnung mit Paula hatte er zu keiner Zeit das Gefühl gehabt, als sähe sie in ihm etwas anderes als einen ganz normalen Mann. Und zwar einen, den sie haben wollte. Wie hätte er sich da widersetzen können? Sein Ego brauchte auch Streicheleinheiten.

Und irgendwie war es jetzt genauso, und doch auch wieder nicht. Denn es war, wie sie gesagt hatte. Sie waren nicht länger Unbekannte füreinander. Dass Magnus Paula wollte, versuchte er zu keinem Zeitpunkt zu leugnen. Dass Paula Magnus nicht wollte, hatte er ihr sowieso nie geglaubt, und so, wie es jetzt aussah, hängte sie dieses Nichtwollen endlich an den Nagel.

Er war überzeugt, dass es dafür einen Grund gab, und noch ehe er sich im Bett über sie rollte, würde er diesen Grund herausfinden. Aber für den Moment genoss er es einfach, mit ihr am Tisch zu sitzen, fast eine häusliche Szenerie, und ihr bei dem funzeligen Licht der Deckenlampe in die Augen zu sehen, während er an seinem Wein nippte.

«Ist es dein Vater?», fragte er.

«Was?» Sie runzelte die Stirn.

«Der Grund, weshalb wir hier sind. Hat das mit deinem Vater zu tun?»

«Ich habe dir gesagt, ich bin nicht kinky.»

«Das meine ich auch nicht. Aber irgendwas ist doch passiert, dass du auf einmal … naja, dass du reagierst wie in London. Dass du jemanden suchst, der dir die Gedanken und Sorgen aus dem Kopf rammelt. Hab ich recht? Versteh mich nicht falsch. Ich fühle mich geschmeichelt, dass du dafür auf mich zurückkommst, statt dich an die Bar des Kirkwall Hotel zu setzen und der Dinge zu harren, die da kommen mögen. Glaub mir, es gibt genug rattige Fischerjungs in der Stadt, die dir nur zu gerne zu Diensten wären.»

Er konnte erkennen, wie ihr Mundwinkel zuckte. Sie wehrte sich dagegen, über seine Worte zu schmunzeln. Aber gleichzeitig war da auch das Bewusstsein, dass er durchaus Recht hatte. Von Durchschauen konnte nicht die Rede sein, sie hatte ihm selbst gesagt, dass sie auf diese Weise ihre Probleme anging, um sie wenigstens für eine gewisse Zeit zu vergessen. Es gab nichts Besseres als Sex, wenn man nicht mehr darüber nachdenken wollte, was einem den Tag versaut hatte. Er konnte das sehr gut nachvollziehen.

«Wenn du nicht willst …», begann sie.

«Hab ich nicht gerade gesagt, dass ich mich geschmeichelt fühle?»

«Das ist ja nicht dasselbe.»

«Ich will, Paula. Ich will mit dir schlafen, weil ich seit Wochen an nichts anderes denken kann. Vor allem dann, wenn ich dich sehe, aber auch dann, wenn ich in meinen Computer starre und alles mir so langweilig vorkommt. Dann denke ich an deine gespreizten

Schenkel und an deine zerzausten Haare und daran, wie du schmeckst, und …»

Feuerrot lief sie an. «Würdest du bitte damit aufhören?»

18

Er hörte auf. Aber nicht, um sich zurückzuziehen und mir Raum zu geben, damit ich wieder atmen konnte. Erst als er aufhörte, spürte ich, wie schwer das Luftholen geworden war, und wie sehr mein ganzer Körper schmerzte. Vor Sehnsucht nach seinen Berührungen, vor Gier danach, dass er all das wiederholte, was …

«Verdammt», murmelte er, weit genug entfernt, dass ich seine Augen sehen konnte, dieses stürmischgraue Blau, die hellen Wimpern eines Wikingerkriegers. Seine hohen Wangenknochen, seine zerwuschelten Haare, dabei hatte ich meine Hände noch gar nicht darin vergraben.

«Was?», fragte ich irritiert.

«Ich würde dich jetzt so gern in dein Schlafzimmer tragen, weißt du …» Er hob eine Hand, legte den Finger unter mein Kinn, hob meinen Kopf ein wenig an. «Und du willst das ja auch.»

«Ich kann allein gehen», bemerkte ich, meine Stimme schwankte ein wenig. «Und du weißt ja gar nicht, wo das Schlafzimmer ist.»

«Darum geht es doch gar nicht. Ich würde dich fünfhundert Meilen weit zu irgendeinem Schlafzimmer tragen, wenn ich könnte.»

«Proclaimers-Fan?», wollte ich wissen.

Er schüttelte den Kopf. «Nur unfähig, einen Ohrwurm wieder loszuwerden, wenn er sich einmal festgesetzt hat. In meinem Kopf dröhnt bis heute die Stimme meines Kindermädchens. Als ich zwei Jahre alt war, hat sie mir jeden Abend beim Zubettgehen *This Little Piggy* vorgesungen.»

Einen Augenblick lang starrte ich ihm entgeistert in die schönen Augen, dann prustete ich los. «Das ist nicht dein Ernst, oder?»

«Mein voller Ernst.»

Ich kippte beinahe vornüber, so heftig musste ich lachen. Die Vorstellung, dass ein erwachsener Mann, noch dazu Professor an einer Universität und darüber hinaus einer der bekanntesten Archäologen des Landes, jede Nacht mit *This Little Piggy* im Ohr zu Bett ging, weil einst sein Kindermädchen ihn dahingehend ruiniert hatte, war einfach zu schön. Nach einer Weile fiel mir auf, dass er nicht mitlachte. Ich fürchtete schon, dass ihn mein Lachen beleidigt hätte, aber als ich ihn ansah, erkannte ich, wie intensiv er mich musterte. Mein Lachen verebbte. Wir sahen einander an.

«Das ist es», sagte er sehr leise.

«Das ist was?»

«Der Moment, auf den ich warte, seit ich dich im Pub gesehen habe. Der Moment, wenn du lachst. Unverhohlen und völlig frei von allen Sorgen. Ich habe mir so gewünscht, dich einmal lachen zu sehen, Paula Norquay.»

Ein Frösteln durchlief mich. «Ich bin aber nicht frei von allen Sorgen», sagte ich.

Er schürzte die Lippen, und ich wollte ihn einfach nur noch küssen. Dann drückte er sich vom Tisch hoch und fasste nach seinen Krücken. Floyd in der

Ecke hob den Kopf, legte ihn aber gleich wieder auf die Vorderpfoten zurück. Er begriff noch schneller als ich, dass Magnus nicht vorhatte, jetzt zu gehen. «Wir sind ja hier, um das zu ändern», erklärte er. «Gehst du voraus? Ich weiß nicht, wo dein Schlafzimmer ist», erinnerte er mich an das, was ich gerade eben noch zu ihm gesagt hatte.

«Die Pizza wird kalt.»

«Die Pizza ist längst kalt, Sweetness, und hast du eine Ahnung, wie egal mir in diesem Moment die Pizza ist?»

Ich schluckte schwer, stand auf und schob mich an ihm vorbei zur Tür und in den Korridor. Meine Knie waren butterweich, ich fürchtete schon, dass ich auf halbem Wege zusammenbrechen würde. «Die Matratze ist neu und das ganze Bettzeug auch», sagte ich mit bebender Stimme, als ich die knarzende Tür aufstieß.

«Und wären sie es nicht, täte es ein Strohsack auch», sagte Magnus trocken. «Oder die Motorhaube deines Kleinwagens, aber dann kippe ich vermutlich dauernd aus dir raus.»

Ich drehte mich zu ihm um. Seine hochgewachsene Gestalt füllte den Türrahmen mehr als nur aus, er musste den Kopf ein bisschen einziehen. Breite Schultern. Kräftige Arme, ein muskulöser Oberkörper, der zu den Hüften hin schmaler wurde. Seine Beine waren lang, und dass dieser Kerl derartige Minderwertigkeitskomplexe hatte, wenn es um seine physischen Fähigkeiten ging, fand ich unfair.

«Das frustriert dich wirklich, oder?»

Er sagte nichts, legte den Kopf schief und runzelte fragend die Stirn.

«Dass du mit deinem Bein nicht so kannst, wie andere es dauernd tun. Für andere eine Selbstverständlichkeit, über die sie gar nicht nachdenken. Für dich nicht. Nicht mehr. Und das frustriert dich.»

Seine Lippen wurden schmal. Hatte ich es mit meiner unbedachten Frage dieses Mal doch geschafft, ihn zu beleidigen? Aber er überlegte nur, hinkte an mir vorbei und ließ sich auf die Bettkante fallen, wohl, um Zeit zu gewinnen. «Das hat es bis vor Kurzem jedenfalls nicht», gab er schließlich zu. «Ich muss auch sagen, dass ich mich bisher auch weitaus mehr auf den Rollstuhl verlassen habe. Kaum bist du da, nehme ich die Krücken. Was machst du mit mir? Plötzlich habe ich dauernd das Gefühl, mich beweisen zu müssen.»

«Dein Rollstuhl passt ja auch nicht in meinen Kleinwagen», argumentierte ich, damit er sich besser fühlte.

«Ich hatte mich schon für die Krücken entschieden, bevor ich deinen Wagen gesehen habe», entgegnete er kopfschüttelnd. «Verrückt. Wenn Dr. Hemsley das herausfindet ...»

«Ah ja, die gute alte Dr. Hemsley. Schon mal drüber nachgedacht, dass sie recht haben könnte, wenn sie dir sagt, dass die Krücken besser für dich sind? Dass sie dir mehr Unabhängigkeit und vor allem mehr Stamina geben, sodass du schneller wieder lernst, auf dienen eigenen Füßen zu stehen?» Ich setzte mich neben ihn - und im nächsten Moment fielen die Krücken polternd zu Boden, und seine Hände lagen auf meinen Wangen, strichen über meinen Hals, und seine Lippen waren auf meinem Mund. Gierig presste er meine Lippen auseinander, und seine Zunge schob sich zwischen meine Zähne. Er schmeckte nach Pizza und nach Wein und nach dem Regen von Orkney, der, wenn er einmal angefangen hatte, nie enden zu wollen schien. Er duftete nach Gras und nach Büchern, nach Erde und ein klein wenig nach sauberem Schweiß. Ich klammerte mich an seine Schultern, und als seine Lippen zu meinem Ohr strichen, murmelte er: «Ich will jetzt aber nicht über Dr. Hemsley nachdenken und darüber, ob sie recht hat.»

Meine Antwort war ein ersticktes Seufzen. Seine Finger unter meinem Pullover waren so warm, so unendlich verführerisch, fast so sehr wie seine Zunge, wie seine Zähne, die sacht an meinem Ohrläppchen zogen. Ich presste mich an ihn, und meine Hände folgten seinem Beispiel, zerrten sein Hemd aus dem Hosenbund, meine Fingerspitzen ertasteten glühend heiße Haut und bebende Bauchmuskeln.

Als sich sein Daumen und Zeigefinger um eine meiner Brustspitzen schlossen und ein wohlbekanntes Ziehen aus meinem unteren Bauch antwortete, machte ich mich heftig los. «Warte», keuchte ich und stand auf. «In meiner Jackentasche …» Ich war schon halb zur Tür hinaus und im Korridor, als Magnus mich zurückrief.

«Bleib da.»

Ich starrte ihn an.

Er stemmte sich ein wenig von der Matratze hoch und zerrte seine Brieftasche aus der Gesäßtasche seiner Jeans. Er öffnete sie und ließ den Inhalt auf die Bettdecke rieseln. Die Kreditkarten klaubte er auf und steckte sie wieder ein. Zurück blieben mindestens zehn bunt eingeschweißte Vierecke, die ich mit einem blubbernd im Bauch aufsteigenden Lachen betrachtete.

«Du bist wohl immer auf alles vorbereitet?», fragte ich.

Er schob die Unterlippe vor, blickte zu mir auf und wirkte wie ein ungezogener kleiner Junge. «Du hast mich angerufen, Darling», sagte er in einem sehr schlecht imitierten Londoner Akzent. «Ich habe mich an unsere erste Begegnung erinnert, und da dachte ich, Junge, geh vorher lieber noch einkaufen.» Er nickte zum Korridor hin. «Du scheinst ja wohl auch vorbereitet zu sein, wenn auch deine Ausrüstung irgendwo da draußen ist.»

«Ich bin ich», sagte ich und hob die Schultern. «Ich werde mich nicht dafür entschuldigen, wie ich meine Probleme angehe.»

«Brauchst du auch nicht.» Frech grinste er mich an. «Der Connaisseur schweigt und genießt. Kommst du jetzt wieder her? Ich könnte etwas Hilfe mit den Jeans gebrauchen.»

Ich hätte nie gedacht, wie erotisch es sein könnte, einem Mann, der eigentlich eine Krankenpflegerin gebraucht hätte, aus der Hose zu helfen. Seine Finger in meinen Haaren. Unter meinen Lippen spürte ich das Zucken seiner Bauchmuskeln. Der Stoff der Jeans kratzte an meinen übersensiblen Fingerspitzen. Er keuchte halb unterdrückt, als er sich ein wenig hochstemmte und ich ihm den Stoff von den Hüften zerrte.

Er war kein Unbekannter. Wir hatten schon einmal Sex gehabt. Eine wilde, hemmungslose Nacht in London, aber irgendwie war das hier … anders. Ich berührte ihn anders. Er berührte mich anders. Immer wieder suchte ich seine Lippen zum Kuss. Ich hatte keine Probleme damit, einen Kerl zu küssen, dem ich mich einmal hingab und nie wiedersehen würde, aber jetzt war es … anders. Weniger hungrig und zugleich so viel hungriger. Meine Hände bebten an seiner Haut.

«Ich habe Angst …», begann ich flüsternd, mit seinen Fingern zwischen meinen Beinen.

«Vor mir?» Trotz der Frage grub er weiter, und ich stöhnte auf.

«Nein. Davor, dass *er* jetzt ständig hier ein und aus geht. Davor, dass *er* glaubt, das hier gehöre eigentlich ihm. Davor, dass *er* mir jeden einzelnen Tag zur Hölle macht mit seiner Besserwisserei und seinem Drang, allen Menschen sagen zu müssen, wie sie ihr Leben zu leben haben.»

Zwei Finger drangen in mich. Ich drehte mich ihm entgegen, suchte nach mehr, suchte nach Reibung, nach Vergessen. Er gab mir nur ganz wenig. In meine Haare raunte er: «Es gehört ihm aber nicht, Paula.»

«Ich weiß», seufzte ich. «Aber es wird sich so anfühlen.»

«Wird es nicht.» Er zog seine Finger zurück, brachte die Hand an meinen Mund und schob mir die Fingerspitzen zwischen die Lippen. Seine Augen verschatteten sich, als er mir zusah, wie ich gierig an seinen feuchten Fingern saugte. «Denn du bist eine verdammt starke Frau, Paula Norquay. Du trägst sogar noch immer seinen Namen, trotz allem. Du wirst ihm widerstehen, er wird begreifen müssen, wer du bist.» Er zog seine Finger aus meinem Mund und küsste mich. Unsere Zungen tanzten miteinander, der Geschmack meiner Erregung flirrte wie ein Versprechen zwischen uns, und dann rollte Magnus sich über mich und ließ mich endgültig vergessen. «Ich bin hier, weil du nicht mehr nachdenken willst. Also denk auch nicht nach.» Alles, was noch wichtig war, war seine Nähe.

War Haut an Haut. Waren Kraft und Gier. Keine Sorgen mehr. Nur das Hier und Jetzt.

Als ich mit dem Kopf an seiner Schulter ruhte und darauf lauschte, wie sein Herzschlag sich langsam beruhigte, begann er zu sprechen. Die Worte waren wie ein leises Summen an meinem Ohr, das sich mit dem nahen Klang seines Blutes und dem weiter entfernten Klang des Meeres, das nur wenige Schritte vom Haus entfernt an die Klippen rauschte, vermischte. «Dass ich mit meinem Bein nicht so kann wie andere, stört mich selbst weniger», sagte er. «Was mich stört, ist, wie viele Frauen mich einzig und allein darauf reduzieren. Da gibt es jene, in denen sich eine Pflegerin verbirgt, eine Samariterin, die glauben, wir müssten es im Sitzen auf meinem Rollstuhl machen, weil ich mich nicht allein bewegen kann.» Seine Schulter zuckte, als er verächtlich schnaubte. «Dann gibt es die anderen, die von einer Samariterin meilenweit entfernt sind und geradezu vergehen vor Neugier, zu erfahren, wie das ist, mit einem lahmen Kerl ins Bett zu steigen. Und dann gibt es dich.»

«Mich?», fragte ich durch den feinen Sprühnebel hindurch, der mich zu umgeben schien. Auf meinem Körper trocknete Schweiß.

«Du bist weder das eine noch das andere. Bei dir hatte ich zu keiner Zeit das Gefühl, dass du einen Krüppel ansiehst. Nicht einmal damals in London, als du noch gar nicht wusstest, wer ich bin.»

Ich seufzte. «Da wusste ich, dass du von Orkney kamst, dem Ort, den ich mehr hasste als jeden anderen, und ich wollte nichts mit dir zu tun haben. Mit dir und deinen sturmblauen Augen und deinen Wikingerhaaren und deinen breiten Schultern und … Und du warst genau der, den ich in jenem Moment gebraucht habe.»

«Aber du hast den Rollstuhl überhaupt nicht bemerkt.»

«Natürlich habe ich den bemerkt», sagte ich und stieß ihn mit dem Knie an. «Ich musste meinen Blick nach unten korrigieren, als du mich das erste Mal angesprochen hast, das war unerwartet. Aber …»

«Aber danach waren wir die ganze Zeit auf Augenhöhe», unterbrach er mich. «Und du glaubst gar nicht, wie ungewohnt das für einen wie mich ist.» Er rührte sich, nahm eine Hand von mir und grub die Finger durch seine hinreißend zerzausten Haare. «Das erste Jahr nach dem Unfall habe ich in Glasgow gelebt», sagte er. «Zuerst zur Behandlung, dann um zu lernen, wie ein Mensch mit nur einem Bein lebt.»

«Du hast *zwei* Beine», berichtigte ich ihn. «Oder drei, je nach Zählart.»

Er lachte leise und küsste meinen Scheitel. «Das muss sich zeigen. Jedenfalls war ich zu jener Zeit noch viel kaputter als du. Ich verstand nicht, warum ich dazu verflucht worden war, weiterzuleben.»

Ich runzelte die Stirn, aber er konnte das nicht sehen, und ich stellte nicht die Frage, die mir auf der Zunge brannte. *Warum verflucht?*

«Ich habe es hoffnungslos ausgenutzt, dass es die Samariterinnen und die anderen gab, und … Ich schäme mich nicht dafür, Paula, so wenig, wie du es tust. Ich habe das zu jener Zeit einfach gebraucht. Diese Bestätigung, noch am Leben zu sein, auch wenn ich es für unfair hielt. Aber das Leben … es hat mich immer noch, irgendwie stolpere ich immer noch durch diese Welt, und als ich nach Orkney zurückkehrte, da musste das mit den Frauen aufhören, denn hier hatte ich einen Ruf zu verlieren. Und ich hatte immer noch meine Arbeit, und die wollte ich auch nicht verlieren. Ich war erst wenige Monate vor dem Unfall in diese Position befördert worden, und sie war nach einem Jahr noch immer nicht anders besetzt worden. Sie wollten mich wieder zurück, und ich wollte das wieder haben, was ich mir erarbeitet hatte. Ich lebte noch, irgendwie, und ich stürzte mich in die Arbeit, auch wenn meine Mutter und meine Physiotherapeutin und die Ärzte, die ich von Zeit zu Zeit sehe, sagen, ich sollte mich lieber erstmal auf meine Heilung konzentrieren, und wer sich so sehr stresst, wird nie richtig gesund.»

«Das klingt plausibel», sagte ich. «Stress ist nie gesund.»

«Aber ich brauchte das, verstehst du? Ich brauche diese Arbeit, wofür sonst lohnt sich dieses Leben noch? Wenn ich nicht mehr arbeiten kann, was mache ich dann noch hier?» Seine Hand klammerte sich in meinen Oberarm, er zog mich ganz fest an seinen Körper. Haut an Haut. Brennende Nähe. Ich wollte nirgends anders sein als auf Orkney und in den Armen von Magnus Alexander. «Und dann auf einmal warst du da, und plötzlich habe ich das Gefühl, dass es vielleicht doch noch einen anderen Grund gibt, weshalb dieses Leben mich nicht rausgeschmissen hat, als es die Chance hatte.»

«Welchen Grund?»

«Ein kleines bisschen Liebe», sagte er.

Mein Herz stolperte. Ich wollte etwas erwidern, aber da war ein Kloß in meinem Hals, gegen den ich vergeblich anschluckte. Hatte er wirklich gerade das L-Wort gesagt?

«Magnus …», krächzte ich schließlich.

«Nur ein kleines bisschen», sagte er, seine Augen im schwachen Licht ein entferntes Funkeln.

«Ich hasse Orkney nicht mehr», sagte ich an dem Kloß vorbei. «Und dafür danke ich dir.»

Er ließ meinen Oberarm los, drehte sich ein wenig, sodass er mein Gesicht mit beiden Händen umfangen konnte, und als ich mich nicht entzog, küsste er mich unglaublich zart auf die Lippen. «Das ist immerhin ein Anfang», murmelte er an meinem Mund.

19

Ich hatte nicht erwartet, dass Magnus die ganze Nacht bleiben wollte. Ich war vollkommen darauf vorbereitet, ihn irgendwann spät am Abend nach Hause zu fahren. Immerhin hatte ich bekommen, wonach ich gelechzt hatte. Ein wenig fühlte ich mich mies dabei, ihn auf diese Weise ausgenutzt zu haben, und ich grübelte bis lange nach Mitternacht, wie ich das *kleine bisschen Liebe* wieder aus ihm rauskriegen sollte. Wie kam er darauf? Er war der Vorsitzende des Archäologischen Instituts, verdammt, und er war derjenige, der mir für meine Doktorarbeit helfend zur Seite stehen sollte. Er war mein Vorgesetzter. Beziehungskisten zwischen Boss und Angestellter mied ich schon in Form von schlechten Liebesromanen. Es kam nicht in Frage, dass ich so etwas im richtigen Leben, in *meinem* richtigen Leben, zustande kommen lassen würde.

Doch dann hatte ich die ganze Nacht neben ihm gelegen, er hatte gar keine Anstalten gemacht, irgendwann aufstehen zu wollen. Stattdessen waren wir noch zweimal übereinander hergefallen, einmal initiiert von ihm, als ich gerade am Einschlafen gewesen war, und das dritte Mal von mir, weil *ich* nach dem zweiten Mal nicht mehr einschlafen konnte. Schließlich war es doch noch passiert. An ihn geschmiegt, seinen herben Duft nach Erde und Regen in der Nase, war ich eingeschlafen.

Als ich aufwachte, lag ich allein im Bett. Auf dem Kopfkissen neben mir lag ein rotes Papierherz. Ich stöhnte leise. Er hatte es aus einem der roten Notizzettelchen ausgeschnitten, die in einer Zettelbox in der Küche standen. Nichts darauf geschrieben, keine Liebesschwüre, nicht mal mein Name. Nur das Herz aus rotem Papier. Wohl in Ermangelung der furchtbar kitschigen roten Rose, die nach einer durchvögelten Nacht allein aufwachende Frauen gern in Liebesfilmen am Morgen auf dem zweiten Kopfkissen fanden.

Wenn ich jetzt einfach ein Feuerzeug daranhielt und es zu Asche zerfallen ließ, während er zuschaute, würde das genügen? Würde er begreifen, dass ich das nicht konnte? Dass eine Beziehung zwischen uns beiden einfach ein Ding der Unmöglichkeit war?

Vielleicht später einmal, wenn ich Doktor der Archäologie war und … aber *wenn* ich dann auf Orkney blieb, wäre er ja immer noch mein Boss. Und nichts wäre anders. Und … Himmel, er war ein gutaussehender, schlagfertiger und zweifelsohne sehr kluger Mann, der zahlreiche Artikel, Broschüren und Bücher publiziert hatte und dessen Name in der Welt der Archäologie einen Klang hatte wie kaum ein anderer. Die Frauen mussten ihm doch die Tür einrennen, fand er da wirklich keine andere, in die er sich verlieben konnte? Er hatte so verdammt viel zu geben, ich wusste das, meine Haut trug noch die Erinnerung an die Zärtlichkeit, zu der er fähig war.

Aber was, wenn das nur die *eine* Seite von ihm war? Was, wenn er … ich kannte ihn doch gar nicht. Ich kannte den Sex mit ihm, und ich kannte ihn als Archäologen. Ich hatte kaum eine Ahnung, wer Magnus Alexander, der Mensch, war. Wie lebte er? Was tat er, wenn er nicht arbeitete?

An dieser Stelle stockten meine Gedanken sofort. Er hatte gesagt, die Arbeit sei der einzige Grund für ihn, noch am Leben zu sein. Was, wenn er außer Arbeit gar nichts tat? Arbeit … und nun auch noch ein kleines bisschen Sex mit Paula Norquay. Ging das? Aber da war ja auch noch der Hund.

Himmel, der Hund. Der wahrscheinlich am Verhungern war. In diesem Haus gab es nur Katzenfutter. Natürlich könnte sich der Collie auch einfach eine Katze fangen.

Ich ließ mir Zeit mit dem Aufstehen. Es war ja nicht sehr wahrscheinlich, dass Magnus davongelaufen war, und an dem eher mäßigen Tageslicht, das durchs Fenster ins Schlafzimmer fiel, erkannte ich, dass es noch recht früh sein musste. Wenn Magnus ins Büro musste, hätte er sich sicher gemeldet. Ich hatte ihn benutzt, das Mindeste, was er als Gegenleistung erwarten durfte, wäre, dass ich ihn in die Arbeit brachte.

Ich zog mich an, putzte mir die Zähne, kämmte eine Unzahl von Knoten aus meinen Haaren. Nicht mal der ewig wehende Wind der Insel schaffte es, mir die Haare dermaßen zu zerzausen, wie die Hände von Magnus das geschafft hatten.

In der weichen Erde zwischen den unregelmäßig gesetzten Pflastersteinen des Innenhofes fand ich die Abdrücke der Krücken und hin und wieder einen Schuhabdruck. Es regnete nicht mehr. Ich folgte der Spur. Floyd hockte an der Ecke der Scheune und leckte sich das Maul. Ich dachte lieber nicht darüber nach, was er zum Frühstück gefunden hatte. Magnus fand ich hundert Schritte den Graspfad hinunter, den ich als Kind so oft gerannt war, wenn die Sonne schien und das Meer lockte. Mein Lover stand, auf seine Krücken gestützt, auf einem Bein am Strand, der zu dem Anwesen gehört, das jetzt meines war. Er starrte aufs Meer hinaus, auf die Inseln, die aus der Morgendämmerung auftauchten. Das kleine Lambsholm, auf dem im zweiten Weltkrieg italienische Kriegsgefangene eine Kapelle aus einer Blechscheune gebaut hatten, um im presbyterianischen Orkney nach ihrem katholischen Glauben beten zu können. Glimsholm, Burray. Die hohen Berge der Insel Hoy auf der anderen Seite der Scapa Flow Bucht ließen sich an diesem Morgen nicht einmal erahnen.

Das hier war meine Welt, so sehr, wie es seine war. Es war das, womit ich aufgewachsen war, und ganz egal, wie sehr ich in den vergangenen Jahren darum gerungen hatte, nicht mehr an Orkney zu denken … es lebte alles noch tief in mir. Es ließ sich nicht töten, genau so, wie Magnus das in London gesagt hatte. Es war ein so besonderer Ort, dass mein Herz all das hier sofort wiedererkannte, und etwas in mir war ekstatisch und zugleich unheimlich getröstet, wieder hier zu sein. Granny Dora hatte genau gewusst, was sie tat, als sie mir dieses Haus vermachte und an Auflagen knüpfte. Sie hatte gewusst, dass es nicht tot war. Dass all das in mir lebte, dass ich wieder zurückkommen *wollte.* Es war nie Orkneys Schuld gewesen. Gegen Orkney konnte der stärkste Riese nicht gewinnen. Doch gegen meinen Vater?

Ich sah die Silhouette des Mannes, der dafür gesorgt hatte, dass Orkney wieder seinen angestammten Platz in mir einnahm, und hörte im Inneren seine

Stimme. *Du bist so stark. Du bist so stark.* Wer war schon mein Vater? Ein Mann, der von seiner eigenen Unsicherheit so zerfressen war, dass er ständig alle um sich herum klein reden musste, um sich selbst groß zu fühlen. Meine Mutter ließ das mit sich machen, und dafür hatte ich sie als Kind verachtet, ohne zu wissen, warum das so war. Jetzt wusste ich es, und sie tat mir einfach nur noch leid. Ich würde nicht so sein wie sie. Ich würde ihm die Stirn bieten.

Als ich neben Magnus trat, drehte er den Kopf und blickte auf mich herab. Sein Lächeln ersetzte den Sonnenaufgang, der hinter Wolken und Nebel verborgen blieb. «Hi», sagte er.

«Hi», sagte ich. «Du hättest mich wecken können.»

«Wer so schön und selig schläft wie du, darf nicht geweckt werden.»

«Ich erinnere dich bei Gelegenheit daran, wenn ich für dich arbeite und zu spät zum Dienst komme.»

Immer noch lächelnd wandte er den Blick zurück aufs Meer. Er stand still wie eine Statue, als er sagte: «Das ist das Problem, ja? Das ist, was du nicht loslassen kannst.»

«Darfst», sagte ich.

«Vielleicht ist es besser so», sagte er.

«Was?»

«Wenn wir einfach nur Freunde sind, meine ich. Es ist vermutlich für uns beide besser. Und auch die *gewissen Vorzüge* sollten wir wohl am besten unterlassen.»

Ich biss mir auf die Lippen. *Freunde sein* klang gut, klang wunderbar, das konnte uns ja auch niemand moralisch übelnehmen, oder? Aber ganz auf seinen wunderbaren Körper zu verzichten? Der Gedanke hatte etwas … etwas, das sich so schlecht herunterschlucken ließ wie der Knoten am vergangenen Abend. Ich wollte ihn ja. Dass ich ihn nicht haben *durfte*, bedeutete nicht, dass ich ihn nicht *wollte*. Ihn hier stehen zu sehen, an *meinem* Strand, weckte den Wunsch, mit ihm auf diesen Kieseln herumzurollen und meine Lust in den Wind und die Wellen zu schreien.

Mit ihm.

Mit keinem anderen.

Was hatte das zu bedeuten? Ich war keine Frau, die sich an *einen* klammerte.

Warum also an ihn?

«Was aber nicht heißt, dass ich nicht eifersüchtig reagieren werde, wenn ich dich mit einem anderen Kerl sehe», sagte er, fasste die Krücken um und drehte sich, um zum Haus zurückzugehen.

«Keine Sorge», murmelte ich.

Er sah mich an, ohne stehenzubleiben. Floyd kam uns schwanzwedelnd entgegen.

Ich hob die Schultern. «Du hast was ziemlich Richtiges gesagt gestern Abend. Du hast mir gesagt, ich sei stark genug, es mit meinem Vater aufzunehmen. Ich habe mich entschieden. Ich werde das probieren. Ich werde mich von ihm nicht länger verunsichern lassen, dann brauche ich auch keinen Sex mehr, um damit fertigzuwerden, wenn er es tut.»

Er nickte langsam. Floyd strich ihm um die Beine. «Ein guter Anfang», sagte er.

«Noch einer.»

«Was?»

«Noch ein guter Anfang. Irgendwie hast du das gestern schon mal zu mir gesagt.»

Die Fältchen in seinen Augenwinkeln vertieften sich, als er mich angrinste. «Stimmt.»

Wir erreichten den Hof. «Ich hole eben deine Jacke und den Autoschlüssel», sagte ich und ging zur Tür.

«Warum?», wollte er wissen.

«Musst du nicht zur Arbeit? Ich hab auch nichts für ein Frühstück hier, und …»

Er lehnte eine der Krücken gegen seinen Körper, um die Hand freizuhaben, damit er sein Handy aus der Hosentasche ziehen konnte. «Ich hab das hier. Das ist wie ein mobiles Büro. Wenn jemand was will, wird derjenige mich anrufen. Du hast keine Ahnung, wie frustrierend es ist, den ganzen Tag auf meinem Hintern in meinem Büro auf dem Campus zu sitzen, und kein Mensch ruft an, um meine Meinung zu einem Problem einzuholen. Meetings sind heute auch keine angesetzt. Ich habe Zeit.»

Ich starrte ihn an. «Du willst … hierbleiben?»

«Wenn ich darf? Ich habe dein Haus gesehen. Da ist immer noch viel zu tun. Ich könnte dir ein wenig dabei helfen.»

«Dein Rollstuhl …»

«Für den wäre in dem Haus sowieso kein Platz, um damit zu rangieren. Ich komme sehr gut ohne zurecht.»

Ich kam nicht umhin, mich zu fragen, was für eine Meinung die berühmt-berüchtigte Frau Dr. Hemsley zu dieser Aussage haben würde.

20

Der erste, der anrief, war Nick. Magnus hatte damit gerechnet und meldete sich mit einem «Ist heute nicht nötig, mein Freund», als er die Nummer auf dem Display erkannte.

«Einen wunderschönen guten Morgen», sagte Nick ungeachtet dessen. «Ich stehe hier in deinem Büro und weit und breit von dir und deinem Hund nichts zu sehen. Wo hängst du denn rum?»

«Cornquoy.»

«Ähm, entschuldige, ich hab heute früh beim Duschen Wasser ins Ohr bekommen. Es hörte sich gerade so an, als habest du Cornquoy gesagt.»

«Völlig richtig. Ich habe Floyd bei mir.»

«Was um alles in der Welt treibst du in Cornquoy?», fragte er entgeistert.

«Das erzähle ich dir dann, wenn es spruchreif ist. Bis dahin genügt es, dass du weißt, du brauchst heute meinen Hund nicht mit zum Ness nehmen.»

Er schwieg eine Weile, aber das Gespräch war noch offen. Merkwürdige Geräusche drangen durch die Leitung, und Magnus bemerkte, dass Nick das Mikrofon zuhielt, um mit jemandem zu sprechen. Vermutlich Katie. Dann kehrte er ins Telefonat zurück. «Kleiner Tipp noch.»

«Ja?»

«Warne das nächste Mal deine Assistentin vor. Die arme Katie ist gerade aus allen Wolken gefallen, ich dachte schon, ich müsse eine Notfallambulanz herkommen lassen. Sie ist haarscharf an einem Infarkt vorbeigeschrammt. Das ist der erste Tag seit deiner Rückkehr ans College, an dem du nicht arbeitest.»

«Würde ich nicht arbeiten, wäre ich gar nicht ans Telefon gegangen», erklärte ich.

«Touché. Das heißt, wenn was ist, bist du erreichbar?»

«Den ganzen Tag lang, wie üblich.» Magnus verzichtete darauf, Nick darauf hinzuweisen, dass er sowieso immer der Letzte war, der um Hilfe gebeten wurde. Solange es andere gab, die nicht auf technische Hilfsmittel zur Fortbewegung angewiesen waren, wurden immer zuerst diese konsultiert. Und ja, das galt auch für Probleme, die nicht mehr als einen Computer und einen Internetanschluss erforderten. Der Herr Professor sollte schließlich nicht über die Maßen gestresst werden.

Er hatte das so satt.

Als er das Gespräch beendete, stand Paula mit einem Stapel zusammengefalteter Umzugskartons hinter ihm. «Probleme?», fragte sie, als sie den Stapel auf das Bett legte und sich daran machte, den ersten Karton zu bauen.

«Nein, ging nur um den Hund.»

«Sollte der nicht mal was zu fressen bekommen?»

«Zur Not ist Floyd ein versierter Mäusefänger.»

«Das werden meine Katzen aber nicht gerne sehen, dass ihnen jemand die Notfallrationen minimiert.»

Er grinste. «Wenn wir den ganzen Kram nachher zur Entsorgung bringen, können wir ja eben schnell nicht nur Wandfarbe, sondern auch Hundefutter kaufen.»

«Wir kaufen nachher Wandfarbe?», fragte sie erstaunt. «Warum weiß ich davon nichts?»

Magnus machte eine Handbewegung, die das ganze Schlafzimmer einschloss. «Ist ein kleiner Raum, dauert nicht so lange. Deine Großmutter hat scheinbar nicht viel von Tapeten gehalten, das kommt uns jetzt zugute, dann brauchen wir einfach nur die alte Farbe zu überstreichen. Heute Abend hast du nicht nur ein neues Bett hier drin, sondern schläfst in einem ganz neuen Raum. Das wäre doch was.» Nur mit Mühe hielt er sich davon ab, ihr bei seinen Worten aufmerksam ins Gesicht zu blicken. Würde sie ihn einladen, noch eine Nacht zu bleiben? Er durfte das nicht zu hoffen wagen. *Eine* Nacht, das war okay, das war nachvollziehbar und es passte zu der Londoner Paula. Zwei Nächte? Das grenzte schon sehr an eine feste Beziehung, und er spürte, dass sie dazu noch nicht bereit war.

Sie sah sich im Raum um. «Schön wäre das schon», gab sie zu. «Meinst du, das schaffen wir an einem Tag?»

Er stemmte sich von dem Hocker hoch, auf dem sitzend er das Telefonat angenommen hatte, und hangelte sich auf eine Krücke gestützt zum Schrank. Der war leer, die ganzen alten Sachen hatten sie in der vergangenen Stunde in Kisten gestopft. «Wenn du mir eine Schüssel mit warmem Seifenwasser und eine Bürste bringst, scheuer ich den aus, während du das Zeug in den Hof schleppst. Beim Tragen bin ich dir keine Hilfe. Und nachher streichen wir den Schrank innen und außen weiß und anschließend die Wände. Hey, hast du schon mal in der Scheune nachgesehen? Vielleicht ist da ja auch noch Farbe, die noch nicht eingetrocknet ist.» Er wies auf die Tür. «Fast alle Tür- und Fensterrahmen scheinen mir vor noch gar nicht langer Zeit frisch gestrichen zu sein, vielleicht erst letztes Jahr.»

Mit gerunzelter Stirn folgte sie seinem Blick. «Ist mir gar nicht aufgefallen.»

«Kunststück, das alles hier hat dich viel zu sehr erschlagen.» Er ließ die zweite Krücke an der Wand gelehnt stehen und legte stattdessen seinen Arm um Paulas Schultern. «Komm, schauen wir uns mal in der Scheune um.»

«Oh Gott, da willst du nicht rein», stöhnte sie, aber gehorsam führte sie ihn nach draußen und über den Hof. Floyd lag auf den Pflastersteinen in der für die Jahreszeit eher seltenen Sonne, und drei Katzen, eine Schwarz-weiße und zwei Grautiger, betrachteten aus gebührlicher Entfernung den Eindringling. «Der tut denen wirklich nichts, oder?», fragte Paula, als sie schon die Hand nach dem Türriegel ausstreckte.

«Ganz bestimmt nicht. Der hat noch nie eine Katze angegriffen. Hast du die aus London mitgebracht?»

«Die Katzen? Nein, die haben Granny Dora gehört. Jetzt gehören sie mir. Ich weiß aber noch nicht mal, wieviele es sind.»

Er grinste in sich hinein, half ihr, die Tür in den verrosteten Angeln aufzuziehen, und stand dann staunend vor der größten Ansammlung an Geröll, die er je gesehen hatte. Die Scheune war nochmal fast so groß wie das Haus, und alle Gerätschaften, die sich in mehreren Menschenleben auf so einem Anwesen ansammelten, waren darin deponiert. Zu Anfang hatte es sicher mal so etwas wie Ordnung gegeben. Mehrere rostige Metallregale und Wandhaken zeugten davon. Aber irgendwann war alles nur noch irgendwie reingestellt und schließlich vergessen worden. Fischreusen, Außenbordmotoren, Fender, Angeln. Fahrradreifen, Gartengeräte, unzählige einzelne Gummistiefel, in denen unzählige Familien von Spinnen ihr Heim eingerichtet haben mochten. Gelbe und dunkelblaue Regencapes, Eimer, Eimer, *Eimer* in allen Größen und Farben, Kisten, Plastikfässer, Europaletten, mit dicken Spinnweben überzogenes Feuerholz … unendlich viel Zeug. Magnus hielt sich an größeren Gegenständen fest, um kleinere zur Seite zu schieben und tiefer in den Raum vorzudringen. «Verlauf dich bloß nicht», rief Paula ihm von der Tür her zu.

«Mein Handy hat eine Kompass-App», gab er zurück. «Hey, hast du gewusst, dass hier zwei Autos stehen?»

«Ich weiß, der eine ist Grannys alter Mini, aber der ist garantiert schon lange nicht mehr zugelassen. Hat auch keine Nummernschilder mehr dran. Granny hat aufgehört zu fahren, als sie merkte, dass ihre Reaktionen nachließen.»

Magnus lachte und zerrte eine Plane aus ausgebleichtem Leinenstoff zurück, um den Vierziger-Jahre-Pickup darunter genauer begutachten zu können. Den hielt nur noch der Rost zusammen, und als er durch die milchige Windschutzscheibe angestrengt ins finstere Innere schaute, sah er, dass die Polster und der Leder-bezug des Lenkrades Opfer von Mäusen geworden waren, derer die Katzen nicht habhaft wurden. Im Fußraum lagen Getreidekörner und Mäusekot.

«Wäre spannend zu wissen, ob man den Motor noch ans Laufen kriegt», sagte er mehr zu sich als zu ihr, aber dann stand sie plötzlich neben ihm.

«Was ist das eigentlich für einer?»

«Ein Plymouth.» Er ging um die Motorhaube herum, betrachtete die platten Reifen, die zerschrammte, abblätternde Farbe. «Sowas kriegt man heutzutage gar nicht mehr zu sehen.»

«Oh je, sag nicht, du gehörst zu den traurigen Kerlen, die sich monatelang darum bemühen können, einen Schrotthaufen wieder zum Fahren zu bringen.»

«War ich mal», gab er zu. «Heutzutage kann ich nur noch Automatik fahren und selbst da nicht alles.»

«Und wenn du wieder könntest?»

«Träume sind was für Idealisten, Paula», sagte er, ohne sie anzusehen. Aber etwas in ihm kribbelte, als er die sanft gerundeten Blechteile entlangstrich und brauner Rost zu Boden rieselte. Wäre wirklich interessant, zu sehen, ob das Gefährt sich wieder auf Vordermann bringen ließe. Und wenn ja? Dann wollte er es auch fahren.

Aber mit nur einem funktionstüchtigen Bein könnte er das nicht. Solch ein Fahrzeug brauchte einen Fahrer, der fit und gesund war, um das Gefährt zu bändigen.

Er klopfte mit den Fingerknöcheln gegen die Heckklappe, die herunterrauschte, als habe sie nur darauf gewartet, dass jemand sie aus dem hundertjährigen Schlaf erweckte.

Keine Zeit, dachte er. Ich hab ihr das Schlafzimmer versprochen. Aber ich könnte ja wiederkommen. Ein andermal. Und jemanden mitbringen, der ihn hier rausschleppt. Jemanden, der dieses alte Pferdchen besser einschätzen kann als ich. Seine Finger zuckten.

«Hast du Farbe gefunden?», wandte er sich an Paula.

21

«Und er ist die ganze Nacht geblieben und dann noch länger?» Caroles Stimme am anderen Ende der Leitung war ein aufgeregtes Kieksen.

«Er hatte ja keine Wahl», wiegelte ich ab. «Immerhin hatte ich ihn praktisch entführt. Er kam ja nicht weg von hier, es sei denn, ich hätte ihn gefahren. Ich hab dir doch gezeigt, wie weit weg vom Schuss mein Haus ist.»

«Also Pau, wenn du diesen Mann sogar *entführt* hast, dann sage ich ganz laut und deutlich *Chapeau* zu dir. Gut gemacht, Paula, weiter so. Dich kriegen wir auch noch unter die Haube.» Sie kicherte.

«Was macht eigentlich *dein* Eheleben?», versuchte ich abzulenken.

«Für den Moment ist Josh in unsere Wohngemeinschaft eingezogen», sagte sie. «Da die Kündigungsfrist ja noch nicht durch ist, können wir auch noch hier drin bleiben. Aber wir sind dabei, uns ein kleines Häuschen zu suchen.»

«Na dann viel Erfolg.» Ich kannte die Immobiliensituation in London nur zu gut. Kleine Häuschen waren eine absolute Seltenheit, und wenn es mal eins auf den Markt schaffte, dann kostete es ein halbes Mittelerde. Aber wie ich Carole kannte, würde es für sie und ihre erblühende Familie sowieso nur eines der palastähnlichen Anwesen in Kensington tun. Wenn schon, denn schon. Zumindest aber brauchte ich nicht länger ein schlechtes Gewissen zu haben, Carole mit der Wohnung allein sitzengelassen zu haben. Jetzt hatte sie ja ihren Josh bei sich. «Und das Baby?»

«Hey, du bist gerade mal ein paar Tage weg», lachte sie. «Soviel tut sich da nicht. Jetzt erzähl aber weiter. Was hast du denn mit dem Professor gemacht? Ich meine, habt ihr die ganze Nacht und den ganzen Tag im Schlafzimmer verbracht?»

Es war ein Fehler gewesen, Carole zu erzählen, dass ich nicht nur einfach eine Affäre hatte, sondern eine Affäre mit einem Archäologie-Professor. Das würde sie mir immer wieder wie auf einem riesigen Plakat vorhalten. Nämlich, dass ihr eigener bevorzugter Stil exklusive Schönheitssalons und Paläste in Kensington Gardens sein mochten, aber meine Ansprüche ja offenbar auch nicht *sooo* weit darunter darunter. Es musste wenn schon denn schon ein Professor her. Und wenn der nicht von selbst kam, wurde er eben in ein einsames Cottage an der Küste entführt. Für Carole mit ihrer Vorliebe für schlechte Romanzen ein gefundenes Fressen.

«Ob du es glaubst oder nicht, aber das haben wir», informierte ich sie.

«Echt jetzt? Mensch, Paulie, da hast du aber einen Glücksgriff gemacht. Ist der so fit? Aber du sagst doch, der sitzt im Rollstuhl, ich meine, kann der da so ausdauernd …»

«Komm wieder runter», sagte ich. «Warum sollte die Tatsache, dass einer nur eines seiner Beine gebrauchen kann, bedeuten, dass er weniger fit ist? Hast du schon mal versucht, den ganzen Tag einen Rollstuhl unter dir zu haben und damit ständig von A nach B zu müssen?»

«Gibt ja elektrische», schmollte sie.

«Selbst dann», erklärte ich. «Und wir haben das ganze Schlafzimmer ausgeräumt und renoviert. Deswegen haben wir da so viel Zeit drin verbracht.»

«Nachts auch?», zog sie mich auf.

«Nein, nachts hatten wir was anderes zu tun», ging ich schamlos darauf ein. «Ich sag dir gerne, in welcher Farbe wir die Wände gestrichen haben, aber wenn du wissen willst, welche Farbe die Kondome hatten, dann vergiss es.»

Wieder kicherte sie. «Wenigstens bist du schlauer als ich und denkst an die blöden Gummis.»

«Ach, hör auf. Du wolltest doch dieses Baby von deinem Rocker, gib es zu.»

Sie seufzte hingerissen. «Ja, und er auch. Paula, ehrlich? War ich dumm, da nicht wenigstens ein bisschen länger gewartet zu haben?»

«Das wird sich zeigen. Solange ihr glücklich seid, besteht kein Anlass. Ich drücke euch beiden die Daumen.»

«Wo ist er jetzt? Dein Professor?»

«Ich hab ihn und seinen Hund im College abgeliefert.»

«Nicht bei ihm zuhause?»

«Das nützt ja nichts, wenn sein Auto am College steht.»

«Kennst du denn sein Haus schon?»

«Nein, warum sollte ich?»

«Er kennt ja deines.»

«Klar, weil ich ihn entführt habe.»

«Na sicher doch.» Wieder dieses mädchenhafte Kichern, das sie schlicht perfektioniert hatte. «Dann lass dich aber auf jeden Fall auch mal von ihm entführen. Bist du gar nicht neugierig, wie er wohnt?»

«Nein, denn wir haben ja keine Beziehung.»

Einen Augenblick lang herrschte perplexes Schweigen auf der anderen Seite, dann sagte sie: «Wem willst du *das* denn weismachen?»

Mir, dachte ich bockig. Bockig, weil mit jedem Pinselstrich an diesem Nachmittag meine Entschlossenheit, Magnus nur als Freund zu behalten, mehr zerbröckelt war. Wie doof war ich eigentlich? Der Mann half mir beim Renovieren, der Mann tat trotz seiner Behinderung alles, um mir mit dem Haus zu helfen, er hatte uns aus den wenigen Zutaten, die es in meinen Kühlschrank geschafft hatten, ein einfach einzigartiges Mittagessen gezaubert. Der Mann war Perfektion, und er wollte mich. Und ich?

Ich war bockig.

«Paula, ehrlich?»

«Ja, ehrlich.»

«Ich war noch nicht fertig.»

«Ich weiß, aber ich hab keine Lust auf gutgemeinte Ratschläge. Er ist mein Boss, der Arbeitsvertrag ist unterschrieben, er wird meine Doktorarbeit betreuen. Glaubst du, ich habe Lust darauf, dass mir nachher nachgesagt wird, das sei in Wirklichkeit ja gar nicht *meine* Arbeit, sondern die von Professor Magnus Alexander?»

«Du bist kein Schulmädchen mehr», erinnerte sie mich. «Beziehungen zwischen einem Boss und einer Mitarbeiterin gibt es heutzutage wie Sand am Meer. Himmel, ihr könntet verheiratet sein und trotzdem keine Moralvorstellungen verletzen. Warum tust du dir das an? Du magst ihn doch!»

Auf die vorletzte Frage hätte ich jede Menge Antworten gehabt, aber bei ihrem letzten Satz krepierte jede einzelne dieser Antworten an Verhungern. Ich mochte ihn. Mehr als das. Und er hatte zum Abschied gesagt, dass ich einfach Bescheid sagen sollte, wann ich seine Hilfe wieder gebrauchen könnte. Seine Hilfe. Das umfasste einfach alles. Es umfasste den Sex ebensogut wie die Arbeit mit Pinsel und Farbe. Und das war einfach nicht fair. Ich wollte ihn doch nicht einfach benutzen. Aber er schien danach zu gieren, dass ich ihn benutzte.

Natürlich war das nicht der Fall. Das, wonach er gierte, war etwas ganz anderes. Er wollte in meinem Leben sein. Und ich hatte nicht die Kraft, ihn rauszuschmeißen.

Denn Magnus Alexander hatte mir das Alleinsein mies gemacht.

Großartig.

22

Am nächsten Morgen, einem Samstag, erspähte ich plötzlich, während ich die freiliegenden Wände in meiner Küche strich, durch das Küchenfenster einen Abschleppwagen mit dem Logo einer der Autowerkstätten von Kirkwall, der an der Abzweigung zu meinem Haus anhielt.

Ich hatte niemanden bestellt. Mir saß die Zeit im Nacken, weil ich im Laufe dieses Tages den Kleinwagen der Autovermietung zum Flughafen zurückbringen musste und keine Ahnung hatte, wie ich dann wieder hierher kommen sollte. Irgendwie hoffte ich, dass sich der Mietvertrag noch verlängern ließe, wenn ich dort mit jemandem redete. Es war ja noch lange keine Touristensaison, es konnte doch nicht sein, dass alles ausgebucht war. Ich hätte ja weiß Gott clever genug sein können, dort mal anzurufen, aber die Angst vor einer Absage der Verlängerung saß ziemlich tief. Immerhin stand Ostern vor der Tür, und wenn die Wettervorhersage so gut war wie in diesem Jahr, konnte das schon mal ein ziemlich geschäftiges Wochenende sein. Aber dass die jetzt schon jemanden herschickten, das Auto abzuholen, kam mir auch etwas unwahrscheinlich vor.

Der Abschleppwagen blieb am Abzweig stehen. Ich beobachtete, wie zuerst die Fahrertür aufging, dann aber auch die Beifahrertür. Mir wurde kalt. Eine Werkstatt hätte nur einen Mann hergeschickt. Dass da noch ein zweiter mitkam, war ein schlechtes Omen. Doch die Mietwagenfirma?

Dann sah ich, dass der Beifahrer auf Krücken lief. Magnus. Das Gebirge, das mir bei seinem Anblick vom Herzen fiel, musste er bis dort oben hin hören. Er sagte etwas zu dem anderen, einem bulligen Kerl im Blaumann, und beide lachten.

Ich ging zur Haustür und blickte den beiden entgegen. «Ihr seid aber nicht zufällig wegen dem Mietwagen hier, oder?», fragte ich und verschränkte die Arme vor der Brust.

«Hey.» Magnus kam auf mich zu und küsste mich offen auf den Mund. Ich war so überrumpelt, dass ich es einfach geschehen ließ. Dann reichte der andere mir die Hand.

«Ich bin Rabbie», sagte er im breitesten Glasgower Dialekt, den ich hier oben je gehört hatte, dann rieb er sich die Hände. «Wo steht denn nun das gute Stück?»

Verwirrt wies ich auf den weißen Micra, der mit schlammbespritzten Flanken mitten im Hof stand. War doch nicht zu übersehen.

«Nicht der», lachte Magnus. «Rabbie ist ein Freund von mir. Er ist hier, um sich den Pickup anzusehen.»

«Du willst den mitnehmen?», fragte ich entgeistert. «Der fällt doch auseinander, wenn man ihn bewegt.»

«Deswegen bin ich ja erstmal nur zu Fuß.» Rabbie wies auf das halb zugewachsene Scheunentor. «Darf ich mal schauen?»

Ich ging zur Seitentür. «Geh lieber hier lang. Das Tor kriegt keiner auf.»

«Durch die Tür kriegen wir aber keinen Pickup», mutmaßte Rabbie sehr korrekt.

«Das Tor schaufeln wir frei, wenn wir wissen, ob es sich lohnt.» Magnus wandte sich an mich. «Deswegen steht der Abschlepper auch noch da oben. Er wollte erstmal schauen, ob es lohnt, den hier runterzujonglieren. Deine Zufahrt ist eine Zumutung, meint er.»

«Ach, meint er das, ja?», grummelte ich. War ja nicht so, als müsste ich nicht Prioritäten setzen, worum ich mich als erstes kümmerte.

Rabbie war in der Scheune verschwunden, während Magnus und ich im Hof stehenblieben. Ich wich seinem Blick aus. Himmel nochmal. Eine Nacht ohne ihn, und mein ganzer Körper kribbelte, sobald er in der Nähe war. Aber wie sollte ich ihm das sagen? Wie konnte ich so wenig Durchhaltevermögen zugeben, nachdem ich ihm erst am vergangenen Morgen zu verstehen gegeben hatte, dass ich es für besser hielt, wenn wir nur Freun…

Aus der Scheune drang ein metallisches Poltern, ein Fluch, mehr Poltern. Dann Tritte von innen gegen das Tor, Rabbie ruckelte an den Torflügeln, aber da gab nichts nach. Mit den für Glasgow so typischen farbenfrohen Schmähungen, die gleichermaßen der ganzen Welt oder einer verirrten Maus gelten konnten, duckte er sich durch die Seitentür wieder in den Hof. «Und wie kriegen wir jetzt das vervögelte Tor auf?», knurrte er.

«Du meinst, es lohnt?», fragte Magnus.

«Zumindest sieht es so aus, als könnte ich das Ding in einem Stück auf den Anhänger raufkriegen. Ob der Motor jemals wieder laufen wird, wird sich zeigen, aber da gehen vielleicht Jahre darüber hin. Zum Glück hast du ja Kohle», sagte er breit grinsend zu Magnus.

«Zum Glück bist du mein Freund.»

«Das, mein Lieber, geht über einen Freundschaftsdienst aber meilenweit hinaus.» Dann wandte er sich an mich. «Paula, ja?»

Ich nickte.

Er kratzte sich mit einem ölverschmierten Finger hinter dem Ohr. «Was haste denn eigentlich mit dem schrottigen Mini vor?»

Ich starrte ihn an. «Nicht viel, denke ich, der ist weder zugelassen, noch glaube ich, dass er laufen wird.»

Er wiegte den schweren Kopf hin und her und erinnerte sich jetzt erst daran, die öligen Hände an seiner Hose abzuwischen. «Naja, da würde ich nicht drauf wetten. Der sieht eigentlich noch ganz fit aus.»

Hoffnung machte sich in mir breit. «Glaubst du wirklich, du kriegst den wieder hin?»

Er schnaubte. «Muss sich auch zeigen. Kannste dir das leisten, wenn ich den mal auf die Hebebühne hieve und schaue, was der Unterbau so zu bieten hat? Billig wird das nicht, wenn ich das jetzt übers Wochenende in meiner Freizeit mache.»

«Sie braucht ein Auto», warf Magnus ein. «Das hab ich dir doch gesagt. Über die Kosten reden wir, wenn du ihr den Mini hergerichtet hast.»

«Hast du schon mal von einem Kostenvoranschlag gehört?», knurrte Rabbie ihn an.

Ehe die beiden sich in die Haare bekamen, bemerkte ich: «Wird es denn teurer, als sich was Gebrauchtes zu kaufen? Und meinst du wirklich, du kriegst das bis morgen hin?»

«Kann ich alles nicht so auf Anhieb beantworten, und ne neue Zulassung braucht er dann ja auch noch. Aber deswegen hat der Magnus ja auch …»

«Auf dem Abschleppwagen steht ein Motorroller für dich», unterbrach Magnus ihn. «Der nützt dir zwar nichts für die Wege zur Deponie, aber zum Herumfahren und Lebensmittel einkaufen reicht der erstmal, solange das Wetter hält. Oder dann eben um zur Arbeit zu kommen nach Ostern.» Als ich ihn mit offenem Mund anstarrte, fügte er schnell hinzu: «Gehört meiner Mutter. Gibst ihn mir einfach zurück, wenn du wieder einen eigenen fahrbaren Untersatz hast.»

Der einzige Grund, dass ich ihm nicht voller Dankbarkeit für diese unmittelbare Lösung eines von mir selbst verschuldeten Problems um den Hals fiel, war das melodische Piepen, das in diesem Moment aus seiner Hosentasche drang. Als sei es das Normalste der Welt, reichte er mir eine seiner Krücken, um die Hand frei zu haben und sein Telefon aus der Hosentasche ziehen zu können. Stirnrunzelnd blickte er auf das Display, ehe er es ans Ohr legte. «Nick, mein Lieber, heute ist Samstag, hast du das vergessen?» Ich sah ihm zu, wie seine Miene sich verfinsterte. Der Mann am anderen Ende der Leitung sprach vor Aufregung so laut, dass sogar ich die hastig hervorgestoßenen Worte hören, wenn auch nicht verstehen konnte.

«Okay», unterbrach Magnus ihn schließlich, ohne zum eigentlichen Problem Stellung zu beziehen. «Okay, Nick, gib mir eine Dreiviertelstunde. Ich bin gerade in Cornquoy, aber ich werde mich beeilen … Nein, Nick, ich kann dazu jetzt und von hier aus nichts sagen, ich muss es mit eigenen Augen sehen … Ja, wenn das stimmt, dann ist das eine Riesensauerei und wir werden die Polizei einschalten … Ja, bis gleich.»

Er schob sich das Handy zurück in die Tasche, ehe ich ihm die Krücke wieder reichte. Beim Anblick seiner verkniffenen Miene wagte ich kaum, ihn zu fragen, was passiert war.

«Du müsstest mich nach Stenness fahren», sagte er, und ihm schien die Tatsache, dass irgendeine höhere Macht uns zwang, nun doch wieder Zeit miteinander zu verbringen, noch unangenehmer zu sein als mir. Er kratzte sich im Nacken und blickte zweifelnd auf Rabbie. «Das ist jetzt ganz schön daneben, ich weiß. Ich hab dich umsonst hier rausgelockt.»

Rabbie schürzte die Unterlippe. «Nicht zwangsweise.»

«Ich muss aber weg.»

«Ich hab aber Samstag. Paula, wenn das für dich okay ist, schnapp ich mir Motorsäge, Heckenschere und Spaten aus der Scheune, schneide das Tor frei und hole den Pickup und den Mini da raus, um sie in die Werkstatt zu bringen. Allerdings nur, wenn du mir vertrauen kannst, dass ich da nicht noch anderweitig zugreife.»

Ich hob die Schultern. «Mach du nur, ich hab keine Ahnung, was da drin ist. Wenn du was gebrauchen kannst, nimm es dir. Was weg ist, vermüllt mir nicht mehr das Anwesen.»

«Bist du sicher?»

Ich grinste ihn an. «Weg damit. Und ruf mich an, sobald du ungefähr abschätzen kannst, was das mit dem Mini kostet. Wegen des Pickups musst du dir mit Magnus einig werden, den will immerhin er haben.»

«Was soll er denn damit, der hat doch reichlich», brummte Rabbie kaum verständlich und verkroch sich in der Scheune, ehe ich nachfragen konnte.

Auf dem Weg nach Stenness war Magnus ungewohnt schweigsam. Die ganze Zeit über hatte ich das Gefühl, dass etwas in ihm brodelte und er sich nur mit allergrößter Anstrengung davon abhielt, dass es überkochte. Und das wiederum war der Grund, weshalb ich es tunlichst vermied, ihn mit möglicherweise unangebrachten Fragen aus der Fassung zu bringen. Doch auf Dauer wurde das Schweigen höchst unangenehm, und irgendwie musste ich es brechen.

«Wo ist denn Floyd heute?», fragte ich.

«Bei meiner Mutter.» Er seufzte. «Ich hatte ihnen versprochen, dass es nur für ein paar Stunden ist, und jetzt wird es wer weiß wie lange dauern.» Er sah mich flüchtig an. «Sorry. Keine Sorge. Ich werde zusehen, dass du den Mietwagen rechtzeitig abgibst. Irgendwelche Verspätungskosten übernehme ich.»

«Das brauchst du nicht, es ist ja nicht deine Schuld.»

Er lachte ohne Freude. «Die Archaeological Society wird es kaum übernehmen, Paula.»

«Also ich das Problem beruflicher Natur?»

«Ja.» Kurz, knapp und eindeutig, dass er darüber nicht weiter reden wollte.

«Deine Eltern?», fragte ich irgendwann.

«Was?»

«Du sagtest, du habest ihnen versprochen, nur ein paar Stunden. Sind es deine Eltern, denen du das versprochen hast?»

Er runzelte die Stirn, als müsste er seine Gedanken erst sortieren, dann schüttelte er den Kopf. «Floyd und meiner Mutter. Mein Vater ist gestorben, als ich neun Jahre alt war.»

«Oh. Das tut mir leid.» Ich fürchtete, dass damit das Gespräch erneut austrocknen würde, und fragte: «Hast du die Liebe zur Archäologie von deinem Vater geerbt?»

«Wie kommst du denn darauf?»

«Glaub nicht, dass ich deinen Werdegang nicht kenne. Du hältst den Rekord für den jüngsten Bachelor in Archäologie, den es jemals gab. Mit deinem Doktor hast du die Serie fortgesetzt, du warst einer der jüngsten Inhaber einer Professur, und niemand hat vor dir mit dreiunddreißig ein archäologisches Institut einer Universität geleitet. Rektor des Kirkwall College solltest du auch mit Mitte dreißig schon werden.»

«Ja, aber dann hab ich mein Bein verloren, und der Schnellzug hat diese Notbremsung schlecht vertragen», sagte er trocken.

«Ich hasse es, dir das immer wieder sagen zu müssen, aber du hast das Bein noch.»

«Es ist ziemlich nutzlos.»

«Magnus.»

Er sah mich an.

«Tu das nicht.»

«Was?»

«Die Hoffnung aufgeben. Das steht dir nicht gut zu Gesicht. Du bist so ein positiver Mensch. Du solltest das auch dir selbst gegenüber sein.»

Daraufhin schwieg er eine Weile, starrte zum Fenster hinaus. Wir erreichten Stenness, das man nur am Ortsschild als eine Siedlung erkannte. Die Häuser waren weit über die baumlose Landschaft verstreut, der See Harray schnitt tief ins Land ein, und bekannt war Stenness in erster Linie für die ehemalige Wassermühle, in der seit Jahren das Besucherzentrum für die hier befindlichen Sehenswürdigkeiten untergebracht war. Das Hünengrab von Maes Howe, der Steinkreis von Brodgar, ein paar einzelne Steinmonumente und seit neuestem die riesige Ausgrabung am Ness. «Wohin fahren wir?», fragte ich, als wir Maes Howe und die alte Mühle passierten und der Abzweig nach Brodgar in Sicht kam.

«Biege hier ab. Wir fahren zum Steinkreis.»

Das überraschte mich. Es dürfte ja kaum der Fall sein, dass jemand einen der uralten stehenden Steine umgeschmissen hatte. Ich hatte überlegt, dass jemand über Nacht vielleicht versucht hatte, in das Hünengrab einzubrechen oder so etwas. Das hatte es früher schon manchmal gegeben. Selten, aber es kam vor, wenn auch üblicherweise nicht von Erfolg gekrönt. Aber der Steinkreis? Vielleicht war die Umzäunung zerstört worden, oder jemand hatte Baufahrzeuge bei den Sicherungsarbeiten am Ufer des Loch Harray beschädigt. Aber dann würde doch die Baufirma alarmiert werden, nicht der Chefarchäologe?

«War dein Vater auch Archäologe?», nahm ich den Faden von vorhin wieder auf.

«Mein Vater war Anwalt. Er war Däne, stammte aus einer Familie, die in Skandinavien einen sehr berühmten Namen hatte. Fast seine ganze Karriere lang verteidigte er nur in den ganz großen Fällen und verdiente eine Menge Geld damit. Als er dann auch noch von seinem Onkel, dem älteren Bruder seines Vaters, das beachtliche Familienvermögen erbte, das aus einem in Dänemark sehr viel beachteten Adelstitel resultiert, setzte er sich zur Ruhe, heiratete und kaufte sich ein Anwesen in der Nähe von Kirkwall.»

Wir erreichten den Parkplatz. Ein einsamer SUV stand dort, und als ich aus dem Micra stieg, sah ich einen einzelnen Mann, der zwischen den Steinen des Kreises herumlief. Nick, ich erkannte ihn von jenem Tag am Ness. Magnus stieg ebenfalls aus.

«Warum Kirkwall?», fragte ich, als die Zentralverriegelung einschnappte.

«Er hatte eine Schwäche für alles, was mit den Wikingern zusammenhing. Er war zwar kein Archäologe, wäre aber seinerzeit gern einer geworden. Er durfte nicht, sein Großvater hielt es für sinnlose Zeitverschwendung. Also verbrachte mein Vater drei Viertel seines Lebens damit, sich mithilfe des Familiennamens zu einem Staranwalt zu machen, und sobald er konnte, ließ er seine Karriere fallen.»

«Aha. Aber du hast die Liebe zur Archäologie trotzdem nicht von ihm geerbt?»

«Nein, Paula, habe ich nicht. Man kann keine Liebe erben, die man nicht besitzt.»

Beinahe erschrocken blieb ich mitten im Schritt stehen. «Was?» Ich erinnerte mich daran, wie er mit den Leuten am Ness die Tagesfunde begutachtet hatte. Ich erinnerte mich an sein Büro. Ich erinnerte mich an seine Fragen, seine Antworten, und an jedes verdammte von ihm veröffentlichte Wort, das ich jemals gelesen hatte. Aus alldem sprudelte eine Form von Wissen, die man sich nur mit Leidenschaft aneignen konnte. Dass er behauptete, er würde die Archäologie nicht lieben, war das Letzte, womit ich in diesem Augenblick gerechnet hätte.

Er blieb ebenfalls stehen, drehte sich halb zu mir herum und lachte, es wirkte traurig. «Wenn du heute Abend mit mir im Pub das, was wir hier gleich erleben werden, in einer ordentlichen Menge Alkohol mit mir zusammen ertränkst, erreiche ich vielleicht einen Zustand der Benebelung, der es mir erlaubt, dir ganz genau darzulegen, wie ich zu dem Kerl geworden bin, der ich heute bin. Diesem berühmten Professor der Archäologie, der all das in Rekordzeit erreichte, der die Archäologie aber gar nicht liebt. Der viel lieber wie sein Kumpel Rabbie eine eigene Autowerkstatt hätte, in der er uralte Fahrzeuge renoviert und wieder zum Laufen bringt.»

Warum nur fiel es mir so schwer, ihm das zu glauben? Aber die Zeit für Fragen war zu Ende, Nick hatte uns erspäht und kam uns entgegen. «Der da», sagte er über das Pfeifen des Windes hinweg, als noch etwa zwanzig Schritte Abstand zwischen uns lagen. Er wies auf einen der gewaltigen Monolithen, die seit dreitausend Jahren diesem ewigen Wind trotzten. Das ruppige Moorgras bog sich so tief, dass es fast flach lag. In Sichtweite von uns befand sich die großflächige Ausgrabung des Ness of Brodgar.

Nick bemerkte meinen Blick und schnaubte abfällig. «Ganz genau. Diese Idioten haben gewartet, bis Wochenende ist und keiner auf der Ausgrabung da drüben arbeitet. Dann haben sie zugeschlagen.»

«Wer hat was zugeschlagen?», fragte ich. Magnus war schon weitergegangen, erreichte gerade den Stein, auf den Nick gezeigt hatte. Er lehnte eine der Krücken dagegen und strich mit der freigewordenen Hand beinahe zärtlich über die Rundungen und Unebenheiten des Steins.

«Jemand hat in der Zeit zwischen sechs gestern Abend und sieben heute früh Runen in den Stein geritzt.»

«Wer macht denn sowas?» Es sollte eine einfache Frage sein, aber in mir steckte eine Archäologin aus purer Leidenschaft. Den Stein zu streicheln, wie Magnus es tat, dazu wäre ich nicht in der Lage gewesen. Das, was Nick sagte, brachte mich trotzdem auf die höchste Palme, die die Welt je gesehen hatte. Ich hätte den Stein getreten, wenn ich nahe genug gewesen wäre, obwohl der ja nun der Letzte war, der etwas für seine Schändung konnte.

«Ja, das gilt es herauszufinden.» Wir machten uns langsam auf den Weg zum Stein und beobachteten, wie Magnus sich vorbeugte, mit den Fingern etwas nachstrich, sich aufrichtete und sein Handy zog. «Die wollten es so aussehen lassen, als seien die Gravuren von den Wikingern gemacht und nie zuvor entdeckt worden», sagte Nick leise zu mir. «Meine Expertise ist neolithisch, ich kann die Runen nicht entziffern, aber Magnus liest die Dinger wie ein Buch.»

Ja, das überraschte mich nicht. Er hatte mehrere kurzgefasste wissenschaftliche Broschüren und einen herrlichen dicken Bildband zum Thema Runen veröffentlicht. Es gab keinen größeren Experten auf diesem Gebiet als ihn.

Wir erreichten den Experten. Magnus lehnte sich gegen den Stein wie an die Schulter eines alten Freundes und prüfte die Fotos, die er mit dem Handy gemacht hatte. «Ich geb gleich noch eine Anzeige auf dem Revier in Kirkwall auf.»

«Gegen wen?», fragte Nick.

«Gegen Unbekannt.» Magnus zuckte mit den Schultern und blickte hinunter auf die Schändung. Ich folgte seinem Blick. Jetzt war es mein Innenleben, das brodelte und kochte, und am liebsten hätte ich Finger- und Fußabdrücke genommen und mich auf Mörderjagd begeben. Magnus hingegen war jetzt ganz ruhig. Ich versuchte, die Runen zu entziffern. Das Lesen von Runen hatte ich schon in meiner Schulzeit gelernt, aber entweder ergab diese Zeichenfolge hier überhaupt keinen Sinn, oder ich war schlicht eingerostet. Man sah in London nicht so oft nordische Runen.

«Kannst du es lesen?», fragte ich Magnus.

«Es ergibt keinen Sinn.»

«Was soll das heißen?», wollte Nick wissen.

«Das soll heißen, dass wir es hier vermutlich mit nicht mehr als einem Dumme-Jungen-Streich zu tun haben. Und das ärgert mich noch mehr, als wenn es Erwachsene gewesen wäre. Wir zeigen das an, aber es wird ins Nichts laufen. Ich schätze, ein paar Kids haben in einem Buch Runen entdeckt und die hierher kopiert, aber in der falschen Reihenfolge oder eben einfach die Linien falsch angeordnet. Keine Ahnung, sie ergeben keinen Sinn.» Er seufzte und grub die Finger seiner Linken durch sein vom Wind sowieso schon zerzaustes Haar. Am liebsten hätte ich es geglättet und ihn getröstet. Auf dem Weg hierher war er wütend gewesen. Jetzt sah er einfach nur noch traurig aus. «Mir scheint, wir müssen mal wieder in die Schulen gehen und das Bewusstsein unserer kommenden Generation für das Erbe schärfen, mit dem sie es hier zu tun haben. Dann passiert sowas nicht.»

Der andere Mann nickte versonnen. «Ich sprech mit Deborah darüber, sie soll sich was einfallen lassen.»

«Gut. Paula?»

Ich hatte noch einmal die eingeritzten Linien und Punkte betrachtet und blickte auf. «Ja?»

«Komm, lass uns zum Flughafen fahren.»

Verstört sah Nick mich an. «Sie fliegen wieder weg? Ich dachte, Sie haben die Doktorandenstelle …»

Ich lächelte ihn an. «Nur das Auto zurückgeben. Es ist ein Mietwagen.»

«Oh, na dann hoffe ich, dass Sie was anderes in petto haben. Sie wissen vermutlich, wie mies das hier mit den Öffentlichen ist.»

«Wem sagen Sie das.»

23

Magnus leitete mich zunächst zu Rabbies Autowerkstatt, um dort seinen Peugeot abzuholen. Als wir ankamen, standen die Tore weit offen, und aus dem Allerheiligsten drangen Hammerschläge. Magnus schien erstaunt, dass Rabbie schon wieder hier war. «Lust, mit reinzukommen?», fragte er. «Ein bisschen Zeit haben wir noch, oder?»

Ich blickte zur Uhr. «Ein bisschen.» Außerdem war ich neugierig. Im Hof des Anwesens parkte der Abschleppwagen und daneben, im Sonnenlicht kaum wiederzuerkennen, der alte Pickup. Noch rostiger übrigens, als er in der Scheune ausgesehen hatte, aber mir entging nicht das faszinierte Aufleuchten von Magnus Alexanders hellen Augen.

Eine halbe Minute später erkannte ich begeistert, dass das Metall, auf dem Rabbie so energisch herumhämmerte, zu Granny Doras Mini gehörte. Der kleine rote Flitzer stand auf der Hebebühne und Rabbie darunter. Durch den Nebel aus feinsten Öltröpfchen sah er uns kommen und ließ die Hand mit dem Hammer sinken. «Hey ihr zwei», begrüßte er uns. «Der Unterboden ist noch richtig gut. Deine Großmutter hat den ordentlich mit Rostschutz behandeln lassen, sonst hätte die Kiste das Wetter nicht so gut überstanden.»

«Das heißt, du kriegst den wieder hin?», fragte ich hoffnungsvoll.

«Die Batterie ist natürlich hinüber, ich hab den Motor nur mit Starthilfekabel ans Laufen bekommen. Klang etwas stotterig, aber ich glaube, da braucht es nur ein bisschen Feinjustierung. Ich würde aber an deiner Stelle die Roststellen an der Karosserie behandeln und dem Wägelchen einen neuen Anstrich verpassen, sonst bricht er irgendwann auseinander.»

«Kannst du das hier bei dir machen?»

«Klar, kann ich, aber das muss in mehreren Etappen passieren.»

«Das macht nichts, Hauptsache ich hab ein Auto. Du sagst also, ich kann am Montag die Zulassung beantragen?»

«Mach langsam, Lassie.» Beschwichtigend hob er beide Hände. «Ich geb dem Kleinen mal einen gründlichen Check und prüfe auch gleich die Abgaswerte und alles. Sonst rollen die dich beim MOT rückwärts wieder raus und zeigen dir einen Vogel, wenn wir da herumschlampern. Ich ruf dich morgen im Lauf des Tages an, okay?»

«Super, das klingt toll.» Ich sah mich zu Magnus um. Der war neben dem Pickup stehengeblieben, öffnete mit äußerster Vorsicht die Fahrertür, als habe er es mit einem rohen Ei zu tun, und beäugte das Innere der Fahrerkabine. Rabbie wischte sich die öligen Hände an einem dreckigen Tuch ab und kam zu mir. Beide beobachteten wir den Herrn Professor. «Schenkst du ihm den etwa?», fragte Rabbie murmelnd.

«Na, ich hab keine Verwendung dafür.»

Er schnalzte mit der Zunge. «Ich hab Magnus selten so von etwas eingenommen gesehen.»

Das konnte ich nicht behaupten. Ich fand, dass er bei der Ausgrabung am Ness genauso eingenommen ausgesehen hatte, und dass ihm das, was am Steinkreis passiert war, so richtig heftig an die Nieren ging. Magnus Alexander, so schien es, interessierte sich für die Dinge entweder ganz oder gar nicht. Es gab keine Grauschattierungen.

«Du machst ihm eine echte Freude», kommentierte Rabbie. «Da müssen wir zusehen, dass er nicht seine Arbeit am College schleifen lässt, um so oft wie möglich hier mit Hand anzulegen, wenn ich das Ding restauriere.»

«Dürfte er das denn?», fragte ich perplex. «Hier in deiner Werkstatt herumhantieren?» Immerhin gab es so etwas wie Health & Safety Regeln, denen sich jeder Unternehmer zu unterwerfen hatte, und eine Autowerkstatt mit ihren Hebebühnen und schwerer Maschinerie war nun wirklich kein Arbeitsplatz mit niedrigem Risiko.

Er sah mich an. «Magnus ist ein Freund, und seit dem Unfall ist er nicht mehr derselbe. Ich würde ihn vielleicht die eine oder andere Verzichtserklärung unterzeichnen lassen, um mich selbst abzusichern. Aber ihn hier reinlassen? Hundert Pro. Alles, was den Mann aus seiner Depression herausholt. Was er braucht, ist ein Grund, wieder auf die Beine zu kommen. Auf *beide* Beine. Ihn in Watte zu packen ist das Letzte.»

«Depression?»

«Hat er dir eigentlich irgendwas über seinen Unfall erzählt?»

Ich schüttelte den Kopf.

«Dachte ich mir. Wir hier wissen natürlich, was passiert ist, aber man spricht da nicht drüber. Wenn, dann muss er es dir selbst sagen, und solange er das nicht tut …»

«… solange bin ich ihm nicht wichtig genug, meinst du?»

Er schnaubte. Magnus zog seinen Oberkörper aus der Fahrerkabine zurück und drehte sich zu uns um. Er klopfte auf sein Handgelenk, um mir zu signalisieren, dass es an der Zeit war. «Eher *zu* wichtig, Lassie», sagte Rabbie an dem falschen Lächeln vorbei, das in seinen Mundwinkeln klebte. «Ich nehme an, er befürchtet, dass du dich von ihm zurückziehst, wenn du es herausfindest.»

«Na das klingt ja vielversprechend», knurrte ich, ließ den Autoschlüssel des Mietwagens um meinen Zeigefinger kreisen und bedeutete Magnus, dass er losfahren solle, wir würden uns auf dem Parkplatz des Flughafens treffen. Als er sich in seinen Peugeot zwängte, den Motor anließ und langsam vom Hof rollte, wandte ich mich noch einmal Rabbie zu. «Ich weiß nicht, was wichtiger wäre. Dafür zu sorgen, dass er seine Arbeit am College nicht schleifen lässt, oder dafür zu sorgen, dass er etwas tut, was er wirklich tun will.» Ich dachte daran, wie er mir erzählt hatte, dass Archäologie nun wirklich nicht seine große Liebe war, und irgendwie schien das zu dem zu passen, was Rabbie sagte. Aber die Puzzleteilchen rutschten nicht richtig ineinander. Etwas fehlte noch. Ein bisschen Information, eine Feile, die die Teile so zurechtstutzte, dass sie passten.

«Das am College ist sein Job», erwiderte Rabbie ernst. «Er würde sich im Leben nicht verzeihen, wenn er da was schleifen lässt. Dann rutscht er erst richtig in die Depression rein, aus der er gerade erst rauszuklettern beginnt. Versteh mich nicht falsch.» Er wischte sich mit dem Handrücken über die Wange und hinterließ eine Ölspur. «Er ist ein echt guter Freund, wir kennen uns schon eine ganze Weile. Der Mann versteht was von Motoren, das kann ich dir sagen, er hat schon so manches abgewrackte Teil ans Laufen gebracht. Ich würde ihm ohne Zögern einen Job hier in der Werkstatt geben, wenn ich nicht glauben müsste, dass das alles nur schlimmer für ihn macht.»

«Eine Arbeit, die ihm Freude bereitet?», fragte ich ungläubig. «Wie kann das etwas schlimmer machen?»

Er stopfte sich das dreckige Tuch in den Gürtel und winkte mich weg. «Troll dich, fahr ihm nach. Wenn du viel später als er ankommst, wird er wissen, dass wir noch geschwatzt haben, und dann käme ich ganz schnell in Erklärungsnot.»

«Du? Warum nicht ich?»

«Weil Magnus Alexander in allererster Linie ein Gentleman ist, Lassie. Der würde niemals eine Frau mit etwas beschuldigen, das er genausogut einem Kerl anhängen kann.» Rückwärts ging er zum offenen Tor seiner Werkstatt zurück und winkte mir zum Abschied zu.

24

«Ich fahr dich nach Hause», sagte Magnus, als sie das Flughafengebäude auf dem Weg zum Parkplatz durchquerten. Paula hatte die Autoschlüssel und den ganzen Papierkram abgeliefert. Die junge Frau am Mietwagenschalter hatte sie schräg angesehen und bereits Luft geholt, zweifellos um etwas von Gebühren zu faseln, die fällig wurden, wenn ein Wagen mit Verzögerung abgeliefert wurde. Immerhin musste man das Auto reinigen und prüfen, ehe man es wieder vermieten konnte, und der Wagen war am nächsten Tag wieder gebucht. Doch dann war Magnus ins Gesichtsfeld der Frau gerollt. «Guten Tag, Susan.»

Mehr hatte er nicht sagen müssen. Nur direkt neben Paula anhalten, so nah, dass ihr Ellenbogen ihn an der Schulter berührte. Er hatte gespürt, wie sich alles in Paula dagegen auflehnte, sich in dieser Situation von ihm raushauen zu lassen, aber er war nicht gewichen.

«Oh, hey, Magnus, wie geht es dir?»

«Kann nicht klagen, und selbst?» Mit einem vielsagenden Blick ins Terminalgebäude hatte er hinzugefügt: «Ist ja gar nicht viel los bei euch, dafür, dass Ostern ist.»

Mit verkniffener Miene hatte Susan die Papiere sortiert und gestempelt. «Geht ja auch schon auf Feierabend zu», hatte sie gesagt und noch einmal giftig auf Paula geschaut. «Die nächsten Buchungen kommen morgen früh an. Kurzurlauber und so, du kennst das ja.»

«Sicher.» Gewinnend hatte er sie angelächelt, und sie hatte sich jeden weiteren Kommentar verkniffen und Paula lediglich einen *Guten Tag* gewünscht.

«Das wäre nicht nötig gewesen», sagte Paula jetzt, ohne auf sein Angebot, sie nach Hause zu bringen, einzugehen.

«Dann hätte Susan dich geschröpft», bemerkte er.

«Sie hätte das Recht auf ihrer Seite gehabt. In den Unterlagen wird darauf hingewiesen, dass …»

«Ich kenne Mietwagenunterlagen, Paula, und es gibt immer einen Ermessensspielraum.»

«Und sie hat ja gar keine Wahl, als diesen bis zum Schluss auszureizen, wenn ein Mann, den sie noch dazu kennt, im Rollstuhl vor ihr steht. Das nennt man politisch korrekt.»

«Oder man nennt es *Eine Hand wäscht die andere*. Susan könnte ja durchaus auch mal in die Lage kommen müssen, dass sie von mir einen Gefallen braucht. Dann würde sie sich auf sehr dünnem Eis bewegen, wenn sie mir einen solchen Gefallen mal abgeschlagen hätte. Also, soll ich dich heimfahren?»

In der Glastür nach draußen blieb sie stehen und sah auf ihn herab. «Nein, Magnus, danke, das ist nicht nötig. Ich könnte mir, wenn ich nach Hause wollte, ein Taxi nehmen.»

«Das heißt, dass du nicht nach Hause willst?»

«Zuhause wartet nur noch mehr und mehr Arbeit auf mich, und du hast mir versprochen, dass du mir erzählst, wie du zur Archäologie gekommen bist, wenn wir uns mal auf einen Whisky in einem Pub treffen. Es ist Samstag, und es wird bald dunkel. Der perfekte Zeitpunkt, oder?»

Er rollte über die Zufahrtsstraße hinüber auf seinen Wagen zu. «Komm erst noch mit zu mir. Von meinem Haus aus ist eine nette kleine Kneipe fußläufig erreichbar, dann brauche ich dort keine Parkbucht blockieren.»

Sie zögerte kurz, dann stieg sie neben ihm ein. Das war einfach, dachte er, er hatte mit deutlich mehr Widerstand gerechnet, wenn er die Frau, die keine Beziehung mit ihm wollte, einlud, ihn nach Hause zu begleiten. Aber sein Herz klopfte ihm in der Kehle, als er darüber nachdachte, wie sein Anwesen auf sie wirken würde. Denn sie war nicht wie alle anderen.

Sie war so, wie Alison gewesen war.

Verdammt, er wollte nicht an Alison denken. Alison war der Grund, weshalb er genau wusste, warum Paula tat, was sie tat. Er hatte es selbst monatelang getan. Mittlerweile war es die Arbeit, die seine Gedanken ausreichend betäubte, aber Paula hatte jahrelang keinen Zugang zu dieser Art von Betäubung gehabt. Nach Ostern würde sie für ihn arbeiten, und vielleicht hatte dann auch sie keinen Grund mehr, Gedanken betäuben zu müssen.

«Wo fahren wir hin?», fragte sie, als er am Ende des Wohngebietes östlich vom Campus in den schmalen Privatweg einbog, der zu seinem Haus führte. Eine der wenigen größeren Parkanlagen der Stadt mit ausgewachsenem Laubbaumbewuchs schirmte das Anwesen von Blicken ab, und die hüfthohe Mauer aus Bruchsteinen, die diesen Park umschloss, wirkte einschüchternd genug, dass die Zufahrt nicht mal durch ein Tor geschützt werden musste. Nach wenigen Metern hörte der Asphalt auf und machte rundkörnigem Schotter Platz.

«Zu mir», sagte er.

«Hier drin wohnst du?»

Er warf ihr einen Blick zu. «Bist du denn schon mal im East Park gewesen?»

Sie schüttelte vehement den Kopf. «Wie denn? Privatanwesen und so.»

Versonnen nickte er. «Ja. Seit mein Vater vor vierzig Jahren dem Tourismusverband das Haus und den Park wieder abgeluchst hat.»

«Abgeluchst?» Ihre Augen wurden riesig, als sich die Bäume zu einem Rund lichteten und am Ende des Weges das Haus in Sicht kam. Plötzlich wurde sie ganz zappelig. Die Historikerin drängte nach draußen. Sie wollte unbedingt anfassen, was sie mit kundigem Blick gleich als originales Mauerwerk aus dem siebzehnten Jahrhundert erkennen musste.

«Mein Vater war Anwalt», erklärte er, was er ihr schon einmal gesagt hatte. «Er hat Schlupflöcher gefunden, wo andere nicht mal ein Nadelöhr sahen, außerdem hatte er mehr Geld, als es für einen einzelnen Mann gesund war. Der Tourismusverband hat das Anwesen irgendwann in den sechziger Jahren geschenkt bekommen, aber hatte in all den Jahren und Jahrzehnten kein Geld, es wenigstens so weit herzurichten, dass man Urlauber darauf loslassen konnte. Es gab hier nichts zu sehen oder zu holen, als mein Vater zuschlug. Genaugenommen war es ganz schön heruntergekommen, und er hat Unmengen von Geld in die Restauration des Anwesens gepumpt.»

Kaum hatte er angehalten, als Paula bereits nach draußen sprang. Aber statt sich sofort auf das Haus zu stürzen, blieb sie ehrfürchtig starrend neben seinem Auto stehen. Ihre Nasenflügel blähten sich, als würde sie den Atem längst vergangener Jahrhunderte in sich einsaugen.

Wie Alison.

Dann, ohne zu fragen, ob ihm das überhaupt recht sei, öffnete sie die Hecktüren des Wagens und holte seinen Rollstuhl heraus, brachte das Gefährt zur Fahrertür, und er schaffte es nicht, ihr das auszureden. Es fühlte sich einfach gut an, von Zeit zu Zeit auch mal ein bisschen umsorgt zu werden, vor allem dann, wenn der Umsorger es tat, ohne viel Federlesens drum zu machen. «Immerhin hatte dein Vater Geschmack», sagte sie, als sie ihm in den Rollstuhl half. «Soll ich den Wagen irgendwo in die Garage fahren oder so?»

Er schüttelte den Kopf. «Ich weiß, passt hier nicht vors Haus, aber manchmal nervt mich die Bude nur, und ich brauche ein wenig moderne Technologie, wenn ich aus dem Fenster gucke.» Er wies zu der kleinen Pforte, die in die Gartenmauer eingelassen war. «Da geht es zur Rückseite. Ich habe einen Lift für den Rollstuhl außen anbringen lassen, da mir die Denkmalbehörde verbietet, das Innere so zu verändern.»

Der Weg war holprig und feucht vom letzten Regen. Als Paula die Gartentür aufstieß, kam ihnen Floyd schwanzwedelnd entgegen und ließ sich bereitwillig von Paula den Nacken kraulen. Dann rannte er voraus, hinauf auf die Terrasse, und kam mit einem Gummiknochen im Maul zurück.

«Nicht jetzt», beschied Magnus ihm, und dann, an Paula gewandt: «Wie es aussieht, hatte meine Mutter irgendeine Verpflichtung und hat ihn nach Hause gebracht.» Er steuerte den Rollstuhl auf die Rampe und drückte einen Knopf, der das Gefährt auf Terrassenhöhe hochzog.

«Deine Mutter wohnt nicht mit hier?», fragte Paula.

Er schüttelte den Kopf. «Sie ist ausgezogen, sobald ich alt genug war, selbst für mich zu sorgen. Meinte, sie erträgt das keinen Tag länger, all die Erinnerungen an meinen Vater. Da war er knapp zehn Jahre tot. Aber sie lässt es sich trotzdem nicht nehmen, fast täglich herzukommen, um mir in mein Leben reinzureden. So schlimm ist das mit den Erinnerungen vielleicht doch nicht.» Er zwinkerte ihr zu.

«Erinnerungen können verblassen», gab Paula zu bedenken. «Vielleicht kann sie inzwischen leichter damit umgehen, und vielleicht zieht sie ja irgendwann wieder ein. Für einen einzelnen Mann ist das hier doch viel zu groß.» Sie blickte an der Rückseite des Hauses hinauf, bewunderte die Türmchen, die kunstvoll aus dem Sandstein gehauenen Fenster, die steinernen Figuren an den Regenrinnen. «Steht das unter Denkmalschutz?»

Er lachte leise. «Natürlich. Was es etwas schwierig macht mit den Modernisierungen. Einen richtigen Aufzug durfte ich nicht einbauen. Alles außer dem Erdgeschoss steht heutzutage leer und ungenutzt.» Er wies auf die Hebebühne. «Das war alles, was man mir zugestehen wollte.»

«Ist ja auch besser so. Wenn du wieder beide Beine gebrauchen kannst, würdest du dich nur ärgern, das Haus mit einem richtigen Aufzug verschandelt zu haben.»

Lange sah er sie an. Warum nur tat es weh, wenn sie davon redete, dass er beide Beine wieder würde gebrauchen können? Wenn andere das sagten, ärgerte er sich kurz über die Unwissenheit und ignorierte es dann. «Das wird nicht passieren, Paula», sagte er leise. Dann stieß er die Tür ins Innere auf und bedeutete ihr, hineinzugehen.

25

Das Haus hätte ein Museum sein sollen. Stellte sich nur die Frage, Museum für wen oder was? Nicht einmal in Kirkwall war es ein bekanntes Gebäude, war von keinem überragenden Architekten er- oder umgebaut worden, war niemals das Zuhause einer politisch oder wirtschaftlich wichtigen Familie gewesen. Es war einfach da, und aus irgendeinem Grund hatte es die Zeit überlebt, der die meisten alten Herrenhäuser auf Orkney zum Opfer gefallen waren.

Magnus machte uns Kaffee, den wir in einem gläsernen Anbau aus viktorianischer Zeit tranken, der kaum groß genug für einen kleinen runden Tisch und zwei Gartenstühle war. Die Sonne schien, aber von den Blättern an den Bäumen im parkähnlichen Garten rollten noch letzte Regentropfen. Floyd tollte mit seinem Gummiknochen im nassen Gras herum. Wir redeten über mein Cottage am Meer, über meine nächsten Pläne zur Renovierung und wie ich das weiter durchziehen wollte, wenn ich nach Ostern zu arbeiten begann. Aber ich hatte ja keine Familie. Ein Arbeitstag hatte maximal neun Stunden. Da blieb noch genug Tageslicht, um jeden Tag ein bisschen was am Haus zu machen. Am meisten grauste es mir vor dem Moment, an dem ich nicht mehr umhin konnte, als mich an die Entrümpelung der Scheune zu machen.

Magnus trank seine Tasse aus. «Jetzt hast du da drin aber schon mal viel mehr Platz, wo die beiden Autos weg sind. Und ich schätze mal, Rabbie hat dich auch noch um das eine oder andere Großgerät erleichtert. Ich wüsste nichts, was der Mann nicht gebrauchen kann.»

Ich lachte ein wenig. «Wenn ich nur wüsste, wie ich dir dafür danken kann, dass du mir Rabbie gebracht hast. Der könnte sich zu meinem Lebensretter mausern.»

Er musterte mich mit einem Blick, der besagte, dass ihm der eine oder andere Weg zur Dankesbekundung durchaus einfallen würde. Und dass er es zu schätzen wüsste, wenn ich auch *ihn* zu meinen Lebensrettern zählen könnte. Aber stattdessen sagte er: «Wenn du Lust hast, sieh dich gern im Haus um. Mich findest du in der Bibliothek.»

«Umsehen? Allein? Machst du dir keine Sorgen um deine Privatsphäre?» Dabei konnte ich meine Begeisterung, auf eigene Faust dieses Juwel von einem Haus zu erkunden, kaum zügeln.

«Ich kenne dein Cottage in all seiner Rümpeligkeit», bemerkte er trocken. «Du hast mich auch nicht an deine Privatsphäre erinnert.»

Ich brachte die Kaffeetassen in die Küche und stellte sie in die Spülmaschine, aber ehe ich meinen Erkundungsgang begann, küsste ich Magnus zart auf die Lippen. «Kann ich dir noch was in die Bibliothek bringen?»

«Ich bin kein Invalide, Paula.»

«Ich weiß.»

Das erste, was mir auffiel, war das Fehlen von riesigen Florteppichen auf den Böden und dunklen Holzvertäfelungen an den Wänden, beides Dinge, die in solchen alten Herrenhäusern schnell für eine erstickende, muffige Atmosphäre sorgten. Ich nahm an, dass Magnus selbst es gewesen war, der im Rahmen der Auflagen durch eine überstrenge Denkmalschutzbehörde mit sanfter Hand alles das renoviert und modernisiert hatte, was unter der Leitung seines Vaters noch ziemlich nah am Original geblieben sein mochte. Keiner der Räume wirkte, als sei das letzte Update des Dekors mehr als zehn Jahre her. Zwar waren die dunklen Holz- und Parkettböden der Zimmer vermutlich mindestens so alt wie der Glasanbau, aber die Wände waren in einem freundlichen, sahnigen Weiß gestrichen und verliehen genug Helligkeit, um sich wohlzufühlen. Schottenkarierte Teppiche, Decken oder Vorhänge suchte man hier vergebens. Die Möbel waren alt, aber gepflegt. Im Korridor lagen Schuhe herum, und der Jackenständer quoll über. Das war aber der einzige Raum, dem man das Fehlen einer weiblichen Hand im Haushalt anmerkte. Ganz leise, damit er es nicht hörte, stellte ich die Schuhe ins Regal und nahm mir vor, dass ich, wenn ich ein Zimmer mit einem Ankleideschrank finden würde, einige der Jacken und Mäntel dort hinbringen würde. Vermissen würde Magnus kaum etwas, das er bald sowieso nicht mehr brauchte, wenn der Sommer Einzug hielt.

Es gab ein Esszimmer mit einem Tisch für bis zu sechzehn Personen, hohen Sprossenfenstern mit weinroten Samtvorhängen und hochlehnigen Stühlen, auf denen vermutlich seit Jahren keiner mehr gesessen hatte. Staub lag auf allen waagerechten Oberflächen. In einem bestimmt zweihundert Jahre alten Schrank mit Glastüren wartete weißes Porzellangeschirr auf seinen

Einsatz - Geschirr, dessen modernes Design mit dem Mobiliar des Raumes kontrastierte.

Auch die beiden Badezimmer des Erdgeschosses, in die ich kurz hineinschaute, waren hochmodern eingerichtet und ausgerüstet. Keines von beiden jedoch war für einen Menschen konzipiert, der nur auf einem Bein gehen konnte, also vermutete ich, dass das Schlafzimmer des Hausherrn noch ein eigenes Bad hatte. Ich fand einen Salon mit einem ebenfalls leicht eingestaubten Konzertflügel, konnte mir aber beim besten Willen nicht vorstellen, dass Magnus Klavier spielte. Wann sollte er das denn auch noch tun, neben seiner zeitaufwändigen Arbeit am Institut und seinem Interesse für Autos? Ein weiterer Salon war so groß wie ein verdammter Ballsaal aus der Regency-Periode und bis auf zwei göttliche Kronleuchter gähnend leer, aber auch dieser Raum war in derselben hellen Wandfarbe gestrichen wie alle anderen. Hier war das Parkett hell und hochglanzversiegelt, und die Fenster reichten vom Boden bis zur Decke und hatten keine Vorhänge. Wäre es draußen dunkel gewesen, hätte ich den Lichtschalter betätigt, nur um mich zu vergewissern, dass das Licht von der goldenen, glitzernden Qualität war, die ich mir für einen solchen Saal vorstellte.

Hinter einer angelehnten Tür fand sich ein Büro, der Schreibtisch so von Papieren belegt wie der, an dem Magnus im College saß. Ein Stuhl stand nicht am Schreibtisch, also dürfte der Hausherr diesen Raum intensiv nutzen. Dahinter führte eine Tür in den schlecht beleuchteten Gang eines Seitenflügels, in dem eine weitere Tür weit offen stand. Ein Schrank mit Laken, Handtüchern und solchen Dingen. Eine weitere Tür war angelehnt, strahlend weißes Dekor und Porzellan verrieten ein Bad. Die anderen beiden Türen waren zu. Schlafzimmer, nahm ich an und verließ den Gang wie-der. Da ich mir fest vorgenommen hatte, ab sofort eine rein freundschaftliche Beziehung mit diesem Mann zu führen, wäre der Anblick seines Schlafzimmers Gift.

Die Küche mit dem kleinen Essbereich und dem Durchgang zum Anbau kannte ich bereits. Es gab im Erdgeschoss nur noch einen Raum, den ich noch nicht betreten hatte. Auch hier war die Tür angelehnt, und leise Musik drang zusammen mit dem unverkennbaren Duft alter Bücher heraus. Die Bibliothek, also, in die Magnus sich zurückgezogen hatte. Aber ich war ja noch nicht fertig. Das nach oben weit offene Foyer wurde von einer gewaltigen Freitreppe aus dunklem Holz beherrscht, auf der man sich ohne weiteres eine Szene zwischen Scarlett O'Hara und Rhett Butler ausmalen könnte. Zu zwei Seiten führten Balustraden um den prächtigen Kronleuchter herum, die vermutlich Zugang zu weiteren Schlafzimmern boten. Magnus hatte gesagt, dass er seit seinem Unfall nur noch im Erdgeschoss lebte. Es verletzte also niemandes Privatsphäre, wenn ich mir ansah, wie man dort oben schlief, oder?

Ich schlich mich hinauf.

Und bereute den Entschluss gleich beim ersten Zimmer, in das ich eintrat.

Ein riesiges Himmelbett mit leichten, hellen Vorhängen, die ein wenig in der Zugluft schwangen, die ich beim Öffnen der Tür erzeugte. Ein Fenster stand offen, auch die Fenstervorhänge wehten ein wenig, farblich und stofflich exakt dieselben wie am Bett. Dieselbe helle Farbe an den Wänden wie in den unteren Räumen. Türen, die zu einem Badezimmer und Ankleideräumen führen mochten. Vor dem zweiten, geschlossenen Fenster ein Balkon, und vor diesem Balkon war eine Schneise in den dichten Baumbewuchs des Gartens geschlagen worden, sodass man von hier bis hinaus aufs Meer blicken konnte.

Hier gab es keinen Fernseher im Schlafzimmer, nicht mal ein Radio und auch keinen Radiowecker. Das hier war ein Zimmer, in dem man einfach Mensch sein konnte, den Vögeln lauschen, aufs Meer schauen, allein oder noch viel besser zu zweit sein und auf das Leben horchen, das sich in einem selbst abspielte. Verdammt. Ich wollte das nicht, aber die Vorstellung, in diesem großartigen, alten Bett mit Magnus zu schlafen, brannte in meinem Körper.

Ich verließ das Zimmer eilig und ersparte mir die anderen. Vermutlich waren die Matratzen ja alle so alt wie die Betten und so höllisch unbequem, dass man nach einer Runde Sex Schmerzen im Rücken hatte, die den halben Tag lang nicht vergehen wollten. Ein Mädchen durfte ja hoffen, dass die Versuchung sich als Hölle herausstellte.

Ich kehrte nach unten zurück und betrat die Bibliothek. Hier war nicht viel Wandfarbe zum Einsatz gekommen, denn die Wände waren vom Boden bis zur Decke mit alten, erhabenen Bücherregalen zugestellt. Magnus hatte sich an einen niedrigen Glastisch gerollt. Als ich hereinkam, legte er die Zeitung weg, in der er gelesen hatte. Lächelnd blickte er mir entgegen. Ich trat an eines der Regale, nahm einen Gedichtband heraus, stellte ihn nach kurzem Blättern zurück. «Ich sehe mich bestätigt», sagte ich dabei.

«Dass mein Vater Geschmack hatte?»

«Das auch, ja. Den hast du aber auch selbst. Die Dekorationen hast du selbst veranlasst, oder?»

«Es wurde mir mit den Jahren zu dunkel, und die alten karierten Teppiche gingen mir auf die Nerven.»

«Gut gemacht. Aber ich sehe mich auch darin bestätigt, dass es doch viel zu groß für einen einzelnen Menschen ist.»

«Schlägst du mir eine WG vor?»

Ich schnaubte ironisch. «Zumindest wärest du dann nicht mehr allein. Aber mal ehrlich, Magnus. Wenn deine Mutter nicht hier wohnen will, du aber auch keinen Untermieter reinholst …»

«Es lässt sich schwer in einzelne Wohnungen unterteilen», argumentierte er.

«Geschenkt. Aber warum verkaufst du den Palast dann nicht einfach?»

Er lachte. «Es findet sich hier nicht so schnell jemand, der so etwas kauft, Sweetness. Und außerdem … ich kann nicht. Mein Vater hat mir das hier hinterlassen. Ich habe eine Pflicht, es zu bewahren und zu erhalten. Er gab dem Haus den Namen Villa Alexander, und im Grunde hängt das gesamte Familienvermögen der einstigen dänischen Dynastie der Alexander-Grafen daran.»

«Grafen?», fragte ich.

Er nickte ernst, aber seine Augen funkelten. «Die Alexanders waren einmal Kammerherren am dänischen Hofe. Das ist ne Weile her. Ein Urgroßvater von mir hat sich dann um eine Distanzierung vom Königshaus bemüht. Er fand wohl, dass die nachlassende Bedeutung von adligen Titeln, vor allem was die Tagespolitik betraf, nicht zu ihm passte. Aber das Vermögen blieb in der Familie und wurde von klugen Männern gemehrt. Leider ...» Er räusperte sich, die Ernsthaftigkeit verlor sich aus seinem Gesicht, das Funkeln nahm überhand. «Allerdings haben sich die Alexanders der nachfolgenden Generationen als nicht besonders fruchtbar erwiesen. Sie konnten mit Geld umgehen, aber nicht mit Frauen, verstehst du?»

«Ach?»

«Ja, man glaubt es kaum. Mein Vater wurde Anwalt, zuletzt am Europäischen Gerichtshof, und er nahm sich erst eine Frau, als er als letzter übriggebliebener männlicher Spross der Alexanders plötzlich von seinem Onkel das gesamte Familienvermögen erbte. Er hängte seinen Job an den Nagel und zog nach Schottland, wo er sich eine zu ihm passende Immobilie suchte ... und eine Frau, um irgendwie doch noch einen Erben zu zeugen. Da war er sechsundfünfzig Jahre alt.»

Ich schluckte erschrocken.

Mit einem leise grollenden Lachen schob Magnus sich vom Glastisch zurück und rollte hinüber zu einer Kommode, in der sich eine Minibar versteckte. «Whisky?», fragte er.

«Ich glaube, den kann ich gerade gut gebrauchen.»

«Mein Vater war ein Besessener», erzählte er, während er einschenkte. Er reichte mir ein Glas. «Und zwar war er besessen von solchen Dingen wie Wiedergeburt, ewiges Leben und so.» Er blickte zur Zimmerdecke hinauf, hob sein Glas und grüßte. «Ich nehme an, wenn es tatsächlich einen Himmel gibt, dann hockt Erlend Alexander jetzt da oben auf einer Wolke und ärgert sich schwarz, dass das Leben eben doch nicht ewig ist. Auf das mit der Wiedergeburt hofft er aber wahrscheinlich doch noch.»

Ich hatte gerade mein Glas an die Lippen gesetzt und schaffte es gerade so, mich nicht zu verschlucken. «Was hast du gerade gesagt?»

Breit grinsend sah er mich an. «Dachte ich mir, dass dir diese Ironie nicht verborgen bleibt.»

«Dein Vater hieß tatsächlich mit Vornamen Erlend?»

«Verrückt, oder? Selbst für dänische Verhältnisse war das damals schon ein höchst uncooler Name, aber wie auch immer, er trug ihn. Und er kam nach Schottland, um hier eine einheimische Frau zu finden, mit der er mindestens noch einen Sohn zeugen könnte, den er Magnus nennen wollte.»

«Du nimmst mich doch auf den Arm.»

«Ich kann dir die Dokumente zeigen. Seinen Taufschein und meinen. Meine Mutter war noch keine zwanzig, als sie meinen Vater heiratete und er dieses Herrenhaus hier in Kirkwall fand, das er unbedingt haben musste. Ausgerechnet Kirkwall! Ein Jahr nach der Hochzeit kam dann ich auf die Welt, der Stammhalter, der Thronfolger.»

«Der Schutzheilige», murmelte ich in mein Glas hinein und kippte dann den Whisky in einem einzigen Schluck. Das Zeug brannte sich heiß in jeden Winkel meines Körpers.

«Der Schutzheilige», bestätigte er, schenkte sich nach und salutierte noch einmal mit dem Glas gen Himmel. «Gut gemacht, Daddy-o. Du hast dafür gesorgt, dass der Schutzheilige von Orkney wiedergeboren wurde. Magnus Erlendsson. Mein Vater mag kein Earl gewesen sein, aber das war der Vater von Saint Magnus ja auch nicht, nur seine Vorfahren waren es, und meine auch. Und als ich neun war, starb mein

Vater und hinterließ mir ein Vermögen, das so obszön ist, dass ich mich dafür schämen musste. Also habe ich es für das genutzt, für das mein Vater jeden letzten Penny ausgegeben hätte. Ich habe mich hinter meine Schulbücher geklemmt und danach Archäologie studiert, ohne jemals nach links und rechts zu sehen.» Als er jetzt zur Zimmerdecke schaute, tat er es mit einem Ausdruck von Misstrauen in den Augen. «Ich hoffe ja bloß, dass er das zu würdigen weiß, wann immer er von da oben runterschaut.»

26

Ihre Reaktion fiel genau so aus, wie Magnus es erwartet hatte. Vielleicht kannte er sie doch besser, als er es insgeheim befürchtete. Dass sie über die Spleenigkeit seines Vaters nicht lachte oder Alterssenilität dahinter vermutete, bedeutete nicht, dass sie den Unsinn glaubte, den sein Vater in die Geburt des einzigen Sohnes hineininterpretiert hatte. Aber sie verurteilte ihn auch nicht. Es war, als könne sie sich das alles durchaus vorstellen, nur fehlten ihr Beweise. Natürlich gab es die nicht. Sein Vater hatte sich diese hirnrissige Idee in den Kopf gesetzt, als könne er damit sich selbst und der Familie eine Art Denkmal setzen. Ein lebendes Denkmal.

Erlend Alexander hatte seinen einzigen Sohn sehr geliebt. Er hatte ihn nicht vergöttert, wie man es vielleicht bei dieser Vorgeschichte hätte erwarten können. Er war ein wunderbarer Vater gewesen, vielleicht schon ein wenig alt, um mit dem Sohn noch auf dem Bolzplatz Bälle zu kicken, als dieser groß genug wurde, aber das Pinkeln im Stehen und diverse andere Dinge hatte Magnus von Erlend gelernt. Und Erlend hatte auch seine Frau geliebt, die so viel jünger als er gewesen war. Und diese Liebe hatte auf Gegenseitigkeit beruht, auch wenn die Eltern von Alice sie vor dieser Hochzeit gewarnt hatten. Millionen hin oder her. Sie waren eine kleine, glückliche Familie gewesen. Es kam nicht von ungefähr, dass Alice in dem Haus ohne ihren Mann nicht wohnen konnte. Wer Erlend Alexander gekannt hatte, der vergaß ihn nicht, und wer Erlend Alexander geliebt hatte, kam über dessen Tod nie hinweg. Diese Welt mit nur sechsundsechzig Jahren verlassen zu müssen, das war eine grausam kurze Zeit, aber wer ihn gekannt hatte, glaubte daran, dass Erlend sein viel zu großes Herz zum Verhängnis geworden war. Kein Körper konnte ein solches Herz und eine solche Seele bis in die Ewigkeit beheimaten.

Paula saß Magnus gegenüber auf dem niedrigen Zweisitzer aus weichem braunem Leder und drehte das leere Whiskyglas zwischen den Fingern. Fragend streckte Magnus ihr die Flasche entgegen, und sie hob das Glas etwas an, damit er nachschenken konnte. «Willst du mich betrunken machen, bevor wir überhaupt in den Pub gehen?», fragte sie dabei.

«Wir müssen ja nicht mehr hingehen. Ich hab's dir ja jetzt ohnehin schon gesagt.»

«Ja, aber nicht alles.» Sie nippte am Glas.

Er wusste, wovon sie redete, und er war überzeugt, dass er ihr auch das noch sagen würde. Denn es musste ja raus. Er wollte diese Frau ins einem Leben haben, und auch wenn er noch nicht wusste, ob und wie dies möglich sein würde, so wusste er doch, dass es nichts mehr gab, das er ihr nicht sagen wollte. Er spürte, dass absolute Offenheit ein Grundpfeiler sein würde, und er glaubte auch nicht, dass sie ihn wegen Alison verlassen würde. Menschen, die nicht in einer Beziehung waren, konnten einander auch nicht verlassen. Ihre Entscheidung, den nicht zu leugnenden Gefühlen zwischen ihnen beiden nicht nachzugeben, solange er ihr

Vorgesetzter war, stand ja ohnehin fest. Da machte es keinen Unterschied, dass schon einmal einer Doktorandin die Beziehung zu ihm zum Verhängnis geworden war.

Aber wenigstens hatte Alison nicht mit dem Ergebnis leben müssen. Das musste nur er selbst.

Sein Bein brannte. Es war nicht gefühllos, es hing nicht unbemerkt an seiner Hüfte und machte ihm damit das Leben schwer. Er konnte alles darin spüren, vor allem den Schmerz, wann immer Alison in seinen Gedanken war. Und das war ständig, und er wollte das nicht mehr, er wollte das endlich hinter sich lassen, aber das fiel so schwer, und Paula saß ihm gegenüber, trank seinen Whisky und wartete darauf, dass er sprach.

Sein Handy klingelte.

Mit einem leisen Fluchen blickte er aufs Display, dann nahm er das Gespräch an. «Mum.»

«Darling, hast du zu Abend gegessen?»

«Ich bin betrunken, Mum, und habe keinen Hunger. Mach dir keine Sorgen.»

«Entschuldige, was bist du?»

Es war ziemlich weit hergeholt, dass er sich jetzt schon als betrunken bezeichnete, aber er würde es bald sein, wenn er Paula an diesem Abend wirklich alles sagte. Und die Letzte, die er dabei hier haben wollte, war seine Mutter.

«Ich bin nicht allein. Du brauchst nicht zu kommen. Aber danke, dass du dir Sorgen machst.»

«Du bist nicht …»

«Mum», fiel er ihr ins Wort. «Es ist alles in Ordnung.»

Paula streckte die freie Hand nach seinem Handy aus. Stirnrunzelnd gab er es ihr. Sie räusperte sich. «Mrs. Alexander?»

Seine Mutter sagte etwas.

«Mein Name ist Paula, Mrs. Alexander, und ich verspreche Ihnen, dass ich dafür sorgen werde, dass Ihr Sohn etwas in den Magen bekommt, das keine vierzig Prozent Alkohol hat.»

Wieder hörte er schwach die Stimme seiner Mutter, aber das Telefon war zu leise eingestellt, als dass er Worte verstehen könnte. Paula lachte ein wenig. «Ganz ehrlich. Versprochen. Hier, ich geb ihn Ihnen nochmal. Einen schönen Abend Ihnen auch.»

Er nahm sein Handy zurück, völlig perplex. «Mum?»

«Wer ist das, Magnus, und woher kennst du sie?»

«Durch die Arbeit.»

«Sie klingt nett.»

Er starrte Paula an, als er antwortete: «Ja. Sie ist nett.»

Paula lächelte halb versonnen, dann stand sie auf und legte kurz die Hand auf seine Schulter. «Ich bin in der Küche.»

«Kann ich mich drauf verlassen, dass du das nicht ruinierst?», fragte Alice streng, während er Paula nachschaute.

«Ich tue mein Bestes. Gute Nacht, Mum.» Er drückte das Gespräch weg, ehe sie noch peinlicher wurde. Er schaltete das Telefon aus und legte es auf den Glastisch, dann folgte er Paula in die Küche. «Tut mir leid», murmelte er.

«Muss es nicht. Ich wünschte, ich hätte eine Mutter, die sowas für mich tun würde. Oder halt, vielleicht habe ich die ja auch, und sie würde sowas gern für mich tun, aber mein Vater lässt sie nicht. Also ist es wohl eher so, dass ich gern einen Vater hätte, wie du einen hattest. Einen, dem ich wichtig bin.»

Sie belegte ein paar Sandwiches mit Käse und Schinken, die sie aus dem Kühlschrank zog, und nachdem sie gegessen hatten, kehrten sie in die Bibliothek zurück.

Er schenkte sich Whisky nach. Seine Hand begann leicht zu zittern, aber er war noch im Vollbesitz all seiner geistigen Kräfte, nicht zuletzt dank des kleinen Snacks zwischendurch. Warum konnte er nicht einfach kurz blinzeln, und wenn er die Augen wieder aufmachte, gehörte sie ihm? Er könnte sich daran gewöhnen, dass jemand so für ihn sorgte. «Er war nicht verrückt, weißt du.»

«Das habe ich auch nicht erwartet.»

«Er hatte nur diese Idee im Kopf. Und ich habe ihn geliebt. Ihn zu verlieren, da war ich gerade neun, das hat so wehgetan. Mir, aber meiner Mutter noch mehr. Ich musste das tun. Ich musste tun, was er sich so sehr von mir gewünscht hätte. Auf gewisse Weise habe ich damit seinen Traum erfüllt, Orkneys Schutzheiligen wieder in die Welt zu setzen.»

«Weil du zum Beschützer und Bewahrer von Orkneys Geschichte geworden bist. Das entbehrt nicht einer gewissen Romantik.» Sie zwinkerte ein wenig, und er lächelte. «Deswegen geht es dir auch so an die Nieren, was da am Steinkreis passiert ist. Du sagst, Archäologie ist nicht deine Leidenschaft, aber du bist Archäologe geworden, weil ein anderer es sich von dir gewünscht hat. Du hast deinen Leib und deine Seele hineingeworfen, und du spürst solche Schändungen wie einen körperlichen Schmerz.»

Er sah sie an, das Glas an den Lippen. Besser hätte er es selbst nicht ausdrücken können. Und was für eine Ironie, sie war hier, um eine Doktorarbeit zu verfassen, in der sein Namensvetter, der große Heilige Magnus, eine übergroße Rolle spielen würde. Kaum ein anderer Heiliggesprochener hatte auf diesen Inseln mehr Spuren hinterlassen.

Paula schwenkte ihren Whisky im Glas, ehe sie ihn austrank. «Der Wikingerfürst Magnus Erlendsson starb im Alter von wenig mehr als dreißig Jahren kinderlos auf Egilsay», sagte sie dann, als zitiere sie aus einem Lehrbuch. «Er hat also keine Erben hinterlassen. Es ist aber nicht so, dass du dir das mit deinem Bein zugezogen hast, weil du auch in dieser Hinsicht in seine Fußstapfen treten wolltest, oder?»

Er schnaubte. «Ich war schon zu alt, um jung zu sterben, als das passierte, Paula», sagte er.

«Sehr witzig.»

«Und zum Märtyrer wurde bei dem Unfall jemand anders.»

Sie blickte auf, sah ihm gerade in die Augen. Es war keine Herausforderung, ihr endlich alles zu sagen, eher eine stille Bitte, sanft und voller Trost. Ja, den Trost konnte er gebrauchen. Den Trost, und das Vergessen danach, aber er wagte nicht zu glauben, dass sie ihm dieses Vergessen schenken würde. Das hatte sie sehr deutlich gemacht.

«Sie hieß Alison.» Seine Stimme war kratzig. Als hätte er noch nicht genug geölt! Er schenkte sich noch einmal nach, die Flasche wurde gefährlich leer. Paula sah es auch, stand auf und ging zur Minibar, um eine neue zu holen. Verdammt. Sie nahm es in Kauf, dass er sich bis zur Besinnungslosigkeit betrank. Er hoffte nur, dass sie ihn dann in diesem Zustand nicht allein lassen würde. Als sie zurück war, nahm sie ihm die fast leere Flasche aus der Hand und verteilte den Rest des Inhalts auf sein und ihr Glas.

«Sie war Doktorandin. Sie kam erst spät im Leben zur Archäologie, hatte zuerst alles Mögliche andere ausprobiert. Sie ist in England aufgewachsen, in Newcastle, und machte mit knapp dreißig ihren Bachelor an der Uni in Sheffield. Nach Kirkwall kam sie im Rahmen eines Projektes. Dann wollte sie aber bleiben, weil wir uns ineinander verliebt hatten, und sie trat eine Doktorandenstelle bei mir an.» Er ließ sie nicht aus den Augen, als er das sagte. «Du musst mich nicht darauf hinweisen, dass ich sehr schlecht darin bin, aus einmal begangenen Fehlern zu lernen. Das weiß ich selbst.»

«Vielleicht hast du auch einfach nur eine Schwäche für Doktorandinnen», schlug sie vor.

«Dich habe ich aufs Kreuz gelegt, lange bevor du meine Doktorandin wurdest», erinnerte er sie.

«Ja, aber das geschah nicht auf deine Initiative, sondern auf meine», konterte sie gelassen.

«Glaubst du das wirklich immer noch? Du, Paula, hast an jenem Abend Vergessen gesucht. Ich aber war einfach nur scharf auf dich. Wäre das anders gewesen, hätte ich dich an jenem Abend ganz sicher nicht mit in mein Hotel genommen.»

«Ich schätze, wir werden nicht mehr herausfinden, wer da jetzt wen verführte.» Sie lächelte mir über den Glasrand hinweg zu. «Was wurde aus Alison?»

«Sie ist tot.»

Paula verschluckte sich, fasste sich aber schnell wieder. Sie starrte auf sein verletztes Bein, das er im Rollstuhl hochgelegt hatte, und er nickte. «Ja, beim selben Unfall. Sie war unglaublich ambitioniert. Ihre Doktorarbeit schrieb sie zum Thema Veränderungen der geologischen Struktur der Orkney Inseln durch neolithische Besiedelungen. Sie hat sich so sehr dahintergeklemmt, dass es nicht selten gefährlich wurde. Statt sie zu bremsen und ihr zu empfehlen, hin und wieder lieber auf die relativ sicheren Hilfsmittel der Geophysik zurückzugreifen, bin ich mit ihr zusammen losgezogen. Weil ihr Enthusiasmus einfach ansteckend war. Wann immer sie etwas entdeckte, das ihre Thesen stützte, war sie geradezu trunken vor Freude, und ich konnte mich dem nicht entziehen.» Er starrte in die goldgelbe Pfütze in seinem Glas. «Ich hab sie so sehr geliebt, Paula, so sehr liebt ein Mann nur einmal in seinem Leben. Ich konnte sie nicht aufhalten, denn damit hätte ich ihren übersprudelnden Geist in Ketten gelegt. Welcher Mann, der eine Frau liebt, legt sie in Fesseln und tötet ihre Leidenschaft? Ich konnte das von mir nicht erwarten, nicht zuletzt weil ich wusste, dass sie mich hassen würde, wenn ich das tat.»

Er seufzte. Paula wartete still. Falls sein Geständnis, dass er die Liebe seines Lebens bereits gehabt und verloren hatte, sie erschütterte, so ließ sie es sich nicht anmerken. Auch wenn das bedeutete, dass seine Liebe zu ihr, wenn sie sie denn akzeptierte, nie an seine Liebe zu Alison heranreichen würde.

«Sie fand in den Aufzeichnungen mehrerer Archäologen aus den dreißiger und vierziger Jahren Hinweise darauf, dass Skara Brae möglicherweise eine Schwestersiedlung gehabt hatte, die ein wenig südlich davon an der Küste liegt. Reste davon wollte Childe damals gefunden haben, und zwei zeitgenössische Kollegen von ihm haben diese Theorie gestützt.»

«Wo genau?», fragte Paula mit belegter Stimme.

«Yesnaby.»

Sie zuckte sichtlich zusammen.

Er nickte. «Alison war besessen von der Vorstellung, dass Siedlungsreste dort ins Meer geschwemmt werden könnten, ehe sie richtig katalogisiert wurden. Sie war überzeugt, dass sie dort etwas finden würde.»

«In den Klippen?» Paula war blass geworden.

Wieder nickte Magnus, entkorkte die neue Flasche und schenkte ein.

«Ich glaube nicht, dass du weitersprechen musst», sagte Paula, als sie ihr Glas mit einem Zug leerte.

«Ich habe sie nicht aufgehalten», sagte er trotzdem. «Ich hätte es tun müssen. Es gibt wenige Orte, die gefährlicher sind für das, was sie vorhatte. Und niemand aus der Arbeitsgruppe glaubte ihr, also war sie fest entschlossen, allein hinzugehen und nach der Bestätigung für die Theorie zu suchen. Und ich bin mitgefahren. Ich hab …» Seine Stimme stockte, wurde noch rauer, und er verschluckte sich an Tränen, als die Erinnerung kam, Alisons leuchtende Augen, wie sie neben ihm auf dem Beifahrersitz gesessen hatte und ihm vorschwärmte, wie das sein würde, der erste Archäologe zu sein, der dort Funde barg. Der erste Mensch in dreitausend Jahren zu sein, der die Mauerreste fand, die die jungsteinzeitlichen Vorfahren dort hinterlassen hatten. «Ich hab sie nicht aufgehalten, Paula.»

«Hey.» Sie stellte ihr Glas auf den Tisch und kam zu ihm, ging vor seinem Rollstuhl in die Hocke und legte ihre Hände ums eine, die sein Glas umklammerten. «Du musst nicht …»

«Ich bin zuerst abgerutscht», sagte er, seine Finger weiß, und sein Körper fühlte sich eiskalt an, als hätte alles Blut sich zum Herzen zurückgezogen. «Ich bin zuerst auf die Klippen rausgestiegen, um etwas zu finden. Mein erster und einziger Versuch, dafür zu sorgen, dass sie sich da draußen nichts tat, war, dass ich vor ihr rausging. Ich bin abgerutscht und ins Meer gestürzt, die Klippen haben mir auf dem Weg nach unten das Bein zerschmettert. Einen Arm habe ich mir dabei ebenfalls gebrochen, und die breite Narbe an der Hüfte ist … und … ich war bei Bewusstsein, und vermutlich habe ich gebrüllt wie abgestochen, aber das weiß ich nicht mehr. Eigentlich hätte die Brandung dort das ohnehin verschlucken müssen, aber Alison kletterte mir trotzdem hinterher … Ich habe bis heute keine Ahnung, was sie vorhatte, warum sie auch auf die Klippen stieg, nachdem ich abgestürzt war. Sie hätte mir von dort oben sowieso nicht helfen können. Ich glaube … ich fürchte …» Er schluckte, rieb sich mit dem Handrücken über die Augen, dann überließ er die Hand wieder Paulas warmen Fingern. «Ich fürchte, es ging ihr immer noch um Artefakte. Etwas finden, irgendwas, um die These zu beweisen und in die Geschichtsbücher einzugehen. Etwas finden, dass das Opfer wert war, was wir zu bringen im Begriff waren. Sie war so verdammt ambitioniert. Ich war ihr ja keine Hilfe mehr, ich lag halb besinnungslos in der Brandung und konnte mich nicht bewegen, geschweige denn mich retten. Die Wellen haben mich wieder und wieder gegen die Klippen geschleudert, ich hatte nicht einmal genug Kraft, den Kopf einzuziehen. Eigentlich hätte ich dort ersaufen müssen, da ja außer uns beiden niemand da war, der die Küstenwache alarmieren konnte. Ein paar Leute am College wussten zwar, wo wir waren, aber die hätten sich erst nach einigen Stunden Sorgen um unseren Verbleib gemacht. Doch die Küstenwache kam noch gerade rechtzeitig, um mich halbtot rauszuziehen, und später im Krankenhaus erfuhr ich, dass Alison einen Notruf abgesetzt hatte. Nach meinem Absturz und bevor sie selbst hinauskletterte. Das ist der einzige Zeitpunkt, der dafür in Frage kommt.»

«Sie hat dafür gesorgt, dass du gerettet wurdest?», fragte Paula mit weit aufgerissenen Augen.

«Glaub mir, ich habe mir in den vergangenen beiden Jahren täglich gewünscht, sie hätte das nicht getan», erwiderte er.

«Und dann ist sie selbst da rausgeklettert, obwohl sie mit eigenen Augen gesehen hat, wie gefährlich das war?»

«Sie war ganz verrückt vor Ambitionen. Sie wollte das. Mehr als alles andere. Ich hab gesehen, wie sie den Halt verlor. Wie sie abrutschte. Trotz meines eigenen bejammernswerten Zustandes und der hoffnungslosen Lage, in der ich mich befand, musste ich mitansehen, wie die Brandung sie zwischen den Felsen herumschleuderte.» Yesnaby war wie ein Waschkessel. Was dort einmal in den Würgegriff des Meeres geriet, hatte kaum jemals eine Chance. Jeder, der Orkney kannte, wusste das. «Ich hab das alles mit ansehen müssen, Paula.» Tränen brannten in seinen Augen. Seine Finger zitterten jetzt so stark, dass Paula ihm das Glas abnahm und es wegstellte. Sie fasste hoch, legte die Hand an sein Gesicht, und er griff nach ihren Fingern wie ein

Ertrinkender nach einem Strohhalm. «Die Felsen haben mich nicht umgebracht, aber die Brandung hätte es tun müssen. Hat es …» Wieder verschluckte er sich, und er spürte das Feuer der Tränen, die ihm über die Wangen liefen. «Hat es nicht getan. Hat mich nicht getötet. Ein verfluchter Gott oder wer auch immer die Macht hat über Leben und Tod …» Seine Stimme versagte, er räusperte sich, wischte Tränen weg, doch neue quollen gleich nach. Er hätte verdammt nochmal nicht soviel Whisky trinken sollen. Das Zeug machte ihn so emotional. «Irgendwer hat mich dazu verdammt, jeden neuen Tag mit diesen Bildern vor Augen aufzuwachen. Jeden Tag damit zu leben, dass ich mitansehen musste, wie die Frau, die ich hatte heiraten wollen, die Frau, die die Mutter meiner Kinder hatte werden sollen, zwischen Felsen zerschmettert wurde. Weil ich nicht die Kraft hatte, ihr diesen Irrsinn auszureden. Und weil ich nicht die Kraft habe, mich umzubringen, damit das aufhört.»

«Magnus.» Sie legte auch die andere Hand an sein Gesicht, richtete sich ein wenig auf, sah ihm in die Augen. «Das willst du doch nicht. Du bist der Mann, den Alison geliebt hat. Der sie geliebt hat. Sie immer noch liebt. Du bist derjenige, der das Andenken an sie in seinem Herzen hält. Wenn du stirbst, stirbt das letzte bisschen Alison, das in dir weiterlebt.»

Er schnaubte durch die Flut an Tränen. «Das ist ja verrückt, Paula.»

«*Sie* war verrückt, Magnus», widersprach sie. «Aber weißt du … seit ich dich kenne, beginne ich zu begreifen, dass ich gar keine Ahnung hatte, mit wieviel Leidenschaft Menschen an Dinge glauben können. Dinge tun können. Ich beneide Alison für ihre Überzeugung, ihren Enthusiasmus. Und dich, dafür, wie du den Traum deines Vaters lebst. Und deinen Vater, dafür, dass er in der Lage war, solche Visionen zu haben, solche verrückten Träume. Und ich beneide deine Mutter, die das Glück hatte, einen so wunderbar verrückten Mann zu kennen und lieben zu dürfen. Verrückt zu sein ist ja nicht immer etwas Schlechtes. Manchmal bedeutet es auch einfach nur, dass man intensiver lebt. Und liebt.»

Er blinzelte sie an. «Du beneidest Alison? Oh Himmel, Paula …»

«Was?»

«Das brauchst du nicht, weißt du. Du bist wie sie. Vom ersten Moment an hast du mich an sie erinnert. Du hast auch diesen Funken in dir. Und seit ich weiß, dass du Archäologin bist, wünsche ich mir nichts so sehr, wie diesen Funken in dir zu einem Flächenbrand zu machen. Wie ich schon sagte, ich lerne nicht aus Fehlern. Ich sollte versuchen, es dir auszureden, sollte der Mann sein, der dich überzeugt, dass es so viele andere Dinge gibt, die du mit deinem Leben tun kannst. Stattdessen will ich einfach nur der Mann sein, der dir dabei hilft, dich zu verwirklichen.»

«Ich würde niemals auf die Klippen vor Yesnaby steigen», empörte sie sich. «Das ist Wahnsinn und ganz schön durchgeknallt.»

«Und du hast keine Ahnung, wie froh ich über das Thema deiner Doktorarbeit bin, denn die wird dich kaum dazu verleiten, es doch zu tun. Unsere Heiligen auf Orkney waren vielleicht manchmal auch nicht ganz richtig im Kopf, aber wenigstens waren sie vernünftig genug, sich aus derartigen Gefahren herauszuhalten.»

27

Ich schob den Rollstuhl durch den abgedunkelten Flur an Floyd vorbei in den Seitenflügel und ins Bad, wartete, bis Magnus dort drin fertig war, half ihm dann in sein Schlafzimmer. Ich half ihm auch dabei, sich auszuziehen, und schob ihn ins Bett. Betrunken zu sein, machte ihn nicht hässlich oder gar ausfallend wie bei so manchem Mann, den ich kennengelernt hatte. Aber zuviel Whisky machte ihn auf eine Weise hilflos, für die er sich am nächsten Tag schämen würde. Sobald sein vom Alkohol sicher tonnenschwerer Kopf auf das Kissen sackte, war er weg. Ein Schlaf, der fast schon einer Bewusstlosigkeit ähnelte. Ich holte sein Handy aus der Bibliothek, schaltete es wieder ein und legte es neben ihn auf den Nachttisch. Hoffentlich rief niemand ihn an, bevor er nicht seinen Rausch ausgeschlafen hatte. Als Floyd an der Tür kratzte, ließ ich ihn herein, und der Hund sprang auf das Fußende des Bettes und rollte sich dort ein. Ich hatte keine Ahnung, wie Magnus dazu stand, wenn der Hund mit im Bett lag, aber für den Moment war ich einfach nur froh, dass er nicht allein sein würde, wenn er aufwachte.

Leise räumte ich in der Bibliothek auf, stellte die angebrochene Flasche zurück in die Minibar, nahm die Gläser und die leere Flasche mit hinaus und löschte das Licht. In der Küche stellte ich die Gläser in den Geschirrspüler und die Flasche ins Waschbecken, ehe ich von meinem Handy aus ein Taxi rief.

Zwanzig Minuten später stieg ich an der Zufahrt zu meinem Haus aus dem Taxi, bezahlte den Fahrer und wünschte ihm eine ereignislose Rückfahrt nach Kirkwall. Der Himmel war von Wolken zugezogen, sodass ich meinen Weg hinunter zum Haus mithilfe der Taschenlampenfunktion meines Handys mehr erahnen musste und zweimal auf Grasnarben ausrutschte. Erst als ich meinen Hof erreichte, hatten sich meine Augen soweit an die Dunkelheit gewöhnt, dass ich Schemen erkannte. Eine der Katzen kam heran und ließ sich von mir hinter den Ohren kraulen. Ich ärgerte mich, dass ich die Außenbeleuchtung nicht repariert hatte. Das Handy piepte, weil der Akku leer war, dann war es gänzlich finster um mich herum.

In diesem Moment schob der Wind die Wolken fetzenweise vom Mond weg. Mit weit offenem Mund starrte ich zum Himmel hinauf, und dann war es wie ein Sog, der mich daran hinderte, ins Haus zu gehen. Obwohl ich hundemüde war, tastete ich mich an dem im Hof aufgebockten Motorroller vorbei und in Richtung des schmalen Pfades, der hinunter ans Meer führte. Das Rauschen leitete mich, dann das Funkeln der Wellen, wenn durch die Dunkelheit hindurch Mond- oder Sternenlicht sie traf. Mit immer gleichbleibender Monotonie strich das Licht des kleinen Leuchtturmes von Rose Ness wie ein heller Finger durch die Nacht, und von diesem Punkt aus wirkte das ebenso gleichmäßige Aufleuchten gleich mehrerer Leuchttürme der nahen und entfernteren südlichen Orkney-Inseln wie ein Antwortblinzeln. Ich zog meine Jacke enger um mich. Wäre es nicht so bewölkt gewesen, hätte ich mich vielleicht auf den Weg zum Rose Ness gemacht, die Südspitze von Cornquoy, und mich zu Füßen des Turmes gesetzt. So aber war es zu unsicher, wie lange ich den Pfad vor meinen Füßen würde sehen können. Also stand ich ganz still, schloss die Augen, lauschte dem Meer, und wenn ich die Lider wieder hob, sah ich die Lichterpunkte.

Ich war so müde.

Das Meer hatte Magnus nicht mit sich gerissen. Magnus. Den Schutzheiligen. Den Mann, der Orkney bewahrte. Orkney wollte Magnus behalten, hatte ihn nicht getötet, aber das Meer hatte ihn verflucht. Ich lauschte in mich hinein und krümmte mich beim Gedanken an den Schmerz, den er jeden Tag erleiden musste, wenn die Bilder wieder in ihm aufstanden.

Seltsamerweise machte es mich überhaupt nicht eifersüchtig, zu wissen, dass er Alison mehr geliebt hatte, als er jemals eine andere würde lieben können. Vielleicht lag das daran, dass Alison tot war und ich ihr ohnehin die Augen nicht mehr auskratzen konnte.

Nein, dachte ich. Das ist nicht der Grund. Der Grund ist ein ganz anderer.

Ich musste mich entscheiden, und in diesem Moment entschied ich mich.

28

Etwas wog schwer auf seinem Knie, als Magnus aufwachte.

Er realisierte, dass bereits Tageslicht durch die ungewöhnlicherweise geschlossenen Fenstervorhänge drang, und seine erste Reaktion war Erschrecken. In seinem ganzen Leben war er noch nie irgendwo zu spät gekommen. Magnus Alexander war ein pünktlicher Mensch, einer, auf den man sich verlassen konnte. Einer, auf den so viele sich verließen. Sein Herz raste, und Schweiß brach ihm aus.

Als nächstes fiel ihm ein, dass Sonntag war. Nicht nur Sonntag. Ostersonntag. Langes Wochenende. Er zwang sich, tief und ruhig zu atmen, um sein Herz zu beruhigen, und erst als das gelang, spürte er die Kopfschmerzen. Und erinnerte sich an den vergangenen Abend. Sie hatten in den Pub gehen wollen. Doch in keinem Pub der Welt hätte er sich so gehen lassen, wie er es in seiner Bibliothek getan hatte.

Er tastete mit einer Hand, aber da lag niemand neben ihm. Sie war also gegangen. Er nahm an, dass sie ihm noch ins Bett geholfen hatte, auch wenn er sich nicht daran erinnern konnte. Und dann war sie gegangen.

Nun, der sturzbetrunkene Invalide war für die Frau, die im Sex Vergessen suchte, vermutlich auch recht nutzlos gewesen, sodass sie keine Veranlassung gesehen haben dürfte, bei ihm zu bleiben und ihm beim Schnarchen zuzuhören. Das konnte er nachvollziehen. Vielleicht war sie ja zu Rabbie gegangen, immerhin hatten die beiden sich sehr gut verstanden. Dieser Gedanke machte ihn wütend und eifersüchtig. Da war es vollkommen gleichgültig, wie sehr es ihn beeindruckte, dass zum ersten Mal eine Frau, die er mit in sein Haus genommen hatte, nicht sofort für immer zu bleiben versuchte.

Alison.

Er dachte an Alison. Sie hatte auch für immer bleiben wollen. Sie hatte aber auch für immer bleiben *sollen*. Er hatte Paula alles gesagt, was passiert war. Und sie war gegangen, als er mit seinem Bericht fertig war, um sich selbst nicht auch noch damit zu belasten.

Nachvollziehbar. Absolut.

Er stemmte sich auf die Ellenbogen hoch, um endlich festzustellen, woher das Gewicht auf seinem Knie kam. Der eifersüchtige Zorn verflog, vertrieben von einer anderen Art von Zorn. «Hey, Floyd!» Seine Stimme kratzte so heiser im Hals, dass er jeden einzelnen Schluck Whisky darin zu hören glaubte. «Hunde gehören nicht ins Bett!»

Der Collie fiepte und drehte die Augen, um ihn anzublicken, ohne den Kopf zu heben. Magnus ruckte mit dem Kopf, und Floyd sprang vom Bett. Doch er ging nicht weg, sondern kam zum Kopfende herauf, ließ sich auf die Hinterbeine nieder und legte die lange Schnauze gegen die Matratze.

Wer sollte bei einer solchen Geste der Liebe und Treue wütend auf den Hund bleiben?

Magnus ließ sich zurücksinken und kraulte mit einer Hand die Ohren des Hundes. «Nützt nichts, Kumpel», stöhnte er. «Heute gräbt kein Mensch, du musst mit deinem alten Herrchen Vorlieb nehmen.»

Er hörte das Scharren von Autoreifen auf dem Rollsplitt seiner Einfahrt, das lauter war als das dazugehörige Motorengebrumm. Ein Elektroauto, das konnte eigentlich nur seine Mutter sein. Floyd spitzte die Ohren, und im nächsten Moment kratzte er an der geschlossenen Schlafzimmertür. Ächzend rieb sich Magnus mit beiden Händen über das Gesicht. Genau das brauchte er an diesem Morgen nicht!

29

Da ich erst mit dem Anbrechen der Morgendämmerung ins Haus gegangen war, wachte ich auch erst gegen Mittag auf. Regen prasselte gegen die Fensterscheiben, und überall im Haus knisterte und knarrte es unter dem Ansturm des Windes. Ich wickelte mich in eine Wolldecke und ging nach draußen, um den Katzen eine Schale Trockenfutter hinzustellen. Blicken ließ sich keine von ihnen. Die waren ja auch nicht dumm und verkrochen sich bei diesem Wetter irgendwo.

Sonntag. Mein vorletzter freier Tag, ehe ich meinen neuen Job beginnen sollte. Zurück im Haus feuerte ich den Kamin im nun leeren und komplett gestrichenen Wohnzimmer an. Außer einem von Grannys Sesseln, der noch nicht ganz so durchgesessen war, und einer hübschen geschnitzten Kommode hatte ich hier noch keine Möbel drinstehen. Ich zerrte die Kommode zum Sessel heran, suchte aus den Utensilien, die ich in die oberste Schublade gestopft hatte, einen Schreibblock und einen Kugelschreiber heraus und machte mich im Sessel so klein wie möglich, sodass ich mich unter der Wolldecke verkriechen konnte. Es würde dauern, ehe der Kamin den Kampf gegen Ostern auf Orkney gewann. Ich hätte mein eigenes Aufwärmen durch ein Glas Wein beschleunigen können, aber das kam mir zu dekadent vor. Vor zwanzig Minuten hatte ich immerhin noch geschlafen. Tee. Tee wäre gut, aber wenn ich jetzt aufstand, würde ich nicht noch einmal den Mut finden, aufzuschreiben, was aufgeschrieben werden musste.

Ich starrte auf das leere Blatt Papier und kaute auf dem Kugelschreiber herum. Verdammt. Eigentlich hatte ich heute zu meinen Eltern fahren wollen, um meinem Vater die Meinung zu sagen und meine Mutter einzuladen, mich zu besuchen, wann immer sie wollte. Ja, genau das hatte Magnus mit mir gemacht. Reinen Tisch machen, ein für allemal die Fronten klären, damit ich mich nicht belästigen lassen musste. Denn hierbleiben würde ich. Das stand fest. Auch wenn ich die Doktorandenstelle nicht antreten würde.

Verflucht.

Ich war nicht bereit für diesen Brief. Die Fahrt zu meinen Eltern hätte mir eine Gnadenfrist gegeben, ehe ich diese Zeilen runterschreiben musste, aber ich war wie eine der Katzen da draußen. Bei solchem Hundewetter verkroch ich mich. Ich hatte ja nicht mal mehr ein Auto. Den Motorroller hätte die geringste der Windböen, die da draußen tobten, umgeschmissen, und wie ein begossener Pudel wollte ich nicht auf der Türschwelle meines Vaters stehen. Ich wollte ja nicht dorthin, um Mitleid zu schinden. Ganz im Gegenteil.

War das fair, den Job zu kündigen, ehe ich mit Magnus darüber gesprochen hatte?

Sollte ich ein offizielles Schreiben an das Archäologische Institut verfassen oder es doch lieber als einen Privatbrief an Magnus formulieren?

Und wenn er mich dann fragte, ob es in meiner Welt plötzlich keine Telefone mehr gab, dann hätte ich keine Antwort parat.

Mein Handy klingelte.

Ein Teil von mir brach beinahe unter der Welle an Adrenalin zusammen, die über mich hinwegschwappte. Magnus! Doch ein Blick aufs Display entlarvte Carole.

«Frohe Ostern, Pau», begrüßte sie mich in ihrer typischen überfröhlichen Art. «Störe ich dich bei irgendwas?»

Eigentlich schon, aber dann auch wieder nicht, weil jede Ablenkung von dem, was ich tun musste, war mir nur recht. Ich schälte mich aus dem Sessel heraus und schlurfte, das Handy am Ohr, bibbernd in die Küche. Der Wasserkocher war noch halbvoll. Ich schaltete ihn ein. «Dir auch frohe Ostern», sagte ich und stellte dabei fest, dass wir einander sowas noch nie gewünscht hatten. Bisher schafften wir es gerade so, einander zum Geburtstag zu gratulieren, Weihnachten hatten wir immer ignoriert, und Ostern erst recht. Dieser Anruf war nur ein Vorwand, weil Carole neugierig war, und meinetwegen sollte sie das gern sein. Ablenkung war gut, war mehr als willkommen.

«Was macht die Liebe?», fragte sie prompt und ohne Umschweife.

Ich hängte einen Teebeutel in einen sauberen Becher und kippte einen Schuss Milch dazu. «Die ist ein ziemliches Problem.»

«Was, habt ihr euch gestritten? So schnell? Baby, ich hab gedacht, dass du es wenigstens für eine Weile auskosten würdest, wenn du schon mal Gefühle zulässt. War es denn so schlimm?»

«Wir haben uns nicht gestritten, ganz im Gegenteil. Und genau das ist das Problem.»

«Das musst du mir genauer erklären.» Ich konnte direkt hören, wie sie es sich bequem machte in Erwartung einer saftigen Erzählung. «Sag mal, was ist das denn für ein Krach bei dir?»

«Das Wetter. Gab schon Schlimmeres.»

«Stehst du etwa draußen?», fragte sie entsetzt.

Ich lachte. «Nein. Das ist das Balkenwerk von meinem Cottage. Es ist ein bisschen stürmisch hier heute.»

«Oh je, dann flieg mal nicht weg. Und jetzt erzähl.»

Der Wasserkocher schaltete sich ab, ich goss den Tee auf und rührte um. «Ich muss mich entscheiden, Carole, und hast du eine Ahnung, wie schwer das ist?»

«Wie, gibt es da außer Magnus noch einen, der dich anbaggert? Himmel, Paulie, warum hast du mit dem Umzug auf die Insel bloß so lange gewartet! Denk an die Jahre, die du dir durch die Lappen hast gehen las…»

«Also willst du das jetzt hören oder nicht?» Ich setzte mich im Schneidersitz vor den prasselnden Kamin.

«Okay. Weiter», grummelte sie.

«Magnus ist der Leiter des Archäologischen Instituts.»

«Das sagtest du. Das ist so süß. Ihr könnt jeden Tag zusammen zur Arbeit fahren und …»

«Carole!», sagte ich warnend. «Ich lege auf, wenn du nicht aufhörst, mich dauernd zu unterbrechen.»

«Sorry.»

«Er ist mein Boss und mein Betreuer. Er ist derjenige, der mir beim Abfassen meiner Doktorarbeit helfend zur Seite stehen soll. Das war bisher schon schlimm genug, aber wenigstens haben wir es geschafft, uns darauf zu einigen, dass wir keine Beziehung haben.»

«Paulie», seufzte sie. «Das ist doch nicht unmoralisch, wenn du mit ihm …»

«Das weiß ich», sagte ich ungehalten. «Aber ich kann es trotzdem nicht. Könnte es nicht. Es käme mir nicht richtig vor. Also haben wir uns auf platonisch geeinigt.»

«Aber mit gewissen Vorteilen, oder?»

«Nein, auch nicht mit gewissen Vorteilen. Aber dann kam gestern Abend.»

Ich machte eine Pause, aber Carole nutzte die Gelegenheit nicht für eine vorwitzige Frage. Sie schwieg ebenfalls, vermutlich war sie am anderen Ende der Leitung gespannt wie ein Flitzebogen.

«Ich weiß jetzt … ich meine, er hat mir Dinge erzählt. Von sich. Aus seiner Vergangenheit. Und warum … also wie er Archäologe wurde und wer sein Vater war und all solche Dinge. Und ich habe mich bis über beide Ohren in ihn verliebt.»

«Ich dachte, das hättest du in London schon getan?»

Mist. Sie war so feinfühlig. Für Carole waren Emotionen etwas, das sich in den Augen der Menschen abspielte, und sie war eine von denen, die jedes einzelne Gefühl aus den Augen selbst wildfremder Menschen ablesen konnte. Sie hatte etwas in meinen Augen gesehen, lange bevor ich mir dessen klar geworden war. Zu einem Zeitpunkt, als ich noch davon hatte ausgehen müssen, dass ich Magnus nie wiedersehen würde.

«Es ist jetzt anders», sagte ich lahm. «Echter.»

«Also doch nicht platonisch», kommentierte sie.

«Nein.» Ich konnte ihr nichts von meiner größten Angst sagen. Magnus hatte mir nicht nur sein Herz auf einem Silbertablett präsentiert. Er hatte dasselbe mit seinem Haus getan. Auf einem Silbertablett. Mir war klar, dass es genug junge Frauen geben musste, die beim Anblick von dieser überbordenden Präsentation von Wohlstand weiche Knie bekamen und alles für einen Kerl tun würden, nur um Teil dieser besonderen Welt zu werden. Ich wollte nicht, dass er das in mir sah. Ich wollte nicht, dass er glaubte, dass ich zu diesen Goldgräberinnen gehörte. Denn im Grunde genommen erfüllte mich die Aussicht, in diesem Palast zu wohnen, mit mehr Furcht als Ehrfurcht. Wie teilte man in so einem Haus sein Leben mit einem anderen Menschen, ohne einander in all den Zimmern und Salons aus den Augen zu verlieren? Ja, da war immer noch der Anblick von dem riesigen Schlafzimmer im Obergeschoss, mit dem herrlichen Himmelbett und der fantastischen Aussicht. Ich würde diesen Raum mein Lebtag nicht vergessen, selbst wenn ich niemals wieder einen Fuß hineinsetzen sollte. Und ich würde auch nicht vergessen, wie ich mir vorgestellt hatte, wie ich mit Magnus in diesem Bett … aber nein, um Gottes Willen, das konnte ich Carole nicht sagen. Das, was ich ihr bis hierher gesagt hatte, war eigentlich schon zuviel.

«Nein, nicht platonisch», seufzte ich. «Und damit bleibt mir nur ein Ausweg.»

Sie schwieg einen Moment, und ich konnte sie durchs Telefon hindurch grübeln hören. «Welcher?», fragte sie dann misstrauisch.

«Ich werde nicht für ihn arbeiten.»

«Wie bitte?» Sie schrie es fast, die Stimme schockiert. «Das ist nicht dein Ernst! Paulie! So eine Chance kriegst du im Leben nicht wieder!»

«Ja, genau, und wieviele Leute, die auch mit dieser Position geliebäugelt haben, werden Magnus Alexander vorwerfen, er habe nicht subjektiv beurteilt, wem er die Doktorandenstelle anbietet? Glaubst du, ich will, dass der einzige Mann, den ich je geliebt habe, meinetwegen in Schwierigkeiten gerät?»

«Paula … er hat das doch aber nicht allein entschieden.» Sie klang jetzt sanfter, eindringlich, aber ich spürte, wie sehr sie sich zur Ruhe und Besonnenheit zwang. «Das hat ein Komitee entschieden. Du hast mir vor Jahren schon mal erklärt, wie sowas funktioniert, und schau an, ich habe es mir gemerkt. Damals, als du noch glaubtest, du würdest auf ewig auf deinem Bachelor hocken bleiben und bei Tesco an der Kasse sitzen, bis du alt und grau bist.»

«Und genau das werde ich tun», nahm ich den Faden auf, den sie mir hinwarf. «Ich werde mir hier einen Job suchen, als Kassiererin bin ich ja recht erfahren, das sollte so schwer nicht sein. Dann kann ich hierbleiben und das Cottage behalten, und ich kann Magnus lieben, wenn er mich überhaupt noch haben will, sobald ich keine Archäologin mehr bin, und keiner kommt in Schwierigkeiten. Also, was ich damit sagen will, Carole, du brauchst nicht zu befürchten, dass ich nach London zurückkehre. Ich bleibe in Orkney.»

«Glaubst du das wirklich?», fragte sie nach einer kurzen Pause ganz leise. «Dass das meine einzige Sorge ist? Dann kennst du ich aber ganz schlecht.» Sie beendete das Gespräch, ohne sich zu verabschieden, und ich starrte fassungslos das Telefon in meiner Hand an.

Carole hatte mich, solange wir einander kannten, noch nie abgewürgt.

30

Seine Mutter saß mit einer frisch aufgebrühten Tasse Kaffee in der Küche, als Magnus sie fand. Es war ein stilles Einverständnis zwischen ihnen - selbst wenn Alice nicht mehr in diesem Haus wohnte, so sollte sie sich doch wie zuhause darin fühlen, so, wie es immer gewesen war. Es war einfacher, als wenn Magnus den Gastgeber spielen müsste, sie umsorgen, bemuttern, ihr Gesellschaft leisten. Es passte gut zusammen. Egal, wie selbstverständlich sie in seinem Haus ein und aus ging, in all den Jahren hatte er sich noch nie belästigt gefühlt.

Belästigt fühlte er sich auch heute nicht, aber dennoch kam sie ihm ungelegen. Zumal sie ihn prompt mit der Frage begrüßte, die er befürchtet hatte: «Und? Wo ist sie?»

«Guten Morgen, Mum, hast du für mich auch einen Kaffee?»

Sie wies zur Maschine. Sie hatten beide nicht viel übrig für die modernen Coffee Maker mit den hunderttausend diversen Arten von Kaffee, die sie ausspuckten, und so stand denn in dieser Küche nur eine fünfzehn Jahre alte Maschine, wo man Pulver in Filterpapier löffelte und das fertige Gebräu langsam in eine Glaskanne tröpfelte. Magnus schenkte sich eine Tasse voll und hinkte zum Tisch.

«Also?», fragte Alice.

«Du bist sonst nicht so ungeduldig.»

«Sonst? Wann, sonst? Wann werde ich denn schon mal mit einer solchen Situation konfrontiert?»

«Mum, du tust ja gerade so, als hätte ich noch nie Frauen mit nach Hause gebracht.»

Hochmütig winkte sie ab. «Ganz ehrlich? Die meisten von denen, die ich im Laufe der Jahre kennenlernen musste, sind die Zeit nicht wert gewesen, die ich an sie verschwendet habe.»

«Jeweils fünf Minuten?»

«Manchmal habe ich mich tatsächlich gefragt, ob du mir diese Betthäschen vorstellst, um mich zu ärgern.»

Er grinste in seine Tasse hinein. «Manchmal habe ich das genau deshalb getan.»

«Ich liebe dich auch, mein Sohn.» Sie rührte ihren Kaffee um, und er konnte ihre innere Aufregung beinahe riechen. Ja, sie wollte Paula kennenlernen, nur deshalb war sie hier.

«Sie ist nicht hier, Mum.»

«Du hast sie verjagt? Oder … halt, warte. Ist das eine religiöse Sache? Sie will keinen Sex vor der Ehe, also hat sie nicht hier übernachtet?»

Er lachte. «Wenn das so wäre, würden sie und ich einander nicht kennen.»

«Ich habe ja immer geahnt, dass du ein lüsterner Wüstling bist …»

«Ich liebe dich auch, Mum», echote er, was sie vor einer Minute zu ihm gesagt hatte. «Es ist gestern ganz schön spät geworden und … also …» Sein Blick fiel auf die Spüle und die leere Flasche, die darin lag. Alice folgte seinem Blick, und sie zog die Brauen hoch.

Schuldbewusst nickte er. «Ich glaube, ich war ziemlich breit, ehrlich gesagt.»

«Und sie?»

«Glaube ich nicht, sie hat mich ins Bett gesteckt und zugedeckt und sogar dran gedacht, den Hund reinzulassen. Es war auch nicht sie, die die Stütze gebraucht hat, die einem nur Whisky geben kann. Das war ich. Wobei ich ehrlich sagen muss, dass sie gut mitgehalten hat. Steht mein Auto vor der Tür?»

Sie runzelte die Stirn. «Ja, wieso?»

«Oh, gut. Für einen Moment hatte ich Sorge, dass sie sich den Peugeot geliehen hat, um damit nach Hause zu fahren. So nüchtern war sie nämlich auch wieder nicht.»

Prüfend betrachtete sie ihn. «Du hast es ihr also gesagt?»

Er nickte.

«Alles?»

«Alles. Ich war der Meinung, das hätte sie verdient. Dass ich es ihr schulde, bevor wir weitergehen.»

«Und dann hat sie dich verlassen?»

«Zumindest hat sie die Nacht nicht bei mir verbracht.»

Seine Mutter schwieg eine Weile, schaute in ihren Kaffee hinein, als würde der die eine oder andere Antwort bereithalten. Schließlich sagte sie: «Ich nehme an, dass sie eine Menge zu verarbeiten hatte.»

«Davon ist auszugehen. Jetzt kann ich nur warten, ob sie wiederkommt oder ob sie mir fernbleibt.»

Lächelnd blickte sie ihn an. «Wenn sie deiner wert ist, wird sie die richtige Entscheidung treffen.»

«Du kennst sie doch gar nicht, außerdem mache ich mir um meinen eigenen Wert mehr Sorgen als um ihren.»

Sie verdrehte die Augen. Er konnte ihre Gedanken hören. Dass es an der Zeit war, dass ihr Sohn sich wieder bewusst wurde, wer er war, *was* er war, und wieviel er den Menschen bedeutete. Es war der Grund, weshalb er sich so an die Arbeit klammerte. In seiner Arbeit konnte er sich auf die Dinge verlassen, die er gelernt hatte, die Dinge, die er wusste, und die Wahrheit all jener Dinge, die er recherchierte, untersuchte, ans Licht brachte. In seiner Arbeit erkannte er seinen Wert.

Aber es war nicht genug. Längst nicht genug. Zwei Jahre lang hatte er es geschafft, damit zu leben, mit dem Ersatz für echten menschlichen Wert, den die Arbeit ihm gab. Als er Paula von Alison erzählte, war etwas in ihm aufgebrochen. Etwas, das seine Gefühle für Alison in seinen tiefsten Untiefen eingesperrt hatte, aus Angst, dass, wenn er sie und die Erinnerung an sie gehen ließ, er so etwas nie mehr erleben würde.

Ein kleines bisschen Liebe.

Ein kleines bisschen Zeit mit einem anderen Menschen. Wer tagtäglich dreitausend Jahre alte Artefakte unterm Mikroskop hatte, begriff vielleicht besser als andere Menschen, wie kurz das Leben war. Noch besser erkannten das vermutlich nur Geologen, die nicht in Tausenden, sondern in Millionen Jahren rechneten.

Ein kleines bisschen Zeit, ein paar Jahre auf dem Planeten Erde, nicht allein zu sein. Jemanden festzuhalten. Paula hatte ihm bewusst gemacht, dass es an der Zeit war, Alison loszulassen. Er half sich nicht, wenn er eine Tote festhielt. Er glaubte nicht daran, dass er Paula so heftig lieben könnte, wie er Alison geliebt hatte. Aber ein kleines bisschen, das war alles, was er wollte, was er brauchte.

Hatte er ihr das nicht auch gesagt? Dass Alison die Liebe seines Lebens gewesen war? Vielleicht der beste Satz, den er am vergangenen Abend zu ihr gesagt hatte. Auf jeden Fall der ehrlichste Satz. Möglicherweise bedeutete das, dass er Paula jetzt verloren hatte. Oder es bedeutete, dass sie die Dinge so zu sehen in der Lage war, wie er sie sah.

Sein Herz stolperte, und schnell nahm er einen Schluck Kaffee.

Seine Mutter räusperte sich und stand auf. «Und was das *nicht kennen* angeht, Magnus. Ich habe gestern mit ihr ein paar Worte am Telefon gewechselt und hatte danach den Eindruck, sie seit Jahren zu kennen. Ich denke, dass das auch so einiges über sie aussagt. Wann siehst du sie wieder?»

«Spätestens am Dienstag. Sie tritt die Doktorandenstelle bei mir an.»

Alice zog eine Braue hoch, gleichzeitig verfinsterte sich ihr Gesichtsausdruck. Damit hatte Magnus gerechnet. Seine Mutter konnte es nicht gutheißen, wenn er sich erneut an eine Archäologin verlor. Sie hatte miterlebt, welch ein Wrack das erste Mal aus ihm geworden war, als er sie verlor. «Das hast du mir gar nicht gesagt.»

«Du hast nicht gefragt.»

«Wirst du sie vorher anrufen?»

Er seufzte, stand ebenfalls auf und trug seine leere Kaffeetasse in die Spüle. «Nein», sagte er nach kurzem Überlegen. «Ich habe ihr mein Herz ausgeschüttet.

Jetzt ist der Ball in ihrem Spielfeld. Ich werde nicht drängen.»

31

Ich konnte den Brief nicht schreiben. Es ging nicht. Ich hatte es gerade geschafft, einen halbwegs ansprechenden Briefkopf zu gestalten. Wann immer ich dort anknüpfen wollte, verließ mich der Mut.

Ich musste es ihm sagen. Ins Gesicht. Anders ging das nicht, und selbst das würde schwer genug werden.

Am Montag hatte der Sturm sich gelegt. Im Fahrwasser des Unwetters erwachte ich bei strahlend blauem Himmel und einer so hell gleißenden Sonne, dass sie Lust auf den Frühling, aber vor allem den Sommer machte. Mein erster Sommer auf Orkney nach all den Jahren. Ich blickte auf meine Finger, die sich nun zwar in kein Erdreich bohren würden, um Reste von Keramik, Steine mit eingravierten Runen, einzelne, dreitausend Jahre alte Knochen oder manchmal auch nur eine Verfärbung im Erdreich freizulegen, die das letzte verbliebene Zeichen eines Hauses war, das dort einmal gestanden hatte. Aber dafür würden sie sich Nacht für Nacht ins Haar von Magnus Alexander graben und ihm dabei helfen, die Dämonen seiner Vergangenheit abzuschütteln, vielleicht sogar den übermächtigen Geist seines Vaters, den er so sehr geliebt hatte. Ich wünschte es diesem Mann von ganzem Herzen, all das hinter sich zu lassen und endlich wieder eine Zukunft zu sehen.

Ich erinnerte mich an das Visitenkärtchen von Rabbies Werkstatt, das in der Küche am Klemmbrett hing. Ich betrachtete den alten Raeburn, den ich mit Hilfe von Magnus auf Hochglanz geschrubbt hatte. Die Ladung Holz, die Magnus noch hineingeschichtet hatte, hatte ich gestern verbrannt. Der Raeburn war nicht nur Kochherd, sondern betrieb auch die gesamte Zentralheizung des Cottages. Kuschlig warm war es gewesen, sobald ich ihn gegen Mittag angefeuert hatte, um mir eine Suppe zu erhitzen, Sturm hin oder her.

Der Mechaniker meldete sich nach dem dritten Klingeln. «Hallo?»

«Rabbie, hi, ich bin es, Paula. Ich wollte mal nachfragen wegen des Mini. Ich meine, es ist ja nicht so dringend, und wenn du was anderes zu tun hast oder lieber am Feiertag gar nichts machst, aber …»

«Stop», unterbrach er mich lachend. «Soll ich auch antworten, oder willst du nur reden?»

Ich seufzte und schwieg.

«Du kannst dir den Mini abholen. Ich hab den nur ein wenig gereinigt, hier und da eine Schraube festgezogen und den Motor durchgepustet. Du musst damit zwar noch zur Zulassungsstelle, aber ich leih dir ein vorläufiges Kennzeichen, falls du heute schon damit fahren willst. Vollgetankt ist er. Bei Gelegenheit lässt du den Rost entfernen und eine neue Lackierung aufbringen, dann hält der noch ne gute Weile. Ist ein Klassiker, da lohnt sich jedes investierte Pfund.»

«Du hast ihn vollget…»

Wieder lachte er. Ich mochte sein Lachen. Ich mochte seine einfache, unkomplizierte Art. Rabbie hatte garantiert keine toten Geliebten im Keller, die ihn davon abhielten, sein eigenes Potenzial zu sehen.

«Gehört alles zum Service. Wann willst du ihn dir holen?»

«Jetzt gleich, geht das? Ich nehm den Motorroller bis zu dir und fahre mit dem Auto weiter.» Und wenn ich das wirklich durchzog, dann konnte ich es mir wenigstens nicht mehr anders überlegen. Immerhin war Magnus nicht meine einzige offene Baustelle.

«Sicher. Eine Rechnung schreib ich dir aber frühestens morgen, wegen dem Feiertag, sonst rechnet das blöde Computerprogramm da Wochenendaufschlag drauf.»

«Es *ist* ja auch Wochenende», erinnerte ich ihn, auch wenn ich seine Motivation natürlich sofort durchschaute. Ein warmes Gefühl breitete sich in meinem Magen aus.

«Für Freunde hab ich *nie* Wochenende, Paula. Willkommen daheim auf Orkney. Wir sehen uns gleich.»

Eine Stunde später bremste ich in der geschotterten Einfahrt zum Haus meiner Eltern. Sie lebten ein Stück nördlich von Finstown, der einzigen Ansammlung von Häusern zwischen Kirkwall und Stromness, die man als Dorf bezeichnen konnte. Früher einmal, als das Anwesen den Eltern meiner Mutter gehört hatte, war es eine Farm gewesen. Der Vater meiner Mutter hatte dort im kleinen Rahmen Milchkühe gehalten und mit ihnen einen für Orkney gar nicht unerheblichen Erfolg gehabt. Schon lange, bevor die Produktion von Bio-Milch cool und ein Renner geworden war, war er einer der drei Zulieferer für Orkneys berühmteste Käserei gewesen, die bis in der Süden Englands exportierte.

Heute war das Land um das Haus herum an den Großbauern auf der anderen Seite der Hauptstraße verpachtet. Ich selbst hatte zum Glück nicht mehr miterleben müssen, wie mein Vater den Job als Hausmeister der kleinen Grundschule in Finstown bekam. Zu jenem Zeitpunkt war ich schon täglich nach Kirkwall auf die Highschool gefahren. Ich wollte mir gar nicht ausmalen, was aus mir geworden wäre, wenn ich meinen Vater nicht mehr nur in meiner Freizeit, sondern sogar in meiner Schulzeit ständig hätte fürchten müssen.

Ich stellte den Motor aus und stieg aus. Vom Beifahrersitz nahm ich den Osterstrauß, den ich unterwegs an einer Tankstelle gekauft hatte. Gelbe Blüten, viel Grün und verziert mit bunten Bändern und winzigen, in Silberfolie eingewickelten Schokoladeneiern. Ich hatte nicht daran vorbeigehen können.

Ohne zu zögern ging ich die paar Schritte auf die gläserne Haustür zu. Jedes Zögern hätte mich Mut gekostet. Ich hatte gewusst, dass sie zuhause sein würden. Meine Eltern hatten keine Freunde, und für so etwas Extravagantes wie Urlaub würde mein Vater im Leben keinen Penny ausgeben. Solange ich denken konnte, waren sie Einzelgänger gewesen, aus der Not heraus, denn niemand wollte sich mehr als nötig mit meinem Vater abgeben. Granny Dora hatte erzählt, dass Catherine Sinclair als Jugendliche so voller Lebensfreude gewesen war, unglaublich beliebt und immer mit Freundinnen unterwegs. Es war eines der Dinge, die sich meine Großmutter nie verziehen hatte: Sie hatte zugelassen, dass ihr eigen Fleisch und Blut dieses zauberhafte Mädchen dermaßen in die Knie zwang.

An dem Haus schien seit meinem Weggang nichts gemacht worden zu sein. Nur ein Schuppen war neu an die Seite des Hauses angebaut. Hinter dem Schuppen sah ich das Auto meiner Eltern parken, was mich in dem Wissen bestätigte, dass ich nicht umsonst hier war. Die Haustür war alt, aber perfekt geputzt. Die Fenster links und rechts davon blinkten unter dem Einfall des Sonnenlichts. Jedes andere Fenster auf den Inseln war nach dem Sturm des vergangenen Tages total versifft. Aber meine Mutter hatte sich am Morgen des Ostermontags hingestellt und ihre Fenster geputzt. Ringsherum. Der alte, hellgraue Putz des Hauses hingegen hätte längst mal erneuert werden können, oder wenigstens hätte man etwas Farbe auftragen können, um die Wasserflecken in Bodennähe zu retouchieren. Es wunderte mich nicht.

Ich klingelte.

Mein Vater öffnete.

Für einen langen Moment stand er nur auf der Schwelle und starrte mich an. Ich hatte ihm die Sprache verschlagen, und auch das war nichts, womit ich nicht gerechnet hätte.

In jeder anderen Familie hätte von weiter hinten im Haus die Hausfrau neugierig gefragt, wer denn da sei, wenn der Ehemann so lange kein Wort sagte. Meine Mutter traute sich nicht zu fragen. Über die Schulter meines Vaters hinweg sah ich, wie sie im Durchgang zur Küche auftauchte und ihre Augen sich weiteten.

Dann schob mein Vater die Unterlippe vor. Er bat mich nicht hinein, fragte nur schroff: «Hast dich mit dem Haus übernommen, was? Das dachte ich mir schon, dass das passieren wird. Ich muss schauen, wann ich Zeit finde, dir damit unter die Arme zu greifen.»

Ich legte eine Hand an das Holz des Türrahmens. Alt, aber sauber. Weil mein Vater es mit der Instandhaltung nicht annähernd so genau nahm wie meine Mutter mit der Reinlichkeit. Weil meinem Vater vollkommen egal war, was die Menschen von ihm dachten, aber meiner Mutter nicht. Weil Reinlichkeit die einzige Form stillen Protests war, zu der meine Mutter sich in fast dreißig Jahren Ehe in der Lage gesehen hatte, denn mein Vater konnte ja kaum behaupten, dass er lieber in einer Drecksuhle wohnte. «Wenn ich deine Hilfe wollte, Vater, dann würde ich dich darum bitten. Aber nein, danke. Ich habe alle Hilfe, die ich brauche.»

Er äugte an mir vorbei zur Einfahrt, in der der Mini stand. «Ist das Doras Auto?»

«Es ist der Mini, der deiner Mutter gehört hat, genau. Ich vermute mal, dass sie dich irgendwann gebeten hat, mal danach zu sehen, und du hast es nicht getan, und sie hat ihn dann lieber stillgelegt. So, wie du jahrelang nichts an ihrem Haus gemacht hast, als sie es nicht mehr konnte. Und dann aber deine Finger danach ausstrecken musstest, als sie tot war.»

«Und inwiefern macht mich das zu einem schlechteren Menschen, als du es bist?» Höhnisch blickte er auf mich herunter, während er die Arme vor der Brust verschränkte. «Hast du ihr denn was am Haus gemacht, nach dem du dann die Finger ausstrecktest, als sie weg war?»

«Der Unterschied liegt darin, dass ich Archäologin bin, und du bist Hausmeister. Und dass ich siebenhundert Meilen von ihr entfernt wohnte, du aber nicht mal zwanzig. Ich denke, wir haben für die Jobs, bei denen Granny Hilfe gebraucht hätte, sehr unterschiedliche Voraussetzungen mitgebracht.» Ich fing einen sehnsüchtigen Blick meiner Mutter auf. Ich konnte sehen, wie sehr sie sich wünschte, mich ins Haus zu bitten, mir eine Tasse Tee anzubieten und ein Stück von dem Osterkuchen, den sie ganz sicher gebacken hatte. Doch sie traute sich nicht. Ich hob die Hand mit dem Blumenstrauß. «Die sind für dich, Mum.»

Zweifelnd blickte sie den breiten Rücken meines Erzeugers an, aber als ich den Arm nicht wieder senkte und sie auffordernd ansah, wagte sie sich heran und nahm mir die Blumen ab. «Die sind wunderschön.»

«Die sind von der Tankstelle an der Pickaquoy Road», knurrte mein Vater.

«Ach, kaufst du Mum dort auch hin und wieder einen Strauß?» Meine Stimme klang wie Essig. «Das ist aber nett von dir, hätte ich dir gar nicht zugetraut.» Ich würde auf der Stelle tot umfallen vor Schock, wenn ich erfuhr, dass mein Vater meiner Mutter jemals in ihrem Leben Blumen geschenkt hätte.

«Wenn du also doch so viel tolle Hilfe hast und nichts von mir willst, warum bist du denn dann hier? Hast du dich entschieden, in dein heißgeliebtes London zurückzukehren, und suchst jemanden, der dir die Bruchbude abkauft? Vergiss es. Nicht mal geschenkt würde ich die Hütte jetzt noch wollen.»

Zuckersüß lächelte ihn an. «Bleib auf dem Laufenden, Dad. Wozu sollte ich all die tolle Hilfe brauchen, die Freunde mir anbieten, wenn ich die Bruchbude doch bloß abstoßen und zurückkehren will in mein heißgeliebtes London? Nein, das Glück ist dir in dieser Sache nicht hold. Ich bin hier, um dir zu sagen, dass ich auf den Inseln bleiben werde. Für immer.» Das Aufleuchten in den Augen meiner Mutter entging mir nicht. «Ich bin hier, um dir zu sagen, dass ich keinen Kontakt zu dir wünsche. Aus keinem einzigen Grund. Bitte halte dich fern. Ich bereue es, dass du nur zu gut weißt, wo das Haus steht, in dem du aufgewachsen bist. Ich hatte ja gehofft, dass du es vergessen haben könntest in all den Jahren, in denen du deine alternde Mutter ignoriert hast. Leider hat euer Besuch neulich mich eines Besseren belehrt. Also bin ich hier, um dir klar und deutlich zu sagen: Lass mich in Ruhe. Ich brauche dich nicht. Du hast meine Kindheit zur Hölle gemacht mit deiner Art, jedem Menschen das Leben zu vermiesen. Ich bin vor dir weggelaufen, lange, ehe ich Mutter hätte verlassen wollen.» Ich wandte mich an meine Mutter, und mein Lächeln verlor den Zucker. Ich legte all meine Traurigkeit über ihre Situation in mein Gesicht und meine Worte. «Mum. Du weißt auch, wo ich wohne. Es tut mir leid, dass ich dich verlassen habe, damals, als ich weglief. Ich habe es nicht mehr ausgehalten, und ich habe dich mit ihm im Stich gelassen. Das tut mir leid, es hat mir all die Jahre leid getan, aber es gab nichts, was ich hätte tun können.» Ich lächelte sie an. «Komm mich besuchen, ja? Wann immer du willst. Im Blumenstrauß steckt eine Karte mit meiner Telefonnummer. Ruf mich an, komm mit dem Bus nach Kirkwall, wenn er dir das Auto nicht überlässt, ich hole dich an der Bushaltestelle ab. Ich will dich so gern sehen, dich wieder kennenlernen.»

«Das kannst du auch, indem du hierher kommst!», donnerte mein Vater, feuerrot vor Wut.

Ich ignorierte ihn, sprach an ihm vorbei, immer noch zu Mum. «Ich werde keinen Fuß in dein Haus setzen, ich denke, du kannst das verstehen. Und auch das tut mir leid, denn ich bin sicher, es ist noch immer das wundervolle Heim, das du schon nach deinen besten Möglichkeiten daraus gemacht hast, als ich noch ein Kind war. Lass uns einander wieder kennenlernen, und vielleicht findest du dann die Kraft, dich endlich von dem Monster zu lösen, das du geheiratet hast.»

Das Monster dampfte aus beiden Nasenlöchern vor Zorn. Jetzt wandte ich mich doch noch einmal an ihn. «Wenn ich nicht mindestens einmal täglich von Mum höre, hetze ich dir die Polizei auf den Hals. Das ist seit Jahrzehnten überfällig, und ich kann gar nicht glauben, dass du mich als Kind dermaßen eingeschüchtert hast, dass ich diese Lösung gar nicht in Erwägung zu ziehen wagte. Aber ich bin kein Kind mehr, Dad, und Mum ist nicht mehr allein. Pass also gut auf, was du tust.»

Ich nickte meiner Mutter noch einmal zu und kehrte zu meinem Wagen zurück. Ohne noch einen Blick auf das Haus zu werfen, setzte ich rückwärts auf die Straße hinaus und fuhr davon.

32

Es kam selten vor, dass Magnus noch vor seiner Assistentin im Büro war. Immerhin ging er gewöhnlich auch erst lange nach Katies Feierabend nach Hause. Dementsprechend schockiert sah sie ihn an, als sie kurz nach acht am Dienstag nach Ostern an ihren Arbeitsplatz stürmte. «Guten Morgen, Magnus», sagte sie und wirkte ein bisschen fahrig, wie sie sich aus ihrem Mantel schälte und ihr Lunchpaket in den kleinen Kühlschrank unter ihrem Schreibtisch verfrachtete. Er musste grinsen. Er kannte Katie gut, sie war seit Jahren seine rechte Hand, hatte ihn durch dick und dünn begleitet. Er wusste, dass ihr Lunchpaket schon vor elf Uhr gegessen sein würde und sie dann, wenn ihre Pause heranrückte, sich in der Campus-Kantine eine Suppe mit Brötchen holen würde.

«Du brauchst nicht rot zu werden», sagte er. «Du bist nicht zu spät. Ich bin zu früh.» Er ratterte eine Reihe von Anweisungen herunter, Unterlagen, die sie ihm raussuchen, Briefe, die sie fertigmachen und ihm zur Unterschrift vorlegen sollte. Seine Versicherung ignorierend, dass er ihr die paar Minuten nach acht nicht vorwarf, machte sie sich an die Arbeit.

Er hatte genug zu tun. Die Woche nach Ostern war traditionell der Zeitpunkt, wenn auch die letzten Ausgrabungsstätten aus dem Winterschlaf geholt wurden. Im Laufe des Vormittags wollte er nach Rousay, um dem Team um Sandra und Carl, die nun das dritte Jahr in Folge die Untersuchungen in Swandro leiteten, zwei Studenten des dritten Semesters zuzuführen. Er hatte lange mit sich gerungen, ob er auch Paula dort zuteilen würde. Zwar hatten die Funde von Swandro nichts mit Paulas eigentlichem Forschungsauftrag zu tun, aber sie brauchte ohnehin zunächst eine Akklimatisierungsphase, in der sie ihre Kollegen kennenlernte und diesen beweisen konnte, aus welchem Holz sie geschnitzt war. Früher oder später würde sie für ihr eigenes Projekt auf jeden einzelnen der Akademiker des Instituts zukommen müssen, weil so ziemlich jeder von ihnen etwas beizutragen haben würde. Und darauf musste er sie vorbereiten.

Allerdings war Swandro ziemlich weit weg, und der Gedanke, Paula ein paar Wochen lang kaum zu sehen, weil sie täglich mit der Fähre nach Rousay übersetzen musste und erst spät nach Hause kam, behagte ihm nicht. Unfair wäre es außerdem, immerhin hatte sie so ganz nebenbei auch noch ihr eigenes Haus an der Backe, in dem zwar Licht am Ende des Tunnels auftauchte, das aber dennoch weit davon entfernt war, gemütlich zu sein.

Vielleicht konnte er sie ja überreden, zu ihm zu ziehen.

Bei dem Gedanken wurde ihm ganz warm. Nicht mehr allein wohnen. Seine Zeit mit jemandem teilen. Er wusste, dass eine der Auflagen, dass sie das Haus ihrer Großmutter erben konnte, war, dass sie auf Orkney lebte. Aber das war es ja. Da ging es nicht darum, dass sie in dem *Haus* lebte. Sondern *auf Orkney*. Ein kleiner, aber feiner Unterschied.

Er würde sie fragen, wenn sie nachher kam, um ihren Job anzutreten. Wann kam sie eigentlich? Er blickte zur Uhr. Zwanzig nach acht. Er hatte sie für acht Uhr in sein Büro bestellt. Warum sonst hätte er so früh hier sein sollen? Wo war sie? Dass sie das ganze Osterwochenende lang nichts von sich hatte hören lassen, hatte er ihr nachgesehen. Er wusste, dass all das, was er ihr erzählt hatte, schwer zu verdauen war. Im Grunde genommen kam es ihm so vor, als habe er eine gehörige Last von seinen eigenen Schultern auf ihre gewälzt, denn er selbst fühlte sich viel leichter als noch am Freitag.

Aber das jetzt war nicht privat und persönlich. Das jetzt war beruflich, und es würde sich herumsprechen, dass die Neue gleich am ersten Tag zu spät kam.

Vielleicht sprang der Motorroller nicht an? Er blickte auf sein Handy. Sollte er sie anrufen, sicherstellen, dass sie überhaupt wegkam von ihrem Cottage am Ende der Welt?

Oh ja, sie *musste* zu ihm ziehen. Von seinem Haus aus konnte sie zur Not zu Fuß zum College gelangen.

Halb neun kam, zuverlässig wie immer, Nick in sein Büro geschlendert. Sofort schoss Floyd von seinem Kissen unter dem Schreibtisch hervor und stürmte schwanzwedelnd auf Nick zu. Sie tauschten ein paar Floskeln, aber Nick hielt sich nicht auf. Trockenes, fast windstilles Wetter war für Archäologen auf Orkney ein Segen und musste ausgenutzt werden.

Das Telefon klingelte, als die Tür hinter Nick zufiel. Magnus nahm ab. «Katie?»

«Ich hab hier die Polizei am Apparat», sagte sie fast erschrocken. «Was auch immer die wollen …»

«Schon gut, Katie, es geht um Vandalismus, stell durch.» Die nächsten zehn Minuten hatte er keine Zeit, an Paula zu denken und warum sie zu spät kam. Viel zu deutlich tauchten wieder die Bilder vor seinem inneren Auge auf, die eingeritzten, ungelenken Runen am Steinkreis und seine eigene Wut und Trauer bei diesem Anblick. Der Polizist am anderen Ende der Leitung machte ihm nicht viel Hoffnung, dass sie jemals herausfinden würden, wer das gewesen war, und erging sich in einem Vortrag über die Offenheit der Anlage und die Tatsache, dass jeder da ein- und ausgehen konnte, wie er wollte. Magnus beharrte auf seinem Standpunkt, dass der Steinkreis, ebenso wie viele andere Monumente auf den Inseln, den Menschen gehörten. «Wir haben eine Pflicht, diese Orte zu bewahren, aber nicht, sie vor den Menschen zu verschließen», dozierte er. Der Polizist führte Skara Brae auf, das Steinzeitdorf, das nur gegen Zahlung eines beträchtlichen Eintrittsgeldes betreten werden konnte, oder den Grabhügel von Maes Howe. Magnus hielt die Kosten für die Ausgrabung, Erforschung und Erhaltung dieser Orte dagegen und den beträchtlichen Wert in Sachen Lehrreichtum, der ihnen innewohnte. Solche Orte ließen sich nicht aus Spenden instandhalten, gerade Skara Brae, das ohne die Errichtung von Barrieren für Millionen von Pfund längst ins Meer gerutscht wäre. Der Steinkreis aber war einfach da. Irgendwann hörte der Polizist auf, ihn davon überzeugen zu wollen, dass auch der Steinkreis gegen unbefugte Besuche gesichert werden sollte, und als Magnus endlich das Telefon vom Ohr nahm und sich in seinem Stuhl herumdrehte, um den Hörer wieder in die Ladestation zu schieben, stand Paula in der Tür.

Eine Weile sah er sie nur an, und sie ihn.

Es war das erste Mal, dass sie einander in die Augen blickten, seit sie ihn in volltrunkenem Zustand in sein Bett gebracht hatte und anschließend nach Hause gefahren war.

«Guten Morgen», sagte er.

«Guten Morgen», erwiderte sie.

«Du bist spät dran.»

Sie nickte langsam, dann ging sie zu der offenen Verbindungstür zwischen seinem Büro und dem von Katie, um diese zu schließen. «Moment!», rief Katie von der anderen Seite. «Ich hab hier noch die Unterlagen …» Sie kam mit einem Stapel Papieren zur Tür, die Paula ihr abnahm und sie dabei freundlich anlächelte.

«Katie, tun Sie uns den Gefallen und stören uns die nächste Viertelstunde nicht?»

«Viertelstunde?»

Paula wiegte den Kopf. «Mehr oder weniger. Ich lass es Sie wissen, wenn die Luft wieder rein ist.»

«Okay.»

Die Tür klickte ins Schloss. Erwartungsvoll sah Magnus Paula entgegen, wie sie auf seinen Schreibtisch zukam. Sie trug eine leichte Windjacke und Jeans. Gute Kleidung für einen Tag auf einer Ausgrabung, solange es nicht in Strömen regnete. Aber irgendwas ließ ihn misstrauisch werden. Sie machte nicht den Eindruck, als wolle sie sich innerhalb der nächsten Stunde oder drei in die Arbeit stürzen.

Sie legte die Papiere auf seinen Tisch. Er sah zu ihr auf. «Sie soll uns nicht stören? Was hast du vor?» Er wollte so gern hoffen, dass sie sich auf ihn stürzen und das verschwendete Osterwochenende wiedergutmachen wollte, indem sie ihn ausgiebig küsste, aber auch das sah nicht danach aus.

«Wir müssen reden», sagte sie und setzte sich in einen der beiden Besucherstühle auf der anderen Seite seines Schreibtisches.

«Wegen Samstag?», fragte er vorsichtig. «Tut mir leid, dass ich da ausgegangen bin wie eine runtergebrannte Kerze, aber …»

«Das muss dir nicht leid tun, Magnus, das wäre jedem so gegangen. Aber ich hab jetzt zwei Tage Zeit gehabt, um über alles nachzudenken. Das heißt …» Sie blickte auf ihre Finger hinunter. «Das heißt, eigentlich stand mein Entschluss schon in der Nacht nach unserem Gespräch fest. Ich habe mir diese zwei Tage Zeit genommen, um nach einem anderen Ausweg zu suchen, aber es gibt keinen.»

Ein eiskalter Schauer rann ihm über den Rücken. Ausweg? Wollte sie ihn verlassen, weil er noch viel kaputter war, als sie gedacht hatte? «Paula …»

«Ich liebe dich, Magnus», sagte sie.

Geradezu schockiert starrte er sie an, unsicher, ob er das wirklich gehört hatte.

«Ich liebe dich», wiederholte sie, zarter jetzt und zugleich eindringlicher. «Das, was du ertragen musstest, geht auf keine Elefantenhaut. Ich würde dir gern sagen, dass ich dir helfen möchte, das hinter dir zu lassen, aber ich kenne dich, Magnus. Du willst ja nicht, dass dir jemand hilft. Du kommst sehr gut allein zurecht, und in den vergangenen vierundzwanzig Monaten hast du das eindrucksvoll bewiesen. Du warst vorher der Beste, und du bist es immer noch. Ob mit mir oder ohne mich. Also werde ich das nicht sagen. Ich sage dir aber, dass ich dich liebe und dass ich mein Leben mit dir teilen möchte.»

Er lehnte sich in seinem Rollstuhl zurück, dessen Lehne dabei protestierend knarzte. «Ich liebe dich auch, Paula», sagte er.

Sie lächelte. «Ich weiß.»

«Und was genau …» Er runzelte die Stirn, er hatte noch immer keine Ahnung, worauf sie hinauswollte. «Was genau ist jetzt dieser Ausweg, von dem du sprichst?»

«Ich kann die Doktorandenstelle nicht antreten.»

Sprachlos starrte er sie an. Jetzt war er überzeugt, dass er falsch gehört hatte.

Sie lehnte sich vor, legte die Arme auf seinen Schreibtisch, fing mit ihrem Blick den seinen. «Ich hab darüber lange nachgedacht, hab überlegt, ob es sich irgendwie zusammenbringen lässt. Aber du hast eine Doktorandin geliebt, und du hast sie verloren, und das hat dir fast das Genick gebrochen. Sowohl in der Realität wie auch im übertragenen Sinne. Ich werde nicht diejenige sein, die dieses Erlebnis wiederholt. Ich werde nicht dafür verantwortlich sein, dass du diese Bilder niemals los wirst, weil sich alles von vorne abspielt, was du damals durchmachen musstest.»

Er räusperte sich. Seine Finger waren eiskalt. «Hast du vor, auf den Klippen von Yesnaby herumzubalancieren, Paula?», fragte er, die Stimme rau.

«Nein, und darum geht es auch gar nicht. Du würdest mich in Watte packen, Magnus, und was sagt das über mein Forschungsprojekt aus? Du würdest, statt mich meine Arbeit machen und meine eigenen Erkenntnisse suchen zu lassen, mich lieber mit dem Wissen füttern, das du in all deinen Jahren hier auf den

Inseln gesammelt hast. Das wäre nur natürlich, aber ich kann mich nicht dazu bringen, das gut zu finden. Nicht nur, weil ich gern forsche. Gib mir deine Hände», bat sie.

Wie betäubt lehnte auch er sich vor, legte seine Hände auf den Tisch, und sie griff danach. Ihre Finger waren warm, was seine eigenen sich noch kälter anfühlen ließ. «Man würde behaupten, meine Doktorarbeit sei gar nicht meine, sondern deine. Aber sie würden das nicht mir anlasten, sondern dir. Und das will ich nicht. Ich will nicht diejenige sein, die deine akademische Karriere krachend an den Baum gehen lässt.»

Er betrachtete die Finger. Ihre hellen, seine dunklen, ineinander verschränkt. «Du hast diese Doktorandenstelle aber verdient. Diese Chance. Nicht nur ich habe das entschieden, sondern das ganze Gremium. Du musstest viel zu lange auf diese Chance warten.»

Ihr Lächeln geriet ein wenig traurig. «Und ich habe mich daran gewöhnt, ohne einen Doktortitel zu leben. Es wird mich nicht umbringen, Magnus. Vielleicht kann ich ja für dich als wissenschaftliche Assistentin arbeiten. Ich bin gerade auf Jobsuche, weißt du.»

Er packte ihre Handgelenke und zog ihre Hände an seine Lippen. «Nein. Du wirst in deinem Leben nie mehr einen Job suchen müssen. Jedes archäologische Projekt auf der ganzen Welt müsste froh sein, eine Mitarbeiterin wie Paula Norquay zu haben.» Sie öffnete den Mund, um etwas zu sagen, aber er kam ihr zuvor. «Und nein, ich sage das nicht, weil ich dich liebe, Paula Norquay. Ich sage das, weil ich es weiß.»

«Du hast mich ja noch nie auf einer Ausgrabung gesehen. Oder im Labor. Oder am Schreibtisch, außer an deinem.»

«Aber ich kann lesen, und deine Unterlagen in den Archiven des UCL sind so beeindruckend wie die von kaum jemand anderem.» Er hob den Kopf. «Es tut mir so leid, Paula. Ich kann dir nicht sagen, wie leid es mir tut, dass du diese große Chance verspielst. Wenn es nach mir ginge …»

«Es ist *meine* Entscheidung», sagte sie. «Und ich stehe dazu.»

«Und ich wünschte, ich wäre stark genug, dir zu sagen, dass ich dich nicht liebe. Damit du dich umentscheidest. Damit du für mich arbeiten würdest.»

«Untersteh dich.» Jetzt lachte sie fast. «Ich würde dir das sowieso nicht glauben.»

Er seufzte. «Katies Viertelstunde ist in zwei Minuten vorbei. Bekomme ich vorher noch den Kuss, auf den ich warte, seit du dieses Büro betreten hast?»

Den bekam er. Und noch unzählige mehr. Oder vielleicht war es auch alles nur *ein* Kuss, verteilt auf tausend kleine Berührungen. Er grub seine Finger in ihre Haare und hielt sie fest, und es war ihm egal, dass er jetzt die Fähre verpasste, mit der er eigentlich nach Rousay hatte fahren wollen, und die Studenten warten ließ, die sicher schon im Foyer saßen. Es gab wichtigere Dinge.

33

Es war nicht ganz einfach, an einem College in der Administration zu arbeiten, an dem jeder wusste, dass man eigentlich ganz andere Qualifikationen hatte. Doch entweder hatten die Leute wirklich so unendlich lange Antennen, dass sie merkten, dass ich nicht drauf angesprochen werden wollte, oder Magnus hatte es allen mehr als deutlich gemacht.

Obwohl ich mich ordnungsgemäß um den Job in der Studentenbetreuung beworben hatte und selbige Bewerbung nach offizieller Darstellung sämtliche Stationen von Evaluation und Personalstellenbesprechung durchlaufen hatte, war ich dennoch überzeugt, dass es nicht geschadet hatte, dass man meinen Namen hier bereits kannte. Und auch meine Verbindung zu Magnus. Es war mir egal. Ich hatte Opfer gebracht, und diesen Job machte ich mit links und geschlossenen Augen. Man hatte mich als so etwas wie ein Bindeglied zwischen den Studenten und den Akademikern eingestellt. Ich trieb mich viel auf dem Campus herum, hörte mir die Sorgen der Kids im Wohnheim ebenso an wie die von den einheimischen Studenten, die täglich pendelten. Ich kümmerte mich um das Campus-Magazin und um die Dienstpläne der Betreuer im Sportzentrum und bei den Abendkursen.

Es war eine Vollzeitstelle, die mich ausfüllte und mir Spaß machte, aber mir immer noch genügend Zeit ließ, mich um das Cottage zu kümmern. Manchmal begleitete Magnus mich. Es wurde einfacher dadurch, dass ich bereits zwei Wochen nach Ostern zu ihm in die Villa Alexander gezogen war. Dadurch konnten wir beispielsweise mit viel Schwung und Schweiß das Badezimmer im Cottage auskernen, um es komplett neu zu machen, und keine Zeit saß uns dabei im Nacken. Es war meine Mutter, die den Kontakt zu einer Klempnerfirma aus Finstown herstellte, die sich zu einem sehr günstigen Preis um die Neueinrichtung kümmern wollte. Rabbie war es, der den alten Schuppen entrümpelte und sich als Gegenleistung auch noch den Rest von dem mitnahm, was er von dem alten Zeugs gebrauchen konnte. Da er oft uralte Gefährte in seiner Werkstatt stehen hatte, kam ihm die Sammlung meines Großvaters an Ölwannen, Getrieben und Motoren gerade recht. Ich hingegen bekam eine vollständig entleerte und sogar von Spinnweben befreite Scheune und stand plötzlich vor der Entscheidung, was ich damit machen sollte. Ein Unterschlupf für Grannys Katzen, die ich nicht entwurzeln und mit zu Magnus nehmen wollte, oder doch ausbauen zu einer zweiten Ferienwohnung auf dem kleinen Hof?

Mindestens einmal pro Woche, meistens am Samstag, kam meine Mutter zum Cottage hinaus. Dann arbeitete Magnus stillschweigend allein weiter, während Mum und ich auf der Bank hinter der Scheune in der Sonne saßen und redeten. Das hieß, meistens redete ich, während Mum sich Tränen vom Gesicht wischte und sich dafür schämte, noch immer nicht die Kraft zu finden, sich zu lösen. Die Angst, die Ungewissheit, wie sie auf eigenen Füßen stehen sollte, war zu groß. Ich verstand sie. Sie hatte dreißig Jahre an der Seite dieses Mannes verbracht. Meine Mum litt unter einer ganz eigenen Form des Stockholm Syndroms, und es würde dauern, ehe sie diese Bindung zu durchbrechen schaffte.

Ich streichelte ihre Hände. «Du schaffst das, Mum. Jeden Tag ein bisschen mehr. Und ich bin für dich da, wenn der Moment kommt. Du stehst nicht allein da.»

Sie umarmte mich und fragte mich nach meinem Job aus, und sie erzählte, dass sie sich vielleicht als Kassiererin im Supermarkt bewerben würde. Dad würde die Wände hochgehen, aber irgendwo musste sie ja anfangen.

Magnus kam zu uns herausgerollt, ein Tablett mit zwei Bechern Tee auf den Knien.

Diese Tage waren unglaublich schön.

Unglaublich schön waren auch die Tage, an denen wir nicht zum Cottage hinausfuhren, sondern uns nach Feierabend in der Villa Alexander verkrochen. Jedenfalls dann, wenn Alice Alexander nicht dort auftauchte. Wann immer die Mutter meines Lovers im Haus war, herrschte eine Mischung aus Nervosität und Anspannung. Mutter und Sohn waren einander in Liebe ergeben, aber Alice hatte die Angewohnheit, ihren Sohn permanent ändern zu wollen, damit, wie sie es ausdrückte, sein Leben einfacher wäre. Ich erkannte schnell, dass Magnus seine Mutter zwar liebte, aber manchmal nur sehr schwer ertrug. Irgendwann, es ging schon auf Ende April zu, bremste ich Mrs. Alexander heftig aus, als wir beim Kaffee im gläsernen Anbau saßen und sie ihrem Sohn wieder einmal die Vorzüge einer Haushälterin anpries, während im Garten ihr

Hund mit seinem tobte. Die Sache mit der Haushälterin war ihr Lieblingsthema, das hatte ich schon nach wenigen Malen erkannt, wenn ich ihr begegnet war.

«Wir brauchen keine Haushälterin, Alice», sagte ich und betonte das *Wir* auf eine unmissverständliche Art und Weise. «Ihrem Sohn geht es gut. Ich freue mich, dass Sie keine Einwände dagegen erhoben haben, dass ich hier mit eingezogen bin.»

«Warum sollte ich?» Sie fragte es ein bisschen pikiert und wich meinem Blick aus. «Sie tun ihm gut, das erkennt sogar eine Mutter.»

«Na, das ist doch ein Anfang.» Ich strahlte sie an. «Wissen Sie, einer der Gründe, weshalb ich mich so lange gegen eine Beziehung gewehrt habe, war die Vorstellung, einen Schwiegerdrachen dabei abzubekommen, der umgehend nur noch eines im Sinn haben würde. Mir mein eigenes Leben zu verbieten und jeden meiner Atemzüge in den Dienst ihres Sohnes zu stellen. Um so erleichterter bin ich, dass die Mutter von Magnus eine so freundliche, nette und kompetente Frau ist, mit der ich mich, das müssen Sie doch zugeben, blendend verstehe.»

Ihre Mundwinkel und die Falten um ihre Augen zuckten. Das musste sie tatsächlich zugeben, und außerdem war es ein gewiefter Schachzug meinerseits, der Frau gleich einen ganzen Batzen Honig ums Maul zu schmieren.

«Aber meine Liebe», sagte sie dennoch, wobei ich den Eindruck hatte, dass sie um die Worte kämpfte, einfach um Recht zu behalten. «Sie sind in Vollzeit berufstätig, es ist doch gar nicht fair Ihnen gegenüber, auch noch hier im Haus für Ordnung sorgen zu müssen. Zu meiner Zeit und als mein Gatte noch lebte, hatten wir nicht weniger als drei Hausangestellte.»

Ich hätte ihr sagen können, dass das mehr über *sie* aussagte als über Magnus und mich, aber das verkniff ich mir. «Ich muss hier ja nicht allein für Ordnung sorgen, das mache ich mit Magnus zusammen. Und glauben Sie mir, wenn Sie ein halbes Leben lang nur ein räudiges kleines Zimmer in einer WG ihr Eigen genannt haben, ist es geradezu luxuriös, eine solch grandiose Villa zu einem Heim gestalten zu dürfen.» Ich umfasste ihre Hände. Draußen rollten sich die beiden Collies durchs regennasse Gras. «Lassen Sie mir doch die Freude, Mrs. Alexander. Ich genieße es, ihrem Sohn und mir ein Nest zu bauen. Es ist nicht anstrengend, denn wir sind beide viel zu oft aus dem Haus, um hier drin viel Unordnung zu schaffen.»

Theatralisch seufzte sie. «Es war einfacher ohne Sie, wissen Sie das?»

Mit hochgezogener Augenbraue sah ich sie fragend an.

«Gegen Magnus anzukommen. Ich hätte mich in dieser Sache durchsetzen sollen, bevor er Sie kennenlernte, und ihm ein Hausmädchen aufschwatzen sollen. Jetzt, wo er Verstärkung durch Sie hat, werde ich nie mehr zu ihm durchdringen.» Dann lächelte sie und zwinkerte mich an. «Gestehen Sie es, Paula. Sie waren als Studentin die Anführerin Ihrer Gruppe im Debattierklub, habe ich Recht?»

Ich musste lachen, und Magnus, der die Unterhaltung schweigend verfolgt hatte, lachte mit. «Schuldig im Sinne der Anklage», sagte ich.

34

Magnus holte mit dem Hammer aus und schlug gegen den Unterboden des Plymouth. Rost rieselte ihm ins Gesicht, in die Augen, aufs Hemd, wo sich das flockige Pulver mit seinem Schweiß vermischte und verschmierte. Er musste grinsen, als er sich Paulas Gesicht vorstellte, wie sie das Hemd aus dem Wäscheberg zerrte, den Kopf schüttelte und sich fragte, ob die Flecken jemals wieder rausgehen würden.

Er schlug erneut zu. Die Verschraubungen waren dermaßen durchgerostet, dass da nichts mehr zu machen war und ihm nur die Option blieb, den Unterboden rauszuschlagen. Die Muskeln in seinen Armen schmerzten, und seine Augen brannten von dem Roststaub, aber er war selten so glücklich wie in diesen Stunden, die er in Rabbies Werkstatt mit dem 1941er Plymouth Pickup Truck verbrachte.

Wäre spannend, herauszufinden, wie diese Kiste hierher ans Ende der Welt gekommen war. Und vor allem *wann*. Aber er hatte schon gemeinsam mit Paula überall in dem alten Cottage nach Papieren gesucht, die es aus jener Zeit noch geben mochte. Gefunden hatten sie nichts. Sein einziger Anhaltspunkt war eine Fahrgestellnummer, die er äußerst vorsichtig unter dem Rost freigelegt und sich an diesem Morgen auf den Unterarm geschrieben hatte. Vielleicht würde er der Sache wirklich nachgehen.

«Hey.» Erst als Rabbie dicht neben ihm sprach, bemerkte Magnus, dass das stetige Klopfen, Zischen und Quietschen unter der Hebebühne im vorderen Teil der Werkstatt aufgehört hatte. Er selbst lag seit … oh Himmel, wie lange eigentlich schon? … auf einem Rollbrett unter seinem Plymouth und orientierte sich nur nach Gehör. Wenn er denn überhaupt noch etwas wahrnahm. «Brauchst du was?», fragte Rabbie.

Magnus legte den Hammer neben sich, hielt sich am Gestänge fest und schob sich unter dem Führerhaus des Pickup heraus. Draußen war es dunkel geworden, und das Licht in der Werkstatt war schlecht. «Hey», sagte er und blinzelte. «Ich wollte dich gerade nach einem Schweißgerät fragen, aber ich schätze, das spare ich mir für morgen auf.»

«Paula wird dir die Hammelbeine langziehen, wo du so spät erst herkommst.»

Paula wusste genau, wo er war, und hätte ihn holen können, wenn es sie störte. Doch das hatte sie nicht getan. Sie war seine Paula. Sie ließ ihm diese Freude, und wenn es bedeutete, dass er erst um Mitternacht dreckig, aber glücklich neben ihr ins Bett fiel, dann war das für sie auch okay. Der Sex war dann gewöhnlich umso besser, auch wenn sie anschließend frühmorgens vor dem Weg zum Campus auch noch sämtliche Bettwäsche in die Waschmaschine stopfen musste, weil im Leinen Rostspuren klebten.

War er mit Alison überhaupt jemals so glücklich gewesen, wie er es jetzt mit Paula war?

Er hatte seinen Job. Sie hatte ihren. Sie arbeiteten am selben Ort und doch so weit voneinander entfernt, dass keiner von ihnen beiden besonders oft den Drang verspürte, über die Arbeit zu reden, wenn sie beim Abendessen saßen. Mit Alison hatten sie selten über anderes geredet. Mit Paula scheute er sich geradezu davor, weil er wusste, was sie für ihn aufgegeben hatte, und weil er ahnte, dass es sie schmerzen würde, daran erinnert zu werden. Sie machten einen Bogen um das Thema Archäologie.

Wenn er zwischen Abendessen und Zubettgehen in seinem Arbeitszimmer am Schreibtisch saß und an seinem Manuskript arbeitete, dessen Veröffentlichung für den Sommer geplant war, brachte Paula ihm Tee, und wenn er sie bat, sich seine neuesten Zeilen durchzulesen, dann nahm sie den Stapel ausgedruckter Seiten und zog sich in den Lesesessel beim Fenster zurück. Es gab weniges im Leben, das sich friedlicher anfühlte, als von seiner Arbeit aufzublicken und sie zu sehen, wie sie in die Seiten vertieft war, auf einem Fingernagel kauend, die Augen glänzend im Licht der Stehlampe neben dem Sessel.

Waren Abende mit Alison jemals friedlich gewesen?

Hatte er je zuvor so viel noch am Abend daheim geschrieben? Und es so sehr genossen? Die Zeilen flossen nur so aus seinen Fingern. Es wurde nichts Großes, kein Buch, nur eine kurze Abhandlung über die im Inneren von Maes Howe gefundenen nordischen Runen, ihre Bedeutung und seine Erkenntnisse über die Identität der Schreiber. Es war so nah und doch so weit von dem, was am Steinkreis passiert war, und er plante ein Abschlusskapitel, in dem er die beiden Dinge miteinander vergleichen wollte.

Er schrieb mehr als je zuvor. Er half Paula bei der Renovierung ihres Cottages und ja, auch dabei, ihrer Mutter das Selbstvertrauen zu geben, ihren eigenen Weg zu gehen. Noch vor wenigen Monaten hätte er sich nie träumen lassen, derjenige zu sein, der anderen die Kraft zu geben vermochte, sich aus einer hässlichen Vergangenheit zu lösen. Seine eigene Mutter verbrachte mehr Zeit als je zuvor in der Villa Alexander, aber es schien Paula nicht einmal zu stören. Immer öfter weigerte sich Floyd, Nick zum Ness of Brodgar zu begleiten, und heftete sich lieber an Paulas Fersen, während diese ihrer Arbeit auf dem Campus nachging. Und trotz dass seine Tage ausgefüllter waren als je zuvor, fand Magnus immer noch die Zeit, sich unter den Pickup zu hieven und daran zu arbeiten.

Vielleicht, weil er sich weniger als je zuvor in die Arbeit seines Instituts einbrachte?

Der Gedanke war … nein, nicht unangenehm. Auch nicht störend. Aber die Erkenntnis, dass niemand ihm Vorwürfe machte, weil er sich so sehr bei der Organisation des Instituts auf andere verließ, hatte doch einen faden Beigeschmack. Als würde er endlich tun, was seine Kollegen schon lange von ihm wollten, und sie traten extra leise und vorsichtig auf, um seine Aufmerksamkeit nur ja nicht auf diesen Umstand zu lenken.

Er grinste.

«Was gibt es zu lachen?», fragte Rabbie.

«Ich habe keine Ahnung, aber es fühlt sich gut an.» Er wischte sich die Hände an einem dreckigen Tuch ab und ließ sich von Rabbie auf das gesunde Bein hochziehen. Seine Krücken lehnten an der Seite des

Pickups, er klemmte sie sich fast schon nachlässig unter die Achseln. «Feierabend, was meinst du?»

«Och, wenn es nach mir geht, können wir die ganze Nacht weitermachen.»

Was war das doch für eine traurige Existenz, die der Mann führte, dachte Magnus. Es war Sonntagabend kurz vor neun Uhr, und sie beide umgaben sich mit den hinreißenden Düften von Motoröl und Diesel. Er selbst hatte wenigstens die Option, jetzt nach Hause zu gehen und sich von seiner Paula verwöhnen zu lassen. Rabbie?

«Du brauchst dringendst eine Frau», konstatierte Magnus auf dem Weg zum Tor.

«Du hast leicht reden. Da kommt einmal eine daher, für die es sich lohnt, alles stehen und liegen zu lassen, und was ist? Sie hat nur Augen für dich, und wieder gehe ich leer aus.»

Magnus lachte. «Ohne mich würdest du sie gar nicht kennen.»

«Reib es rein, Mann. Mir würde es schließlich auch viel besser gehen, wenn ich sie nicht kennen würde.» Rabbie schlug Magnus mit der Hand auf die Schulter, als sie sich neben dem Peugeot voneinander verabschiedeten. «Ich sag dir nur eines, mein Freund. Wenn du nicht aufpasst und dich damit beeilst, Nägel mit Köpfen zu machen, spann ich sie dir aus, und dann bist du derjenige, der blöd dasteht. Ich kann auch charmant, weißt du. Nur zusammenwohnen, das hält mich nicht auf.»

«Ich glaube nicht, dass es Charme ist, mit dem man diese Frau einwickelt», erwiderte Magnus. Es war Archäologie, mit der man diese Frau herumkriegte. Und plötzlich … wusste er, was er zu tun hatte.

35

Magnus weigerte sich, nach dem Abendessen sofort in seinem Arbeitszimmer zu verschwinden. Magnus weigerte sich jeden Abend aufs Neue. Es war ein Ritual geworden, und eines, das Spaß machte. Wie so vieles an unserem Zusammenleben. Himmel, hätte ich vorher gewusst, wie einsam ich trotz der Wohngemeinschaft mit Carole wirklich gewesen war, dann hätte ich mir schon viel früher einen Boyfriend zugelegt! Grinsend packte ich die Griffe seines Rollstuhls und schob ihn zur Küchentür hinaus in den Korridor. «Du hast gekocht, Wikinger. Und es war wie immer lecker. Jetzt lass wie immer zu, dass ich mich revanchiere und allein aufräume.» Als er unwillig grummelte, fügte ich hinzu: «Allein bin ich sowieso schneller, wenn du mir nicht die ganze Zeit vor den Füßen herumrollst, also schleich dich!»

«Warte!» Er griff nach hinten und legte seine Hände auf meine. «Nicht das Arbeitszimmer.»

«Nicht?» Noch einmal drehte ich ihn zu mir herum und sah auf ihn hinunter. Das Funkeln seiner Augen verhieß nichts Gutes.

«Fitness-Raum», sagte er und strahlte mich an. «Ich hab morgen einen Termin bei Dr. Hemsley und muss mich noch vorbereiten.»

Auch das war zum Ritual geworden. Nicht, dass er sich auf seine Besuche bei seiner Physiotherapeutin speziell vorbereitete. Sondern dass er das normalerweise gar nicht mehr nötig hatte. Er verbrachte täglich mindestens eine Stunde in dem Fitness-Raum, den er nach Aussage seiner Mutter vorher zwei Jahre lang komplett ignoriert hatte. Mein Wikinger hatte ganz neue Ziele, seit wir zusammenlebten. Sein Ehrgeiz war geweckt. Er wollte mir ja gar nicht mehr beim Aufräumen der Küche vor den Füßen herumrollen. Es schadete auch nicht, dass es ihn nervte, beim Renovieren des Cottage nicht nach Lust und Laune zupacken zu können, weil er immer entweder saß oder mindestens eine Hand von einer Krücke blockiert war. Ähnliches galt für die Restaurierung des Pickups in Rabbies Garage. Alles, was sich *unter* dem Wagen abspielte, war okay. Doch wann immer er von oben hineingreifen musste, fühlte er sich nur noch wie ein halber Mann.

Und dann war da noch der Sex.

Auch keine schlechte Motivation, oder?

Als ich endlich in der Küche allein war, sortierte ich mit einer Hand Teller und Besteck in die Spülmaschine und wählte mit der anderen Hand Caroles Nummer auf meinem Handy. Magnus hatte mit Haggis gefüllte Hühnchenrouladen zubereitet, und ich hatte mich wie üblich überfressen. Vielleicht wäre es angebrachter, wenn ich ihm im Fitness-Raum Gesellschaft leistete, aber zum Wuchten der Hanteln hatte ich ja auch später noch Zeit, wenn er sich im Büro verschanzte und an seinem Manuskript arbeitete.

Es dauerte ungewohnt lange, ehe Carole antwortete. «Störe ich euch bei irgendwas?», fragte ich lachend.

«Puh, genaugenommen, ja, das tust du», schnaufte sie. «Was gibt es?»

«Dasselbe könnte ich dich fragen.»

«Ich? Wir? Wir tapezieren das zukünftige Babyzimmer.»

«Dann hat das geklappt?», rief ich aus und hätte sie am liebsten durch das Telefon hindurch umarmt. «Ihr habt das Haus?»

«Ein Träumchen!», schwärmte sie. Im Hintergrund klappte eine Tür. «Und die Vorbesitzer waren schon draußen, sodass wir genug Zeit haben zum Renovieren, ehe wir aus der WG rausmüssen. Der Vermieter überweist dir deinen Anteil an der Kaution übrigens direkt. Wir kriegen sie komplett zurück.»

Kunststück, dachte ich, immerhin hatte Carole auf eigene Kosten eine Firma engagiert, die die WG in den Originalzustand von vor Jahren zurückversetzte, als wir eingezogen waren. Eigentlich wollte ich meinen Anteil an der Kaution gar nicht mehr wiederhaben, denn meinen Anteil an den Kosten für die Malerfirma würde das Geld kaum decken. Außerdem war ich auf das Geld nicht länger angewiesen, denn obwohl den Mini inzwischen meine Mutter fuhr, brauchte ich keinen neuen Wagen mehr. Magnus hatte einen halben Fuhrpark in der Garage stehen. Aber diese Diskussion hatten wir schon vor ein paar Wochen geführt, und Carole ließ nicht mit sich reden.

«Warum lässt du das denn nicht auch von einer Firma machen?», fragte ich sie jetzt. «Das Kinderzimmer, meine ich?» Verrücktes Weib. Ließ die WG von anderen renovieren, aber stellte sich im neuen Haus selbst hin und klebte Tapete.

«Schon mal was von dem Stolz gehört, den man empfindet, wenn man was selbst macht? Ich möchte gerne, jedes Mal, wenn ich das Kinderzimmer betrete, sagen können, das habe ich *selbst* gemacht.»

Irgendwas war passiert. Mein Wikinger arbeitete hart daran, die Funktionalität in seinem kaputten Bein zurückzubekommen, und meine ehemalige Mitbewohnerin, die früher keinen Handgriff selbst gemacht hätte, weil sie es gewohnt war, dass jede Art von Arbeit mit Geld gekauft werden konnte, stellte sich mit einem Sechsmonatsbauch hin und tapezierte ein Kinderzimmer. Ich hatte das Gefühl, in einem Paralleluniversum gelandet zu sein. Doch es war nur Orkney, und Carole, die nie müde wurde, sich von den Fortschritten am Cottage erzählen zu lassen. Wahrscheinlich, weil sie mich besuchen würde, sobald das Häuschen am Meer fertig war. Ich selbst brauchte es ja nicht mehr.

Blöd nur, dass sich mit jedem vergehenden Tag meine Hoffnung verstärkte, dass meine Mum dort einziehen würde, sobald alles bereit war. Die Sicherheitsschlösser, die meinen Vater aussperren würden, lagen schon bereit, und eine Firma errichtete einen neuen Zaun um das kleine Anwesen, was die Katzen zu empören schien. Den Zaun würden wir brauchen, damit es eine physische Grenze gab, die meinem Vater in der einstweiligen Verfügung gezeigt werden konnte, sobald es dazu kam. Ich würde dafür sorgen, dass er sich meiner Mutter nie mehr näherte.

Carole erzählte mir von dem wachsenden Babybauch und von Rocker-Josh, der ihr mit seiner Ansicht, dass eine werdende Mutter nicht in einen Schönheitssalon gehörte, auf die Nerven ging. Ich musste lachen.

«Ich bin sicher, er meint damit die *Arbeit* im Schönheitssalon», sagte ich und schob einen Tab in das dafür vorgesehene Fach der Spülmaschine. Schließen, Knopf drücken. Küche aufräumen war zu unserer Zeit so herrlich einfach. Auch das Cottage hatte jetzt eine Spülmaschine, wenn auch nicht in der Küche, die wir so rustikal wieder hergestellt hatten, wie sie immer gewesen war. Für das ganze moderne Zeug wie Waschmaschine, Trockner und Geschirrspüler hatten wir in der angrenzenden Pantry Platz gemacht.

«Nein, er meint damit, dass ich dort nicht mal hingehen soll, um mir die Haare oder die Nägel von Geoffrey machen zu lassen. Es ist geradezu peinlich, wie ich derzeit rumlaufe, ehrlich.»

«Das glaube ich dir nicht, und ich wette, dein Josh hat lediglich erkannt, dass die Schönheit einer schwangeren Frau mehr als zu jedem anderen Zeitpunkt ihres Lebens von innen kommt.»

«Du schwafelst schon wie er», beklagte sie sich. «Er meint, die ganzen scharfen Gerüche im Salon würden unserem Baby schaden. Hast du schon mal so einen Unsinn gehört? Stattdessen laufe ich rum wie Struwwelpeters Stiefmutter.»

Jetzt lachte ich laut los. «Ganz sicher nicht, Schatz. Aber wie wäre es denn, wenn du Geoffrey zu dir nach Hause kommen lässt? So viel von den schädlichen Gasen aus dem Salon schleppt er da bestimmt nicht ein, das kann Josh dir also nicht verwehren. Und ihr hättet reichlich Zeit, euch über den neuesten Klatsch auszutauschen.» Denn das war es, was Carole am meisten vermisste, wenn sie es auch niemals sagen würde.

Als ich zwanzig Minuten später das Arbeitszimmer betrat, war Magnus nicht dort. Ich runzelte die Stirn.

Ungewöhnlich, dass er so lange im Fitness-Raum herumhing. Er machte lieber mehrere kleine Einheiten über den Tag verteilt, weil eine ganze Stunde am Stück ihn viel zu sehr langweilte. Aber zwischen den diversen Sportgeräten war er auch nicht, ebensowenig wie in der Dusche, die an das Studio angrenzte. Ich fand ihn schließlich in der Bibliothek. Er saß da, als würde er seit Stunden lesen, beim Fenster, durch das das Abendlicht hereinschien. Jetzt im Frühsommer war es so lange hell, dass er bis spätabends ohne elektrisches Licht in diesem Sessel sitzen und lesen konnte. Die Blätter der Bäume filterten das Licht der Abendsonne. Floyd lag, müde von den Anstrengungen des Tages als Hund, in Reichweite der Hand seines Herrn neben dem Sessel und döste.

Ich zog den zweiten Sessel heran, sodass ich meinem Wikinger gegenübersitzen konnte. Er schaute kaum auf, aber lächelte, als ich nacheinander seine Füße in meinen Schoß hob. Nach dem Sport und der kurzen Dusche hatte er die Socken weggelassen. Ich strich über die Fußrücken, und er schloss erst das Buch und dann die Augen, legte den Kopf in den Nacken und ächzte.

«Ein geringerer Mann würde glauben, dass du etwas vorhast, meine lüsterne Hexe», knurrte er genießerisch.

«In der Bibliothek haben wir es noch nie gemacht», erinnerte ich ihn.

Er nickte, ohne die Augen zu öffnen. «Ich glaube, hier unten ist es der einzige Raum, wo wir es noch nie gemacht haben. Aber die alten Bücher leiden, wenn Schweiß in der Luft verdunstet, weißt du.»

«Schwachsinn.» Sanft begann ich, seine Zehen zu kneten. Das Problem war nie gewesen, dass er das rechte Bein nicht spürte. Es war eher so gewesen, dass er es *zu sehr* spürte. Es war dermaßen zertrümmert gewesen, dass er, wie er mir erzählt hatte, manchmal glaubte, das sei alles zu Knochenmehl pulverisiert. Ich hatte Dr. Hemsley kennengelernt, und sie hatte mir vertraulich gesagt, dass das gar nicht so weit von der Wahrheit entfernt gewesen war. Und obwohl mehrfache Operationen und eine lange Zeit, in der er das Bein nicht belastet hatte, den Schaden zumindest physisch so gut wie behoben hatten, so blieb die seelische Barriere. Wie konnte man auf einem Bein stehen oder gar gehen, das nur aus Pulver bestand? Und sein Glaube, dass er für das bezahlen musste, was mit Alison passiert war, und dass er es nicht verdiente, am Leben geblieben zu sein, half auch nicht dabei, diese Barriere zu überwinden.

Aber Liebe half dabei. Und wenn man seinen Ehrgeiz weckte. Ihm Dinge gab, die er erledigen sollte, und ihm klarmachte, wie sehr diese Barriere ihn nicht nur im Beruf, sondern viel mehr noch zuhause blockierte.

Sehr leise begann ich, die Melodie eines Kinderliedes zu summen. Als Magnus es erkannte, breitete sich ein Grinsen auf seinem schönen Gesicht aus. «Das ist nicht fair», sagte er. Sehr langsam hob er die Lider und sah mich an. Ich erwiderte den Blick der glühenden Augen und sang: *«This little piggy is mine … this little piggy is also mine …»* Dabei streichelte und knetete ich seine Zehen, einen nach dem anderen, wie es auch in dem Schlaflied gemacht wurde. Er lachte. Er war kitzlig unter den Zehen, seine Beine zuckten.

«Alles», flüsterte er. «Gehört alles dir, nicht nur die kleinen Piggys.»

«Ich weiß …» Ich richtete mich ein wenig auf, um mit den Lippen seinen Mund erreichen zu können. Dabei fiel mein Blick auf den Umschlag, der auf dem niedrigen Glastisch neben seinem Lesesessel lag. Abgelenkt schaute ich darauf. Der Umschlag war zugeklebt, aber nicht beschriftet. «Was ist das?»

«Ein Geschenk.» Wieder dieses Funkeln seiner Augen, das mir jedes Mal aufs Neue die Knie weich machte.

«Ein größeres, als wenn du endlich wieder auf beiden Beinen laufen würdest?»

«Das will ich meinen. Aber das Laufen auf beiden Beinen kriege ich demnächst ohne Gegenleistung hin. Das da …» Er nickte beinahe wegwerfend in Richtung des Glastisches. «Das kommt nur unter einer Bedingung.»

«Darf ich es aufmachen?»

«Willst du die Bedingung gar nicht vorher wissen? Wenn du es aufmachst, hast du es akzeptiert und dich zur Bedingung verpflichtet.»

Ich ließ mich in den Stuhl zurücksinken. Magnus lächelte nicht mehr. Aber das Funkeln war immer noch da. Er meinte das ernst. Und Magnus tat nichts halbherzig, das hatte ich gelernt. Er wollte die Dinge ganz, oder gar nicht. Ich zog den Umschlag aus weißem, makellosem Papier zu mir heran, hob ihn auf, wog ihn in der Hand. Viel war da nicht drin, ein oder zwei Blatt Papier vielleicht. Was könnte die Bedingung sein? Für einen Heiratsantrag bräuchte er sich kaum solche Mühe und das Ganze so geheimnisvoll machen, und das wusste er auch. Wenn er mich fragte, würde ich ihn am nächsten Tag notfalls huckepack zum Standesamt tragen.

«Irgendwie nicht fair», sinnierte ich.

«Was, Sweetness?»

«Mir für ein Geschenk eine Bedingung abzufordern. Immerhin hab ich für unsere Beziehung meine Karriere geopfert. Sollte das nicht für Geschenke bis an mein Lebensende reichen?» Ich war es, die nicht fair war. Ich hatte ihm das nie vorgehalten, denn ich hatte meine Karriere mehr als bereitwillig geopfert, um mit ihm zusammen sein zu können. Jetzt damit anzufangen, die Dinge gegeneinander aufzurechnen, war nicht richtig, und ich hätte die Worte am liebsten zurückgenommen.

Er neigte sich vor, bis sein Mund ganz nah an meinem war. «Mach es auf, Hexe. Es wird dir gefallen.»

«Was, wenn mir die Bedingung nicht gefällt?»

«Die wird dir auch gefallen. Die macht Spaß, glaub mir, du wirst sie genießen.»

Ich überlegte, ob es irgendwas gab, das wir beim Sex noch nie gemacht hatten, das Spaß machen könnte. Das vielleicht ihm Spaß machte oder mir nicht? Aber mir fiel nichts ein. Wir hatten alles ausprobiert. Himmel, wir waren das Repertoire eines Bordells schon in unserer ersten Nacht fast bis zur Hälfte durchgegangen. Das also konnte es nicht sein.

«Magnus …»

Er winkte ab und lehnte sich wieder zurück. Mit einem gespielt gelangweilten Ausdruck hob er sein Buch wieder auf und blätterte zu der letzten Seite, die er gelesen hatte. «Dann lass es eben. Dann bleibt alles beim Alten.»

Was war so schlimm daran, wenn alles beim Alten blieb? Hatten wir es nicht schön miteinander? Wir liebten uns. Wir hatten ein wundervolles Haus. Ihm ging es mit jedem Tag besser, und wenn alles nach Plan verlief, würde er vielleicht in wenigen Wochen schon nur noch auf einen Stock angewiesen sein, nicht mehr auf die beiden Krücken oder den vermaledeiten Rollstuhl. Wollte ich denn überhaupt, dass sich was änderte?

Aber würde mein Wikinger mir eine Bedingung abfordern, die ich nicht zu geben bereit war? Wohl kaum.

Und würde er mir diese Bedingung für ein Geschenk abfordern, das nicht jedes Opfer wert gewesen wäre?

Ebenfalls wohl kaum.

Ich sah, dass er nicht las, sondern mich aus dem Augenwinkel an seinem Buch vorbei beobachtete.

Floyd hob den Kopf und betrachtete mich mit aufgestellten Ohren, als wollte er sagen, jetzt mach schon.

Und wenn wir im Cottage am Meer gewesen wären, würde ich vermutlich jetzt endlich wissen, wieviele Katzen mir meine Granny insgesamt hinterlassen hatte, weil sie sich alle an der Scheune entlang aufreihen würden, um mich mit demselben fordernden Blick anzusehen, wie Floyd es tat.

Ich seufzte und schob einen Finger unter den Falz.

Ein einzelnes Blatt zog ich aus dem Umschlag. Abgesehen vom Briefkopf befanden sich nur wenige gedruckte Zeilen auf dem Blatt, die zu lesen nur ein paar Sekunden dauerte.

Ich starrte darauf.

«Das kann nicht dein Ernst sein.»

«Das ist mein voller Ernst», antwortete er und legte sein Buch endgültig zur Seite.

«Das ist eine Kündigung, Magnus! Du kündigst deine Position als Leiter des Instituts für Archäologie am Orkney College. Ich wusste gar nicht, dass sowas geht.»

Er lachte leise. «Selbstverständlich geht das, Sweetness. Wie sonst sollte einer wie ich jemals kürzer treten können, bevor sie mich in Rente schicken?»

Noch einmal las ich die drei Zeilen. Er hatte diesen Brief noch nicht abgegeben. Die Kündigung, mit der Magnus seine bisher reibungslos verlaufene, makellose Karriere wegwarf, lag noch in meiner Hand. Ein Geschenk an mich? Inwiefern? Natürlich wäre es schön, wenn er kürzer trat, wenn er sich seinen Hobbys widmete und seine ganze Aufmerksamkeit seiner Genesung schenkte. Aber was hatte das mit mir zu tun?

«Wenn du das machst ...» Meine Stimme kratzte, und ich räusperte mich. «Magnus ...»

Er zog den Brief aus meinen Fingern, legte das Blatt auf den Glastisch und nahm meine Hände in seine. Erst als ich die Wärme seiner Haut spürte, merkte ich, wie kalt meine Finger geworden waren. «Natürlich ist es ein Opfer, Paula. Und ich habe lange darüber nachgedacht und es mir bestimmt nicht leicht gemacht. Aber ich habe mein Leben lang getan, was mein Vater von mir erwartete. Ich habe es bis an die Spitze geschafft, und habe mich auch dann noch an der Spitze behauptet, als alle Welt mir einreden wollte, es sei besser, mich zurückzuziehen und gesund zu werden. Ich denke, meine Schuldigkeit meinem Vater gegenüber habe ich getan, das, was er mir hinterließ, dreifach zurückgezahlt.»

«Aber du liebst diesen Job. Und erzähl mir nicht schon wieder, dass du nur deshalb Archäologie studiert hast, weil dein Erzeuger es erwartete und diesen Spleen mit der Wiedergeburt hatte, so romantisch der auch gewesen sein mochte. Du liebst die Archäologie.»

Sein Lächeln vertiefte die kleinen Lachfältchen in seinen Augenwinkeln. Er war so verdammt schön, mit diesem Funkelblick, mit den ein bisschen zu langen dunkelblonden Haaren, mit seinem Duft nach Regen und frischer, nasser Erde. Ich wünschte mir nichts sehnlicher, als dass er wieder ganz gesund wurde, aber ich wollte nicht, dass er dafür alles aufgab, was er liebte und wofür er so hart gearbeitet hatte.

«Magnus ...»

«Ich bleib der Archäologie ja erhalten», sagte er. «Ich werde weiter ORCA leiten, und ich werde als externer Berater dem College zur Verfügung stehen. Denn wir gehen ja nicht weg von hier. Und vor allem werde ich jetzt endlich Zeit haben, all die Bücher zu schreiben, die ich schon seit Jahren schreiben möchte.»

«Davon hast du gar nichts gesagt», krächzte ich. «Ich dachte, du machst nur diese wissenschaftlichen Broschüren und ...»

«Warum sollte ich dir von etwas berichten, für das ich ohnehin keine Zeit hatte? Ich hatte mich damit abgefunden, dass ich bis zu meiner Pensionierung warten würde, bis ich endlich diese Arbeiten in Angriff nehmen könnte. Jetzt mache ich es eben ein paar Jahre früher.»

Endgültig sammelte sich das Wasser in meinen Augenwinkeln und rollte mir als Tränen über die Wangen. «Es ist nicht richtig, dass wir beide opfern, was wir lieben, Magnus. Du musst das nicht tun. Wirklich nicht.»

Er küsste die Tränen von meiner Haut. «Nein, das ist nicht richtig, Paula, und deshalb meine Bedingung. Ich habe die Kündigung noch nicht abgegeben. Ich habe noch niemandem von meiner Absicht erzählt, auch nicht meiner Mutter oder Rabbie, noch nicht einmal Floyd. Denn vorher muss ich wissen, dass du auf meine Bedingung eingehst. Wenn du das nicht tust, ist das alles hinfällig, und alles bleibt beim Alten.»

«Was ist die Bedingung?», schniefte ich.

Sehr sanft nahm er mein Gesicht zwischen seine rauen, schwieligen Hände. Die Hände, die in den vergangenen zwei Jahrzehnten unzählige Präzisionswerkzeuge gehalten, zahllose Tonnen Erde umgegraben hatten. Hände, durch die so viele Artefakte gegangen waren, und er sah mich an aus seinen Augen, die nicht mehr funkelten, aber in denen ich grenzenloses Wissen erkannte, jahrtausendealte Weisheit. «Paula, nimm die Doktorandenstelle an. Schreibe deine Doktorarbeit. Kehre zurück in den Beruf, der dir die Welt bedeutet. Lass mich nicht mit dem Wissen verhungern, dass du meinetwegen dein Potenzial nicht ausschöpfen willst. Ich habe meines ausgeschöpft. Ich kann nicht höher klettern, und Himmel nochmal, so, wie ich dich kenne, hast du diese Arbeit in zwei Jahren erledigt und abgegeben und promovierst mit wehenden Fahnen. Und wer weiß, vielleicht kann ich dann ja auch wieder zurück. Ich kann mir nicht vorstellen, dass die University of Highlands and Islands es mir verwehren würde, wieder als Professor für Archäologie in ihren noch nicht so ganz heiligen Hallen zu unterrichten.»

Ich lachte durch den Tränenschleier hindurch, denn nein, das konnte auch ich mir beim besten Willen nicht vorstellen. Dieser Mann war einer der besten Archäologen seiner Generation. Es war ja gar kein Opfer, verdammt, also sollte ich endlich aufhören, es als eines zu sehen. Magnus machte mir das größte Geschenk, das man mir machen konnte, und ich sollte nicht so eigensinnig sein, es ihm ins Gesicht zurückzuschleudern.

Ich klammerte mich an seine Schultern, hievte mich hinüber auf seinen Schoß, und es war mir egal, dass ich dabei sein verletztes Bein mehr belastete, als es in den vergangenen zwei Jahren je belastet worden war. Er ächzte leise, aber er warf mich nicht ab, als ich mich an seine Brust schmiegte und sein bartstoppeliges Gesicht mit Küssen streichelte.

Oh, und der Sex hinterher, der war auch sehr schön.

Epilog

Heute früh sind Magnus und ich kurz nach vier aufgestanden, lange bevor es vor den Fenstern unseres Schlafzimmers im oberen Stock der Villa Alexander hell wurde. Floyd hat uns angeschaut, als hätten wir den Verstand verloren. Es ist einer der ersten Oktobertage nach einem langen, arbeitsreichen Sommer. Die Blätter an den Buchen und Eschen im Garten rund um die Villa sind schon zur Hälfte vergilbt, und Sonnentage gibt es nur noch wenige. Die Ausgrabung am Ness of Brodgar wurde vor ein paar Tagen für dieses Jahr wieder versiegelt, was bedeutet, dass Nick jetzt überhaupt nicht mehr kommt, um Floyd abzuholen.

Seit etwa vier Wochen ist Magnus nicht mehr Leiter des Instituts für Archäologie am Kirkwall College, aber bis zum letzten Tag der Ausgrabung hat Nick täglich angerufen und gefragt, ob Floyd mit nach Brodgar kommen will. Und auch wenn das zuletzt schon nur noch eine Ausnahme war, so vermisst Floyd doch jetzt schon seinen Wachdienst an der Seite der Archäologen.

Während ich dusche, ist Magnus schon unten in der Küche und brüht Kaffee auf. Ich liebe diese altmodische Art, Kaffee zu machen, dabei hätte ich zu meiner Zeit in London nie gedacht, ohne solche hanebüchenden Kreationen wie einen Mocha Praline Decaf Macchiato mit viel Milch vom Coffee Shop an der Ecke überleben zu können.

Als ich nach unten komme, die Haare noch im Turban eingewickelt, duftet die ganze Küche nach Croissants, und Magnus stellt Butter und Erdbeermarmelade auf den Tisch. Ich habe zwar beim Aufstehen noch gesagt, dass es für Frühstück viel zu früh ist, aber ohne etwas im Magen lässt mein Mann mich nicht aus dem Haus.

Er lächelt mir entgegen.

Mein Mann.

Wir haben gestern geheiratet.

Meine Mum wohnt übergangsweise mit Alice Alexander zusammen in deren Neubau im Zentrum von Kirkwall. Um zu sehen, ob sie ohne meinen Vater zurechtkommt, und auch, damit sie nicht allein ist, wenn es meinem Vater tatsächlich in den Sinn kommen sollte, irgendwas zu versuchen, um sie zurückzuholen. Wenn Carole, die auf meiner Hochzeit meine erste Brautjungfer war, und Rocker-Josh mit ihrem Baby wieder auf dem Weg nach London sind, wird Mum in das Cottage in Cornquoy ziehen. Bis dahin hat die Polizei meinem Vater entweder die einstweilige Verfügung ausgehändigt, wenn er sich nicht zu benehmen weiß, oder aber er benimmt sich und akzeptiert, dass er es versaut hat. Nach dreißig Jahren sollte ihm das endlich klar geworden sein.

Ich wette ja auf ersteres, aber ich kann nicht behaupten, dass ich mich nicht gern zur Abwechslung mal von ihm überraschen lassen würde.

Magnus kommt auf mich zu, weil ich im Rahmen der Küchentür stehengeblieben bin. Mit jedem Tag, der vergeht, stützt er sich leichter auf den einfachen Stock, den er leider immer noch benutzen muss. Rein psychologisch, hat Dr. Hemsley mir versichert. Körperlich müsste Magnus in der Lage sein, ganz ohne Gehhilfe zu laufen, denn auch Muskelmasse hat er längst wieder aufgebaut. Aber er wagt es noch nicht. Ich kann es verstehen, denn die Vorstellung, in aller Öffentlichkeit zu einem Häufchen Elend zusammenzusacken, wenn das Bein unter ihm nachgibt, kann nicht schön sein.

Ich bin geduldig.

Das habe ich in all den Jahren gelernt, in denen ich nicht in dem Job arbeiten konnte, den ich liebe. Den Job, den ich Magnus wieder verdanke. Seit dem Ende der Sommerferien für die Studenten bin ich Doktorandin unter Professor Downes. Ich arbeite gut und gerne siebzig Stunden in der Woche, jetzt im Herbst natürlich vorwiegend im Labor, wo wir die Funde des Sommers weiter reinigen und auswerten. Abends sitze ich dann zusammen mit Magnus in unserem Arbeitszimmer, und wir beide lassen die Tastaturen glühen. Ein zweiter Schreibtisch hat den Weg in diesen großen Raum gefunden, und wenn unser Haus nicht inmitten eines Parks stehen würde, könnten sich Passanten wundern, dass manchmal bis nachts um zwei grelles Licht aus den hohen Sprossenfenstern auf die Straße fällt, weil bei Alexanders noch die Köpfe rauchen.

Ich bin erschöpft und überglücklich. Magnus zieht mir einen Stuhl zurück, damit ich mich zum Essen hinsetze, und füttert mich mit Croissant, das er vorher in die Schale mit Marmelade eintaucht. Ab und zu fliegt ein Leckerli hinunter zu Floyd. Oben im Haus ist jetzt wieder alles still, denn unsere Gäste werden vermutlich erst aufstehen, wenn wir schon wieder zurück sind. Auch wenn wir nur eine kleine Hochzeit gefeiert haben, so lässt es sich doch an einem abgelegenen Ort wie Orkney nicht vermeiden, dass man Übernachtungsgäste hat. Es sind entfernte Verwandte von Magnus, die er selbst kaum kennt, auf deren Anwesenheit bei unserer Hochzeit seine Mutter jedoch bestand. Immerhin ist er ihr einziger Sohn, und sie hofft so sehr wie ich, dass eine Eheschließung für ihn eine einmalige Angelegenheit sein wird. Und Magnus erfüllt seiner Mutter so ziemlich jeden Wunsch. Eine Eigenschaft, die ich nur zu gut nachvollziehen kann. Auch meine Mutter hat ihren Mann verloren, wenn auch in einem sehr viel längeren Prozess.

Es wäre schön gewesen, an diesem Morgen zum ersten Mal mit dem alten Plymouth Pickup rauszufahren, aber der ist immer noch nicht wieder fahrtüchtig. Ich bin überzeugt, dass Magnus, zusammen mit der Expertise von Rabbie, die Kiste wieder straßentauglich machen wird, aber er hat einfach zu wenig Zeit. Wer hätte sich vorstellen können, dass ein arbeitsloser Professor so vielbeschäftigt sein kann? Ursprünglich war Magnus entschlossen, seine Manuskripte im Selbstverlag herauszubringen, und war auch bereit, eine Menge Geld in die Vorbereitung der Veröffentlichung zu investieren. Doch als sich in der Welt der Verlage herumsprach, dass Professor Magnus Alexander an einer Reihe von Manuskripten zur modernen Archäologie arbeitete, war ein Krieg zwischen gleich mehreren großen Universitätsverlagen entbrannt, weil alle die Rechte an den Büchern haben wollten. Jetzt braucht Magnus nur noch zu schreiben, um alles weitere kümmern sich andere. Aber er arbeitet mit einer solchen Schreibwut, dass er kaum noch Zeit hat, sich um den Pickup zu bemühen. Wenn ich mit ähnlich viel Elan an meiner Doktorarbeit schreiben würde, wäre ich in einem halben Jahr fertig.

Ich schätze, das ist der Vorteil von Erfahrung.

Wir haben uns angewöhnt, dass ich es bin, die am Steuer des Peugeot sitzt. Die Straßen von Kirkwall sind um diese Zeit wie ausgestorben, das Licht der Straßenlampen durchbricht die Nacht als messerscharfes Glitzern. Ein einziges Auto kommt uns auf der Strecke zwischen Kirkwall und Finstown entgegen, dahinter werden es mehr, immerhin drei. Der Besucherparkplatz von Skara Brae liegt verschlafen in der aufkommenden Morgendämmerung, und als wir Birsay erreichen, bricht direkt über der Gezeiteninsel, die einige der besterhaltenen Funde aus Wikingerzeiten preisgegeben hat, die Wolkendecke auf und enthüllt einen Streifen strahlend blauen Morgenhimmels. Auf der anderen Seite von Orkney geht jetzt die Sonne auf. Ich stelle den Peugeot vor der Magnuskirche ab, und wir steigen aus.

Ich liebe diese Tage. Diese seltenen Herbsttage, die mit dicken Wolken und tiefer Dunkelheit beginnen, aber dann schließen Sonne und Wind sich zusammen und enthüllen das Spektakel eines Neuanfangs. Die beinahe endlosen Sommertage haben ihren eigenen Charme, wenn man noch bis Mitternacht bei Tageslicht auf der Terrasse seinen Tee trinken kann. Aber der Herbst mit seinen ganz eigenen Düften, mit seinem scharfen Wind und der glasklaren Luft ist meine liebste Zeit. Bäume, deren Laub sich verfärben könnte, gibt es hier draußen nicht. Nur an ganz wenigen Stellen von Orkney ist es überhaupt geschützt genug, dass

Bäume wachsen können, deshalb waren hier mehr als an den meisten anderen Orten Britanniens die Menschen zu allen Zeiten auf Stein als Baumaterial angewiesen. Und damit hinterließen sie uns, den Archäologen, zahllose perfekt erhaltene Spuren ihres Lebens.

Es gibt keinen Ort der Welt, an dem ich, eine Archäologin, lieber bin als auf Orkney. Meine Heimat. Wieviel Glück kann ein Mensch haben?

Glück. Und ein kleines bisschen Liebe, das so viel mehr ist. Magnus streckt die Hand nach mir aus. «Wollen wir?»

Wir sind hier, weil er mir etwas zeigen will. Er behauptet, dass niemand davon weiß. Ich finde das ein wenig weit hergeholt, denn an einem Ort wie Birsay sind Menschen wie wir seit Jahrhunderten am Buddeln und am Graben, um die Quellen unserer Zivilisation freizulegen. Und einer wie Magnus dürfte der Letzte sein, der einen wichtigen Fund vor der Öffentlichkeit verbirgt. Er hat sich der Enthüllung der Vergangenheit verpflichtet, und diese Pflicht nimmt er ernst.

Glaubte ich jedenfalls.

Als wir das verschlossene Kirchenportal erreichen, holt er ein Schlüsselbund aus seiner Hosentasche. Dass er den Schlüssel zum Gebäude hat, ist in sich noch keine Überraschung, aber wozu ein ganzes Schlüssel*bund*?

Er lässt das elektrische Licht aus, der immer weiter aufklarende Himmel sorgt für genug Tageslicht, das durch die Kirchenfenster bricht, sodass wir nicht über unsere Füße stolpern. Magnus klemmt sich seinen Gehstock unter den Arm, und mein Herz macht einen Satz, als er ohne die Stütze den Gang zwischen den Stuhlreihen hinunterhastet. Falls *das* seine Überraschung gewesen sein sollte, so ist sie ihm gelungen.

Aber ich habe das Gefühl, dass er noch lange nicht fertig ist.

Hinter dem Altar liegt ein abgewetzter roter Teppich, den Magnus achtlos zur Seite schiebt. Darunter kommt eine Holztür zum Vorschein. Die kann auch nicht das sein, was niemand weiß, Himmel, worauf will der Mann hinaus? Langsam habe ich das Gefühl, in dem Buch *Sakrileg* gelandet zu sein. Magnus nimmt einen der Schlüssel und schließt die Tür im Boden auf. Das Holz ächzt und knarrt, als er die Tür anhebt. Er greift darunter und zieht eine Taschenlampe heraus. «Die werden wir brauchen.» Spinnweben zeugen davon, wie selten jemand hierher kommt.

Er geht vor. Seinen Gehstock lässt er dabei neben der offenen Tür liegen. Ohne Hilfe klettert Magnus die mickrige Leiter hinunter in den Keller unter dem Kirchlein. Nein, es ist sicher nicht so, dass niemand weiß, dass es diesen Keller gibt, aber viele wissen das bestimmt nicht. Von außen weist nichts darauf hin.

Ich folge ihm.

Und stehe in einem Raum voller einfacher alter Regale, in denen uralte Bücher stehen und Schriftrollen liegen. Mir bleibt die Luft weg. Wie kann es sein, dass das hier alles so verrottet? Wie kann Magnus das zulassen? Der Lichtstrahl der Taschenlampe wandert über die Buchrücken und landet auf meinem Gesicht. Ich kann Magnus nicht sehen, aber ich höre sein leises Lachen. «Kopien», sagt er. «Der Keller hier ist Teil einer Geistertour, die wir seit ein paar Jahren für die Schulkinder anbieten, um Interesse für Historik und Archäologie zu wecken. Wird gut angenommen», sagt er nicht ohne Stolz.

«Ah, und die Spinnen sind so abgerichtet, dass sie nach jedem Besuch alles schnell wieder verweben?»

«Genau.» In der Dunkelheit blitzen seine Zähne auf, als er lächelt. «Komm», sagt er dann. «Es ist da hinten.»

Ich folge ihm tastend durchs Dunkel, denn der Lichtstrahl zeigt nach vorn, und der breite Rücken meines Mannes versperrt mir die Sicht. Schließlich legt er die Lampe in einem der Regale ab, packt die Seite eines anderen Regals und zieht daran, dass die Schriften ins Rutschen geraten. Einige purzeln heraus, es kümmert ihn nicht. Magnus zieht das Regal von der Wand, dahinter hängt ein halb zerfetzter Wandteppich, als wäre er bei der Umgestaltung des Raumes einfach vergessen worden.

Magnus nimmt den Teppich von der Wand und enthüllt eine Öffnung von der Größe eines Buches. Er nimmt die Lampe wieder auf, leuchtet hinein und bedeutet mir, näher zu kommen.

Ich kann nichts sehen, nur dieses Fach im dicken Mauerwerk des Kirchenkellers.

Magnus ergreift meine Hand, führt meine Finger, leitet sie, als meine Fingerspitzen über eiskalten Stein streichen. Ich ertaste … Einkerbungen. Solche, die nicht natürlich im Stein sind und auch nicht zufällig beim Behauen entstehen. Mein Herz beginnt zu rasen. Die Magnuskirche, wie sie hier heute steht, stammt zum größten Teil aus der Mitte des neunzehnten Jahrhunderts. Teile von ihr lassen sich auf noch zweihundert Jahre früher datieren, aber einer der Grabsteine, die im Kirchenschiff verbaut wurden, ist mit seiner fast völlig verwitterten Inschrift der einzige bekannte Hinweis darauf, dass hier irgendwo tatsächlich jene Kirche stand, die die Mutter des Heiligen Magnus errichten ließ, um ihrem gemeuchelten Sohn ein christliches Begräbnis zu geben. Aber Grabsteine lassen sich auch transportieren, und niemand weiß genau, wo dieses erste Grab des Heiligen wirklich war.

Ich entreiße Magnus die Taschenlampe und krieche beinahe in die Öffnung in der Wand hinein, um die Runen zu sehen. Denn es sind Runen, das bestätigt auch das Licht, als es scharfzackige Schatten auf die verwitterte Oberfläche wirft. Ich kenne mich halbwegs mit Runen aus. Zwar waren meine Spezialgebiete in meiner Zeit in London andere, aber schon als Kind habe ich mich mit Runen befasst, und seit ich zu meiner Doktorarbeit recherchiere, grabe ich mich nach und nach wieder in die Materie ein. Doch neben mir steht der vielleicht größte lebende Experte in nordischen Schriften. «Was steht dort?», frage ich und bemühe mich gar nicht erst, meine Atemlosigkeit zu verbergen.

«Etwas, das du als Leitfaden für deine Doktorarbeit sicher sehr gut gebrauchen kannst.»

Ich ziehe meinen Kopf aus der Öffnung zurück und starre ihn an, aber weil ich die Lampe direkt vor ihn halte, kann er mich sowieso nicht sehen, sondern nur das Licht. Es stört ihn nicht im Geringsten. Er sieht sehr zufrieden mit sich aus.

«Du willst mir sagen, du weißt seit Jahren, dass es das hier gibt, und hast es für dich behalten?»

«Ich habe das hier vor knapp zehn Jahren gefunden, als ich die Kirche im Rahmen eines Projekts untersuchte, das so ähnlich aufgebaut war wie deine Doktorarbeit, Paula. Kirchen und Heilige auf Orkney. Aber es war ein kleines Projekt, nicht besonders gut finanziert, es gab hinterher eine Broschüre, das war alles, und selbst dafür hatten wir schon viel zuviel Material. Ich hab das hier für mich behalten, zumal ich allein war, als ich es fand. Ich habe immer gedacht, eines Tages kommt eine Gelegenheit, wo man das hier viel besser verwenden kann. Als Leitfaden, als großartigen Fund.»

Ich kann nicht fassen, dass sich so etwas hinter einem nichtigen Schutz wie diesem zerlöcherten Wandbehang verbirgt. Magnus lacht und erklärt, dass es kaum einen besseren Schutz gibt. Der Wandbehang ist eine schlechte Kopie eines bekannten Artefakts, für den sich kein Mensch interessiert, schon gar nicht die Kinder auf besagten Geistertouren. Die Kirche gilt als erschöpfend untersucht, zumal sie eben als ein Bau gilt, der erst ein paar hundert Jahre alt ist, und damit baugeschichtlich nichts Besonderes auf Orkney darstellt. Einen besseren Schutz für eine unbezahlbare Entdeckung kann es gar nicht geben.

«Und du … schenkst mir das?»

«Ich hab dir ja noch nichts zur Hochzeit geschenkt, oder?»

«Du bist verrückt, Magnus, das hier würde dich auf einen Schlag weltberühmt …»

Er legt einen Finger auf meine Lippen. «Ich *bin* weltberühmt, Paula», sagt er ganz ohne falsche Bescheidenheit. «Ich brauche das da nicht. Stell dir vor, was es für *dich* bewirken kann.»

«Himmel nochmal», fluche ich im Flüsterton, dann blicke ich wieder zu ihm auf. «Weißt du auch, *wer* die Runen geritzt hat?»

Sein Lächeln wird breiter. «Der Text beginnt mit *Dies schreibt Thora, Tochter von Somerled Ospaksson* …»

Jetzt bin ich es, die ihm mit der Hand den Mund zuhält. «Okay. Sprich nicht weiter. Das muss ich verdauen.» Wenn das stimmt, wenn das keine Fälschung ist, dann hat diese Runen die Mutter des Heiligen Magnus geritzt, in die Wand der Kirche, die sie für ihren Sohn errichten ließ. Magnus Alexander hat die erste Grabstätte des Heiligen gefunden, der schließlich mehrere hundert Jahre später im Magnusdom von Kirkwall seine letzte Ruhestätte fand, die, zu der heutzutage die Leute pilgern. Das hier ist ein Ort, von dem niemand geglaubt hat, dass er wirklich das ist, was zu sein er behauptet. Die erste Ruhestätte des Schutzheiligen der Orkney-Inseln.

Von hier aus wird sich meine Doktorarbeit praktisch von selbst schreiben.

Wäre Professor Alexander mein Betreuer als Doktorandin gewesen, hätte ich das hier niemals nutzen können. Er hat mir mehr geschenkt als seine Kündigung. Er hat mir eine Karriere geschenkt, einen Weltruf.

Ich lege die Taschenlampe weg, packe meinen Mann bei den Ohren und ziehe ihn zu mir herunter, um mich an seinen Lippen sattzuküssen. Seine Bartstoppeln kratzen auf meinem Gesicht. Die Lampe rollt vom Regal, als wir dagegenstoßen, das Licht verlöscht und taucht uns in Finsternis. Es ist egal. Für das, was wir hier tun, brauchen wir kein Licht. Und es ist okay. Es ist okay, hier übereinander herzufallen, an diesem so heiligen Ort, denn seine Vorfahren und auch meine haben sich ebenfalls nicht darum geschert, was man wo machen darf.

Ich bin überzeugt, als Thora Somerledsdatter ihren geliebten Sohn hier zu Grabe trug, hat sie dies nicht in Keuschheit getan.

Vielleicht bekommen wir ein Kind, um es dieser Welt zu schenken, und plötzlich weiß ich auch, was Erlend Alexander geritten hat, als er der Welt unbedingt einen Sohn wie Magnus hatte schenken wollen.

Und ich bin ihm dankbar dafür, dass er es getan hat.

ENDE

Jetzt erhältlich:

Kim Henry

Whisky und Schokolade

Zwei Jahre war Madison Telford auf einer Auszeit in Südamerika. Von dort bringt sie eine tiefempfundene Liebe zur Schokolade mit zurück nach London. Als auf der Isle of Skye in den schottischen Highlands eine ehemalige Kirche zum Verkauf steht, ist Madison sofort überzeugt: Das wird ihr ganz eigener Schokoladentempel, und sie wird die Highlander einen nach dem anderen mit ihren handgemachten Kreationen um den Finger wickeln. Doch sie ist nicht die einzige, die ein Auge auf das Haus geworfen hat!

Als jüngster von drei Brüdern ist Keaton Brodie mit der Überzeugung aufgewachsen, dass er vom Familienerbe, einer Kette von Whisky-Spezialitätengeschäften, sowieso nichts bekommen wird. Dann aber eröffnet sich ihm die Gelegenheit, in Portree auf der Insel Skye eine ehemalige Kirche zu erwerben und zum neuen Flaggschiff der Kette aufzubauen – und sich damit endlich als würdiger Erbe der Familie zu erweisen.

Wenn da nicht die zauberhafte Madison wäre, deren einzigartigen Schokoladen er längst ebenso verfallen ist wie dem Rest von ihr. Dass ausgerechnet sie ihm die Immobilie streitig macht, stürzt Keaton in ein echtes Dilemma.

Printed in Poland
by Amazon Fulfillment
Poland Sp. z o.o., Wrocław

78790238R00190